suhrkamp taschenbuch 1962

Wer Enzensbergers Arbeiten nicht kennt, findet hier einen nicht alltäglichen Zugang; wer ihn gelesen hat, kann manche Überraschung erleben. Die Tonlagen, die Genres, die Perspektiven wechseln, von der erbitterten Polemik bis zur lautlosen Meditation, von der kühlen Analyse bis zur furiosen Apostrophe. Es ist nicht leicht, sich die deutsche Literatur der zweiten Hälfte dieses Jahrhunderts ohne ihn vorzustellen.

»Es handelt sich um eine Zusammenstellung von Meinungsäußerungen in Prosa, in lyrischer Form und als Szene, in sieben Kästchen, für sieben Daseins- und Denkbereiche: ein Enzensberger-Lesebuch der Essenzen, mit Exempeln zum Quer- und Widerdenken ...« *Christian Faber, Die Welt*

Hans Magnus Enzensberger, 1929 in Kaufbeuren geboren, lebt heute in München. Sein Werk im Suhrkamp Verlag ist auf den Seiten 348 und 349 dieses Bandes verzeichnet.

Hans Magnus Enzensberger

Der Fliegende Robert

Gedichte
Szenen
Essays

Suhrkamp

Umschlagbild: Jean-Baptiste Regnault,
»Die Freiheit oder der Tod«, 1794/95
(Ausschnitt). Hamburger Kunsthalle

suhrkamp taschenbuch 1962
Erste Auflage 1992

Druck: Ebner Ulm
Printed in Germany
Umschlag nach Entwürfen von
Willy Fleckhaus und Rolf Staudt

1 2 3 4 5 6 – 97 96 95 94 93 92

Der Fliegende Robert

Inhalt

I. Landessprache

II. Gemeinschaftskunde

III. Böhmen am Meer

IV. Die Macht der Gewohnheit

V. Das Falsche

VI. Restlicht

VII. Der Fliegende Robert

I
Landessprache

Früher

für Günter

Ach ja, der Geist! Früher war immer
von ihm die Rede. Ich frage mich,
wo er geblieben ist, der Geist.
Auch die Kleinbahn
bimmelt schon lange nicht mehr.
Der arme Mann ist fort,
dem die Mutter Kleingeld gab,
eingewickelt in ein Stück Zeitung,
und einen Teller Suppe.
Der Volksempfänger ist fort,
die Hosenklammer. Wie leicht
man das alles verschmerzen kann!
So leicht wie das Wort *verschmerzen*.

In der Zeit des Faschismus
wußte ich nicht, daß ich
in der Zeit des Faschismus lebte.
Es wimmelte von Klavierlehrern.
Wo sind sie geblieben?
Dreipfennigstücke liefen um
und verschwanden. Verlegen
verbarg sich das Wort *Nostalgie*
im Lexikon: »Mitterwurzer bis Ohmgeld«.
Es wurde Fraktur geredet.
Dienstboten gingen ein
durch die Dienstboteneingänge.

Zahllose Arier waren vorhanden,
die um die Ecke bogen
wie Droschken. Sie dachten wohl,
sie würden gebraucht.

Ganz ohne Plastiktüten
überquerten ältere Leute
quälend langsam die nassen
gähnenden Adolf-Hitler-Plätze.
Mädchen kamen auf Schritt und Tritt,
die Strapse hatten,
Strapse und Leibchen.
Unanständige Wörter gab es.
Tonfilme tönten.

Das alles ist immer kleiner
und kleiner geworden,
unmerklich wie die Kernseife,
oder schmerzlos und über Nacht,
wie ein Milchzahn, verschwunden.
Zum Beispiel das Deutsche Reich.
Die Vergangenheit, drückend
und öde, ist unvorstellbar
leicht entbehrlich. Heute noch
weiß ich nicht genau,
was das ist: Nostalgie.

Eine Alterserscheinung vielleicht,
oder etwas Ansteckendes.
Filzläuse, Filzläuse,
wo seid ihr geblieben?
Packt doch die alten Fotos ein.
Ich verlasse mich lieber
auf die Vergänglichkeit.
Sie läßt keine Rührung
aufkommen, ist beharrlich
und macht vor nichts halt.

Nürnberg 1938. Ein Klassenbild

Ich nehme die Lupe und betrachte Nürnberg. Nürnberg ist klein. Es hat das Format einer Postkarte und die Sepiafarbe der Vergangenheit. Unter der Lupe sehe ich eine Fassade aus hohen Sandsteinquadern, in der Mitte ein Portal, zwischen mageren Pilastern eine Doppeltür, in den Füllungen der beiden Flügel Fenster aus trübem Graupelglas. Nicht zu sehen hinter den Blendsteinen der Fassade ist der kärglich kalkulierte Backstein, nicht zu schmecken durch das Sagomuster der Fensterscheiben der Geruch von Bohnerwachs und Urin. Dafür steht gestochen scharf rechts neben dem Portal die weiße Nummer sieben auf milchblauem Grund zu lesen. Nur das Emailschild in Schwabacher Schrift hängt jenseits des Bildrandes, aber die Erinnerung sagt mir ein, was darauf steht, das Wort Laufertormauer. Unter die Hausnummer hat jemand mit Kreide geschrieben: Um ein Uhr alle hier sein! In der Ecke aber, kniehoch über dem Gehsteig, ebenfalls mit Kreide hingekrakelt, finde ich unter der Lupe ein wackliges, verkehrt herum zeigendes Hakenkreuz.

Vor dem Portal sind einundvierzig Personen versammelt. Ihre Anordnung verrät die sichere Hand eines unsäglich schlechten Künstlers. Er hat sie aufgebaut wie der Architekt seine falschen Quadern. Starr und dürftig müssen seine Opfer ein fernes Vorbild nachahmen, die Pyramide. Vor dem Eingang ist eine Treppe zu erraten, die jedoch von den einundvierzig Statisten vollkommen verdeckt wird. Eine Freitreppe hätte es werden sollen, doch der Baumeister mußte mit dem Pfennig fuchsen. Darunter leidet auch die Pyramide des Fotografen. Ihre Spitze ist verkümmert, und an den Seiten quillt sie auseinander. Irgendein Zwang, dessen Mechanismus nicht mit abgebildet ist, hindert sie, aus-

einander- und die Treppe hinunterzupurzeln. So hölzern steht kein Mensch freiwillig da.
Im Vergleich zu dem hohen schäbigen Portal wirken die Abgebildeten, bis auf eine Ausnahme, sehr klein. Sie messen kaum mehr als vier Fuß. Die vorderste Reihe sitzt mit angezogenen Knien und verschränkten Waden auf der kalten untersten Stufe der Treppe, die aus Granit besteht. Die hinteren Reihen stehen steif, mit angepreßten Armen nebeneinander da. Sie blicken allesamt ernst und ohne Hoffnung geradeaus in eine Kamera, über deren Gehäuse ein schwarzes Tuch zu vermuten ist. Es handelt sich um eine Aufnahme aus dem Jahr 1938.
Ich suche mit der Lupe in den Gesichtern von vierzig neunjährigen Jungen aus dem Jahr 1938 zu lesen. Sie scheinen mir je länger um so undurchdringlicher. Nach einer Stunde verschwimmen mir ihre Mienen, die Nummern und die Namen vor den Augen. Ich kenne diese Kinder, ich kenne sie nicht. Ein ziehendes Gefühl an den Schläfen, ein langsamer Schmerz in der Magengrube, ein Brechreiz, gemischt aus Müdigkeit und Erregung. Diese Stadtbesichtigung führt nirgendwohin. Es ist besser, die Augen zu schließen.

Ich schließe die Augen und sehe sofort den dicken Hübsch. Ich sehe die abstehenden Ohren des dicken Hübsch, seine allzu feisten Wangen, das Grübchen am Kinn, die vollen, melancholischen Lippen. Hübsch schläft halb, ich sehe es seinen Lidern an. Er frißt aus Unglück. In der Turnstunde hängt er am Reck und öffnet den Mund wie ein Karpfen. Die Klasse lacht sich schief. Hübsch muß aufs Klo. Dort wickelt er ein weißes, zähes Konfekt, das Nappo heißt, aus dem goldenen Stanniol. Am andern Tag kommt er mit Knickerbocker-Hosen. Jetzt braucht er seine weißen, weichen Schenkel nicht mehr zu sehen, wenn er sich in die Schulbank preßt. Seine Eltern haben es eben. Eine nagelneue Knickerbocker-Hose, Pfeffer und Salz. Dann, eines Tages, verschwindet Hübsch, fehlt einfach, unentschuldigt, und an dem Haus in der Theodorstraße, wo er gewohnt hat, erscheint ein paar Tage darauf, im ersten Stock, ein Transparent in Fraktur, darauf steht *NS-Müttergenesungswerk*. Was ist denn das schon wieder, ein Genesungswerk, darüber könnte man lange nachgrübeln. Hübsch jedenfalls ist weg, vermißt wird er sowieso nicht sonderlich. Sein Vater war Prokurist, auch was ein Prokurist ist, weiß niemand genau, doch es hat etwas mit dem Ausland zu tun; so kommt Hübsch nach Amsterdam. Immer noch dick, schaut er 1940 aus dem Fenster in die Prinsengracht hinunter, wo die Feldpolizei vorbeigeht, mit großen Blechschildern auf der Brust. Hübsch schreibt kein Tagebuch, aus dem Dachspeicher in der Prinsengracht wird nie und nimmer ein Kurt-Egon-Hübsch-Museum werden. Das letzte Foto zeigt ihn auch gar nicht dick, sondern ausgemergelt. Er sieht wie ein Dreißigjähriger aus, ach was, das kann doch nicht Hübsch sein, wo denkt ihr denn hin. Jedenfalls, Hübsch ist weg, er soll schon drei Wochen nach dem Transport gestorben sein.

Dagegen der flotte Wanner, ganz oben auf der Treppe, eine fabelhafte Jacke hat er wieder an, und die linke Hand steckt er einfach in die Tasche, allerhand. Blond und rotgesichtig, dem kann keiner so leicht. Eigentlich sieht er ja etwas dümmlich aus, auch so verkniffen an den Mundwinkeln, aber das fällt doch nicht auf. Der Wiederaufbau steht ihm schon 1938, wo noch keiner sich eine Ruine vorstellen kann, ins matte Strebergesicht geschrieben. Nach Kriegserlebnissen darf man Richard Wanner gar nicht fragen. Den Krieg hat er einfach ignoriert. Dann hat er die Grundstücke am Ring geerbt, gleich nach der Währungsreform. Also die Grundstücke werden erst arrondiert, dann getauscht

gegen ein Paket Versicherungsaktien. Wanner vermittelt dies und jenes, auch Immobilien. Jetzt wohnt er im Taunus, hat in der Frankfurter City an der Tür ein Schild *Wanner Investments Inc.* und in Graubünden ein Chalet. Sonst ist er einfach nicht bemerkenswert, kann auch nicht weiter klagen. Nur beim Facharzt für Innere Krankheiten versucht er es. Dabei wird er einem fast sympathisch, denn der Professor, obwohl er absolute einsame Spitze ist und in Basel wirkt, kann nicht finden, was Wanner von innen her auffrißt. Übrigens läßt sich Wanner nichts anmerken, das ist auch besser so; Fitsein ist in seiner Branche eine Frage des Kredits.
Warum ist aber der Albert so klein, er ist ja noch viel kleiner als die andern. Oder sein Kopf ist zu groß. Jedenfalls, das sieht ungeheuer komisch aus, wie bei einem Liliputaner. Sein Vater ist doch gar nicht so, im Gegenteil, wenn der hereinkommt ins *Schiefe Eck*, dann kracht es, dann wird angezapft. Der Wirt sagt schon gar nichts, wenn der mit seinen Freunden, bevor sie nach Haus gehen, an die Gassenschänke pißt, denn Albert Mählers Vater ist etwas bei der SA. Er hat auch wieder Arbeit, im Kabelwerk. Die Kabelrollen sind schwer, aber Alberts Vater wird damit fertig, leicht sogar, mit einer Hand. Warum ist aber dann der Albert so klein, warum zieht er den Kopf so ein, und immer hat er dieselbe grüne Strickweste an? Vielleicht weil Alberts Mutter putzt. Im Herbst kommt es dann endlich heraus. Albert hat die Schwindsucht. Das geht nicht, er steckt am Ende noch die andern Kinder an, er muß verschickt werden. Im Krieg bekommt Albert immer eine Sonderzuteilung. Heute bringt er immerhin achtzehnhundert netto nach Hause, als Feinmechaniker. Er hat drei Kinder und spart auf ein Häuschen, Donnerwetter. Allerdings ist er einsilbig geworden. Damals nach der Betriebsfeier, bei der er die Prämie

bekommen hat, unter Ausschluß des Rechtsweges und Abgeltung aller Patentansprüche gegen die Firma, er hatte etwas erfunden, damals soll er zu einem Reporter, der ihn fragte, ob er stolz sei, gesagt haben: Das hat alles keinen Zweck.
Dinkelmayer ist einfach dumm. Das sieht jeder. Er ist rothaarig, seine Bindehaut ist immer entzündet, Sommersprossen hat er auch. Außerdem ist er Sudetendeutscher, wie soll der mitkommen. Heute noch verwechselt er Heller mit Pfennig und Kronen mit Mark. Natürlich fällt er dauernd durch. Der Lehrer mag ihn, Dinkelmayer gibt sich auch Mühe, nur er versteht eben nichts. Sein Vater ist Hausierer, Dinkelmayer sagt immer: Generalvertreter. Er verkauft Schachuhren und Zahnersatz. Einmal bringt Dinkelmayer ein Etui mit aus rotem Samt, voller gelber Zähne, das ist ein Jubel, und dann fängt er an zu heulen, weil Geirich ihm das Ding wegnimmt und mit den Zähnen auf dem Schulhof schussert. Nach dem Krieg wird Dinkelmayer von seinem Vater rausgeschmissen, weil er immer im falschen Moment ins Schlafzimmer kommt, Dinkelmayers Vater hat nämlich Weibergeschichten, von Schachuhren kann schließlich kein Mensch leben. Dann sortiert Dinkelmayer im Bahnpostamt Pakete. Er klaut nur ganz selten, höchstens im Dezember, wenn es mit dem Stoßbetrieb angeht. Dinkelmayer heiratet, aber seine Frau schmeißt ihn raus; er zahlt Alimente. Also von Dinkelmayer steht im Grunde nur fest, was von Anfang an feststand, Dinkelmayer ist dumm, er wird rausgeschmissen, also muß er Pakete sortieren bis er schwarz wird.
Jetzt aber Erwin Geirich. Er sitzt ganz breit in der Mitte vorn, ungerührt, und leckt sich die Lippen. Geirich ist stark. Er verhaut jeden, der bezweifelt, daß Geirich stark ist. Niemand kann Geirich leiden. Seine Augen liegen weit auseinander. Sein Kopf ist breiter als hoch. Auch ist Erwin der Beste am Pferd, bei der

doppelten Flanke. Sein Trachtenjanker strotzt vor Eichenlaub. Unter der Bank zeichnet er kleine Männchen mit Feuerwehrschläuchen zwischen den Beinen, die sich über dicke Frauen beugen, man weiß nicht warum, aber es spritzt. Erwin wird evakuiert. Sein Vater, der Radio-Geirich, treibt noch 1944 neue Fensterläden und einen Topf Ölfarbe auf, und weil damals kein Maler mehr zu kriegen war, streicht er selber seine Fensterläden rot und weiß. In die Mitte kommt ein Wappen. Über die Zinnen schreibt er *Radio-Geirich* mit Ölfarbe. Später wirft ihm ein Tiefflieger eine Bombe ins Haus. Aber er hat rechtzeitig seinen Röhrenvorrat ausgelagert in einen kalten Backofen bei Kraftshof, so daß Erwin nach dem Krieg gleich ein paar Leute von früher anstellen kann. Die verstehen sich auf Volksempfänger und reparieren sie gegen Butter für Geirich. Wo wäre die deutsche Unterhaltungselektronik heute ohne Männer wie Erwin?
Schön war er nicht, das hat auch niemand behauptet. Schön war Albrecht, der schöne Albrecht Heel. Ein zarter Teint, ein Erdbeermund, eine würdevolle Haltung, schon in der dritten Klasse, das sieht man selten. Albrecht in scharfgebügelten Hosen, langen Hosen mit phantastischen Aufschlägen, eine diskrete Krawatte um den Hals. Albrechts Federkästen, eingelegte Arbeit, Zedernholz, Geheimfach, unvergleichlich. Niemand wollte etwas von Albrecht Heel, er wurde nicht einmal verhauen. Kein Wunder, daß er hochmütig wurde. Auch besaß sein Vater eine Kommanditgesellschaft in der Lindenaststraße. Aus diesem Grunde schrieb ihm der Arzt ein Attest, und er brauchte sich die Turnhalle nicht von innen anzusehen. Daß der schöne Albrecht die hundsgemeinen Zeiten überlebt hat, die da zu überbrücken waren, ist eigentlich undenkbar. Diese Geländespiele, diese Brotmarken, die kaputten Heizungen und das Heißgetränk – ekelhaft. Wenn er wider Er-

warten noch am Leben ist, sitzt er jetzt hinter den ledergepolsterten Doppeltüren einer Etage im vierzehnten Stock, wo die Fenster nicht mehr aufgehen, vor einem leeren Schreibtisch und malt auf das Löschblatt fein schraffierte gefiederte Drachen. Bei Sitzungen läßt er sich vertreten, denn er muß sich vor Infektionen hüten. Eine Mykose oder ein Ekzem, wie leicht zieht man sich so etwas zu. Quaddeln, Gürtelrose, daran, gesetzt er wäre noch am Leben, denkt Albrecht Heel, vor Widerwillen zuckend, bevor er einschläft. Gleich sind wir fertig, nur noch schnell Rühmelein und Bubmann, denn ohne Bubmann und Rühmelein geht es nicht. Rühmeleins Hosenträger gibt es in keinem Kurzwarenladen. Rühmeleins ältere Schwester, die nicht nähen kann, hat sie aus einer alten Wolldecke genäht. Das sitzt natürlich vorne und hinten nicht, das fusselt überall und reißt wie Klopapier. Wer gibt heute Rühmelein seinen Apfel, sein Pausenbrot ab? Wo bleibt denn das Winterhilfswerk? Wozu haben wir die NSV? Das schieben sich alles die Kreisleiter in die eigene Tasche, was da zusammenkommt, überall Perserteppiche, sogar in der Garage. Rühmelein sieht wie ein Schlafwandler aus, seine Augen sind oft so komisch. Sogar bei den Schlägereien hat er einen abwesenden Ausdruck im Gesicht. Im Grunde ist er gutmütig, aber es ist eine düstere Gutmütigkeit. Vor dem Nachsitzen hat er keine Angst. Vorlesen will er nicht, er stockt, blickt düster den Lehrer an. Seine Sütterlin-Buchstaben sind so rund wie Nudeln. Ausgelacht wird Rühmelein nicht, im Gegenteil. Wer sich gut mit ihm stellt, den nimmt er mit auf die Hintere Insel Schütt. Dort weiß Rühmelein Bescheid. Dort kennt er jeden Steg, jede Mühle, die Badestuben, die verschwitzten Schneidereien, die Absteigen und die Oblatenbäcker, wo man sich für fünf Pfennig eine riesige Tüte Bruch holen kann. Himbeer ist lila, Zitrone ist weiß und Pfefferminz grün. Rühme-

lein hat längst erkannt, daß das Deutsche Reich arm ist, ein unterentwickeltes Land, er spürt es an den durchgelaufenen Sohlen seiner Turnschuhe.
Neben ihm der Alfons Bubmann sieht noch ärger aus. Jeden Samstag schert ihn seine Mutter, er spürt die kalte zwickende Maschine auf der Kopfhaut. Das ist wegen der Läuse. In der Stadt der Reichsparteitage sind Läuse keine Seltenheit. Bubmann ist aus Wöhrd. Er trägt einen Kittel von unbestimmbarer Farbe; die Ärmel schlottern ihm bis über die Hände. Seine Knochen sind krumm, das muß eine alte Rachitis sein. Wenn er beim Schulzahnarzt den Mund aufmacht, schnalzt der ratlos mit der Zunge. Alfons sitzt mit Rühmelein auf einer Bank. Die andern sagen, Alfons stinkt. Das kann schon sein. Aber wer, außer dem schönen Heel, ließe sich freiwillig mit dem kühlen Waschlappen in den Ohren bohren? Das ist doch nur der Neid, wenn es heißt, Rühmelein wäscht sich nicht, Bubmann stinkt. Heimliche Bewunderung ist es und Neid auf den, der die Seife nicht kennt und der sich nicht bürsten läßt. Unter vierzig Neunjährigen ist Alfons der einzige, der lächelt. Aber sein Lächeln oder vielmehr Grinsen wirkt eher noch erschreckender als Rühmeleins düstere Augen. Erwin Geirich behauptet, aus dem Lehrerzimmer habe er gehört, Bubmann sei schwach im Kopf. Die Tür war angelehnt, Geirich hat es mit eigenen Ohren gehört. Meinetwegen, es kann schon sein, daß Bubmann schwachsinnig ist. Aber was bleiben dann für Wörter übrig, wenn wir auf Richard Wanner zu sprechen kommen mit seiner idiotischen blonden Locke, und auf den schönen Albrecht Heel? Geirich selber sollte lieber das Maul halten. Sein Kopf ist so breit, daß er kaum mehr durch die Tür geht; eine Stirn hat er ja sowieso nicht. Das lassen wir uns nicht gefallen. Es ist aber nicht Bubmann, der sich nichts gefallen läßt. Bubmann sagt gar nichts.

Fünf Jahre später verlieren Bubmann und Rühmelein ihre Heimat: die schiefen Dachstuben, das Klo ohne Wasser auf dem Treppenabsatz, wo man sich schon im November den Hintern erfriert, die ausgetretenen Stiegen, die Wäscheleinen über dem Kopf, das eiserne Bettgestell und die aufgeschlitzte Matratze, auf der sie mit ihren drei Geschwistern schlafen. Mit einem Wort, des Reiches Schatzkästlein verbrennt eines Nachts, der Feldmarschall Harris hat es so gewollt. Rühmelein und Bubmann weinen dem Ghetto keine Träne nach. Bubmann schlägt sich durch als Fürsorgezögling, Automatenknacker, Zuhälter. Neuerdings sieht er aus wie ein Fünfundfünfzigjähriger, das machen die Vorstrafen. Er ist es, der spät am Abend heimlich diese gelben Zettel an die Hauseingänge klebt: Alt-Kleider-Spende für die Pakistan-Hilfe. Am andern Vormittag ist Bubmann wieder zur Stelle. Was die Hausfrauen aus dem Schrank holen, das verkauft er noch am selben Abend an die türkischen Arbeiter in Schweinau, die etwas Warmes brauchen, wenn der Winter kommt.
Der andere, Rühmelein, verfällt nach dem Luftangriff in eine Art von Grübeln, mit der auch das Wehrertüchtigungslager nicht fertig wird. Am Ende des Krieges sitzt er in der Oberpfalz an einem Entenweiher. Ein Bauer bei Engelsdorf läßt ihn im Heuschober schlafen. Rühmelein buddelt Kartoffeln und füttert die Säue. Er spricht nicht viel, das ist auch nicht nötig. Aber eines Nachts passiert etwas hinter der Scheune, mit einem Metzgersjungen. Etwas Genaues weiß man nicht, das Verfahren wird auch gleich niedergeschlagen. Rühmelein verbringt zwei Jahre in einer Anstalt. Er rührt sich nicht. Dann wird er entlassen. Jetzt ist er in einer Kartonfabrik in Fürth, da werden Bierfilze hergestellt. Rühmelein blickt seine Kollegen an. Düster schaut er durch sie hindurch, wie vor dreiunddreißig Jahren durch die Kamera und jetzt durch meine Lupe und durch mich.

Die andern Kinder lassen wir einfach weg. Nur noch rasch der einundvierzigste Kopf auf dem Klassenfoto. Das ist der Lehrer Reiff. Schon falsch. Nicht Lehrer, sondern Hauptlehrer ist er gewesen. Er preßt die Lippen zusammen, entweder weil er Kopfweh hat oder aus Enttäuschung, wer wollte das entscheiden... Sein hocherhobenes Haupt zeigt sich im Halbprofil. Einer sehr fernen Welt wendet er es zu, in der niemand faulenzt, mogelt, lügt und spickt. Nur er vermag, vom Feldherrnhügel seiner Strenge aus, diese Welt zu erkennen.

Der Hauptlehrer Reiff war gefürchtet und verhaßt. Ahnungslos und unbestechlich schwang er seinen Stekken; so haben wir, von Rühmelein abgesehen, widerwillig gelernt: Lesen, Schreiben, Rechnen, also nichts Wichtiges. Worauf es ankam in der Welt, das wußte der arme Reiff ja selber nicht. Wenn er geahnt hätte, wer unsere heimlichen Hauptlehrer waren, der Schlag hätte ihn getroffen. Niemand hat ihm ihre Namen verraten, denn wir kannten sie selber nicht: Machiavelli und Clausewitz, Bakunin und Mao Tse-tung. Marx und Engels. Freud und Reich. Das waren unsere wichtigsten Schulfächer, und sie standen auf keinem Lehrplan: *Staatlichkeit und Anarchie, Vom Kriege, Die Klassenkämpfe in Deutschland, Die Verdrängung, Autorität und Familie, Über die Behandlung von Widersprüchen im Volk.*

Ein schwieriges Problem für Analphabeten, für die Neunjährigen des Jahres 1938. Wir studierten die Theorie ohne die Theorie, also sehr mühselig, so wie die Maus das Labyrinth, durch wütendes Probieren. Im schrecklichen Labor der Sozialisation war jeder von uns Verhaltensforscher und Versuchstier zugleich. Die Praxis dieser Wissenschaft aber, von der unser eisgrauer Lehrer sich nichts träumen ließ, diese Praxis war der Kampf.

Die Kämpfe der dritten Klasse verlieren sich im Dunkel der Geschichte. Sie sind schwerer zu entziffern als die grell kolorierten Bilderbogen, mit denen der Lehrer Reiff uns den Siebenjährigen Krieg erklären wollte. Unsere Kämpfe führten uns in ein Dickicht von Widersprüchen. Es wurden keine Reden gehalten und keine Orden verteilt. Wir brauchten keine Marschmusik. Es gab keinen Waffenstillstand, und Pardon wurde nicht gegeben.

Schon als Fünfjährige hatten wir uns der Gesellschaftswissenschaft zugewandt und die ersten Banden, Clans, Fraktionen gebildet. In jahrelanger Arbeit hatte jeder dieser Indianerstämme sich seinen Regierungs-, Militär- und Spionageapparat aufgebaut. Hierarchische Modelle und Rätesysteme wurden erprobt, Chefs, Adjutanten und Fußtruppen ausgebildet. Es gab ungeschriebene Verträge, schwierige Koalitionen, listenreiche Umzingelungen, Staatsstreiche und Revolten. Die Kollektive, die aus diesem langwierigen Prozeß hervorgingen, waren hochtrainiert. Jeder, der dazugehörte, war ein Fachmann, der über Hunderte von Tricks verfügte. Die großen Clans waren fest in ihrem Terrain verwurzelt. Die Grenzen zwischen ihren Revieren waren scharf gezeichnet wie auf einem Katasterblatt: Zickzacklinien, die zu überschreiten nicht ungefährlich war.

Der Spitzenberger Bande zum Beispiel gehörte die ganze Gegend hinter der Laufertormauer. Sie war im Rosental zu Haus und hielt die finsteren Höfe hinter der Münzgasse besetzt. Die Spitzenberger raubten beim Krämer Hui in der Hintern Beckschlagergasse Äpfel und Malzbonbons, sie krochen durch das ewig stinkende Kasemattentor, und ihre Spähtrupps drangen bis über den Fluß in das Gewinkel des Wespennestes vor.

Ihr Hauptfeind waren die Wöhrder. Die großen Chefs der Wöhrder hausten in der Rahm, unter verwahrlosten Lagerschuppen, dort wo Bubmann seine Matratze hatte. Sie sprachen ihren eigenen Dialekt, fast wie Ausländer, und betrachteten Wöhrd als eine Stadt für sich. Ihr Fußvolk kam aus den Slums am Zwinger, am Geisberg und an der Kreuzgasse. Als materielle Reserve standen ihnen die Lager der Lumpen- und Altmetallhändler zur Verfügung, deren riesige Schäferhunde sie mit Stinkbomben in Schach zu halten wußten. Ihr strategisches Vorfeld war die Wöhrder Wiese.

Wehe aber dem Häuptling, der die Außenpolitik vernachlässigt hätte! Der hätte sich nicht lange gehalten. Die Burgbande, die zwischen Ölberg, Maxtor und Lauferschlagturm herrschte, wäre sofort zum Vorstoß angetreten. Denen brauchte man ja nur einen Tag lang den Rücken zuzuwenden, und schon setzten sie sich im Kupferschmiedshof fest, wo sie überhaupt nichts zu suchen hatten. Dabei schreckten sie vor nichts zurück. In ihre Schneebälle waren Steine eingebacken, und einer von ihnen trug ein feststehendes Messer. Außerdem betrieb die Burgbande eine äußerst schlaue Schaukelpolitik. Sie versuchte, die Spitzenberger gegen die Wöhrder und die Wöhrder gegen die Spitzenberger auszuspielen. Aber die Abmachungen blieben labil, die Verträge unsicher, und immer wieder explodierte die Guerilla der Neunjährigen in plötzlichen Aktionen, Überfällen aus heiterem Himmel, lauten, schreienden und zuweilen blutigen Gassenschlachten.

Es gab auch Gegenden, die wollte keiner haben. Die da aufeinander einschlugen, kamen alle aus ein und derselben Welt, in der es Torbögen und Brezenmänner gab, Pissoirs und Hinterhöfe, Schrebergärten und Schuppen. Dagegen fühlten sie sich wie Fische auf dem Trockenen in jenen Vierteln, die maßgeschneidert aussahen wie ein Matrosenanzug. Deshalb mieden sie das Prinzregentenufer und die Arnulfstraße, diese Ein-

öden, wo graue Jugendstilvillen unter den Trauerweiden schliefen. Wer in diesem Niemandsland wohnte, der wog und galt nichts. Der Heel, der Hübsch, der Wanner, das waren sozusagen Scherenschnitte. Höchstens, daß ihnen auf dem Schulhof einmal einer den Pfirsich aus der Hand riß, oder der dumme Dinkelmayer stellte ihnen auf dem Heimweg ein Bein, oder sie wurden ausgelacht, wenn sie die Kletterstangen nicht hochkamen, bis sie bleich und hysterisch hinter die Klotür flohen wie der dicke Hübsch. Sie hatten ihre Federkästen und ihre Schinkensemmeln, aber sie gingen immer allein; es scherte sich niemand um sie. Dagegen die Rühmeleins und die Dinkelmayers schwärmten in Trauben aus, sie teilten ihre Beute, viel Gutes hatten sie nicht, aber Gesellschaft immer.
Jeden Mittwochnachmittag ging der flotte Richard Wanner zum Farbfernsehen in die Mauthalle. Das Farbfernsehen hieß damals noch Kaiser-Panorama und kostete zwanzig Pfennig. Zu sehen gab es *Die Sittengeschichte der alten Griechen* und *Mit Lettow-Vorbeck im Busch.* Nach jedem Bild klingelte es leise, und der blonde Wanner wartete schwitzend auf die Einstellung, die im Hintergrund eine schwarze Frau zeigte, ganz nackt. So hoffte er einem Geheimnis auf die Spur zu kommen, das Rühmelein schon seit vier Jahren auswendig kannte, seitdem er bemerkt hatte, was sein Vater mit der ältesten Schwester machte, die ihm, obwohl sie nicht nähen konnte, die Hosenträger genäht hatte.
Überhaupt hatten die Sitzenbleiber früh ausgelernt. Die Drohungen des armen Reiff, der ihnen mit der Hilfsschule oder mit dem Stecken Dampf machen wollte, machten keinen Eindruck auf sie. In- und auswendig kannten sie das Wohlfahrts- und das Gesundheitsamt; sie waren geprügelt worden, bis sie nur noch aus Höflichkeit weiterschrien; ihre Väter waren Kommunisten

oder SA-Männer oder erst das eine und dann das andere gewesen; x-mal waren sie umgezogen und durchgebrannt; das geheimnisvolle Gostenhof hatte ihnen nichts Neues zu bieten, sie kannten sich aus in den rauchigen Vierteln hinterm Bahnhof, Trafowerk, MAN, Schlachthof, Gaskessel, Rangierbahnhof, fern von den Kieswegen, die Heels Gärtner in der Lindenaststraße harkte, zweimal am Tag.
Heel und Hübsch aber lernten, um überhaupt etwas zu lernen, in der Schule. Und weil ihnen nichts anderes übrigblieb, brachten sie gute Zeugnisse nach Hause. Für jeden Einser bekamen sie einen Tretroller oder eine neue Dampfmaschine. Weil sie von den Abenteuern der Spitzenberger ausgeschlossen waren, ernährten sie ihre Phantasie aus Büchern. Sie lasen unter der Bettdecke, mit Taschenlampen, das war besser als gar nichts. Der Bubmann und der Mähler, die stanken nach dem Völkerball wie Böcke, und wenn sie sich die Knie zerschlugen, heulten sie wie Fabriksirenen. Das Training, das Heel und Hübsch zu absolvieren hatten, trieb ihnen einen kälteren Schweiß auf die Stirn und kleinere Tränen in die Augen. Sie übten sich in der herrschsüchtigen Kunst der Selbstverleugnung, in der Angst vor dem Fettfleck und in jener gepflegten Grausamkeit, die in besseren Wohngegenden auf die Blase der jungen Generation drückt.

Andererseits: Was weiß ich von Richard Wanners Tränen? Woher nehme ich die Gewißheit von Erwin Geirichs jähem Aufstieg in der Handwerkskammer? Rühmeleins Schwester habe ich nie gesehen. Von Hautgrieß und Schachuhren, von Brezenbäckern und Investment-Fonds verstehe ich nichts. Dachböden in der Rahm, Dachböden in der Prinsengracht: das ist alles erfunden. Ich gebe es zu. Diese Kinder auf dem Foto, diese Männer in meiner Geschichte kenne ich nicht. Ich habe nicht einmal im Telefonbuch nachgesehen. Und selbst wenn sie darin verzeichnet wären, selbst wenn die Namen ihrer Väter heute noch zu lesen wären, spät abends, als Leuchtschrift über der menschenleeren Karolinenstraße, was wäre damit bewiesen? Wer möchte den Lebensläufen trauen, die ihm die Erinnerung aufsagt, als hätte der Weltgeist sie diktiert?

Darauf habe ich zu sagen: Gut, wir wollen es versuchen. Ziehen wir uns meinetwegen den umgekehrten Handschuh an, wir wollen schon sehen, wem er paßt. Bitte, es geht gleich los. Der kleine schwindsüchtige Mähler also dreht zur Zeit in Ecuador, er ist Regisseur beim Zweiten Deutschen Fernsehen. Erwin Geirich, der mit dem Trachtenjanker, arbeitet als Laienbruder im Maria-Hilf-Krankenhaus in Freising. Der dumme Dinkelmayer, den sehen wir förmlich vor uns als Chefmathematiker bei IBM in Hartford, Connecticut. Und den dicken Kurt-Egon Hübsch schicken wir auf die Zeche Auguste Victoria in Marl, Kreis Recklinghausen, unter Tage an den Kohlenhobel. Albrecht Heel mit dem Erdbeermund ist gewerblich tätig als Freistilringer und Rausschmeißer auf St. Pauli. Und Rühmelein, was wird aus Rühmelein? Ganz einfach, ab mit ihm ins Auswärtige Amt. Düster blickt er uns an über seinen Mahagoni-Tisch hinweg; mühselig, er hat doch das Schreiben nicht gelernt, zeichnet er seine Akten ab mit drei Kreuzen: Rühmelein, Vortragender Legationsrat I. Klasse aus der Hinteren Insel Schütt.

Ja, so hätten wir es gern. Ein paar Überraschungen, schon damit wir von diesen alten Klischees wegkommen, nicht wahr? Aber es gibt keine Überraschungen. Das wußte sogar der ahnungslose Hauptlehrer Reiff. Ich sehe es seinem Blick an, der über unsere Köpfe hinwegschweift ins ferne Reich der Gerechtigkeit. Er wußte, auf diesem Klassenbild ist kein Platz für sie. Um das zu sehen, brauchen wir keine Lupe. Diese vierzig

Kinder haben alles gelernt, was die Schule der Unterdrückung ihnen mitzugeben hat fürs Leben. Ihr abwesender, ihr ernster Blick verrät, daß sie alles wissen. So deutlich wie einen Stein in der Hosentasche, Rille für Rille, Kerbe für Kerbe, fühlen sie, daß sie verurteilt sind. Starr stehen sie da. Sie blicken uns an. Ein erzwungener Stillstand, eine Zehntelsekunde lang, dann geht der Kampf weiter.

Landessprache

Ostendebat namque varium iracundum iniustum
inconstantem, eundem exorabilem clementem
misericordem, gloriosum excelsum humilem,
ferocem fugacemque et omnia pariter.

Plinius, Hist. nat. xxxv, xxxvi.

Was habe ich hier verloren,
in diesem Land,
dahin mich gebracht haben meine Älteren
durch Arglosigkeit?
Eingeboren, doch ungetrost,
abwesend bin ich hier,
ansässig im gemütlichen Elend,
in der netten, zufriedenen Grube.

Was habe ich hier? und was habe ich hier zu suchen,
in dieser Schlachtschüssel, diesem Schlaraffenland,
wo es aufwärts geht, aber nicht vorwärts,
wo der Überdruß ins bestickte Hungertuch beißt,
wo in den Delikateßgeschäften die Armut, kreidebleich,
mit erstickter Stimme aus dem Schlagrahm röchelt und
ruft:
es geht aufwärts!
wo eine Gewinnspanne weit von den armen Reichen
die reichen Armen
vor Begeisterung ihre Kinostühle zerschmettern,
da geht es aufwärts von Fall zu Fall,
wo die Zahlungsbilanz Hosianna und alles was recht
ist singt
und ruft: das ist nicht genug,
daß da die Freizeit spurt und Gas gibt und hinhaut,
das ist das kleinere Übel, das ist nur die Hälfte,
das macht nichts, das ist nicht genug,

daß die Tarifpartner durch die Straßen irren
und mit geballten Fäusten frohlocken
und singen und sagen:

hier geht es aufwärts,
hier ist gut sein,
wo es rückwärts aufwärts geht,
hier schießt der leitende Herr den leitenden Herrn
mit dem Gesangbuch ab,
hier führen die Leichtbeschädigten mit den
Schwerbeschädigten Krieg,
hier heißt es unerbittlich nett zueinander sein,
und das ist das kleinere Übel,
das wundert mich nicht,
das nehmen die Käufer in Kauf,
hier, wo eine Hand die andere kauft,
Hand aufs Herz, hier sind wir zuhaus,

hier laßt uns Hütten bauen,
auf diesen arischen Schrotthaufen,
auf diesem krächzenden Parkplatz,
wo aus den Ruinen Ruinen sprossen,
nagelneu, Ruinen auf Vorrat, auf Raten,
auf Abruf, auf Widerruf:

Hiersein ist herrlich,
wo dem verbrauchten Verbraucher,
und das ist das kleinere Übel,
die Haare ausfallen,
wo er sein erfolgreiches Haupt verhüllt
mit Wellpappe und Cellophan,
wo er abwesend aus der Grube ruft:
hier laßt uns Hütten bauen,

in dieser Mördergrube,
wo der Kalender sich selber abreißt vor Ohnmacht
und Hast,
wo die Vergangenheit in den Müllschluckern schwelt
und die Zukunft mit falschen Zähnen knirscht,
das kommt davon, daß es aufwärts geht,
da tun wir Fleckenwasser drauf,
das ist hier so üblich, das wundert mich nicht,

goldrichtig liegen wir hier,
wo das Positive zum Höchstkurs notiert,
die Handelskammern decken sich damit ein
und bahren es auf unter Panzerglas,

wo wir uns finden wohl unter Blinden,
in den Schau-, Kauf- und Zeughäusern,
und das ist nicht alles, das ist nur die Hälfte,
das ist die tiefgefrorene Wildnis,
das ist die erfolgreiche Raserei, das tanzt
im notdürftigen Nerz, auf zerbrochenen Knien,
im ewigen Frühling der Amnesie,

das ist ein anderes Land als andere Länder,
das reut mich, und daß es mich reut,
das ist das kleinere Übel, denn das ist wahr,
was seine Opfer, ganz gewöhnliche tote Leute,
aus der Erde rufen, etwas Laut- und Erfolgloses,
das an das schalldichte Pflaster dringt
von unten, und es beschlägt, daß es dunkel wird,
fleckig, naß, bis eine Lache,
eine ganz gewöhnliche Lache es überschwemmt,

und den Butzemann überschwemmt,
das Löweneckerchen, das Allerleirauh,
und die schöne Rapunzel, die sind nicht mehr hier,
und es gibt keine Städte mehr, und keine Fische,
die sind erstickt in dieser Lache,

wie meine Brüder, die tadel- und hilflosen Pendler,
wie sie mich reuen, die frommen Gerichtsvollzieher,
die Gasmänner, wie sie waten zuhauf,
mit ihren Plombierzangen, wie sie stapfen,
in ihren abwesenden Stiefeln, durchs Bodenlose,
die Gloriole vorschriftsmäßig tief im Genick:

ja wären's Leute wie andere Leute,
wär es ein ganz gewöhnliches, ein andres
als dieses Nacht- und Nebelland,
von Abwesenden überfüllt,
die wer sie sind nicht wissen noch wissen wollen,
die in dieses Land geraten sind
auf der Flucht vor diesem Land
und werden flüchtig sein bis zur Grube:

wärs anders, wär ihm zu helfen,
wäre Rat und Genugtuung hier,
wär es nicht dieses brache, mundtote Feindesland!

Was habe ich hier verloren, was suche ich
und stochre in diesem unzuständigen Knäuel
von Nahkampfspangen, Genußscheinen,
Gamsbärten, Schlußverkäufen, und finde nichts
als chronische, chronologisch geordnete Turnhallen
und Sachbearbeiter für die Menschlichkeit
in den Kasernen für die Kasernen für die Kasernen:

Was soll ich hier? und was soll ich sagen?
in welcher Sprache? und wem?
Da tut mir die Wahl weh wie ein Messerstich,
das reut mich, das ist das kleinere Übel,
das schreit und so weiter
mit kleinen Schreien zum Himmel
und gibt sich für größer aus als es ist,
aber es ist nicht ganz,

es ist nur die himmelschreiende Hälfte,
es ist noch nicht genug:

denn dieses Land, vor Hunger rasend,
zerrauft sich sorgfältig mit eigenen Händen,
dieses Land ist von sich selber geschieden,
ein aufgetrenntes, inwendig geschiedenes Herz,
unsinnig tickend, eine Bombe aus Fleisch,
eine nasse, abwesende Wunde:

Deutschland, mein Land, unheilig Herz der Völker,
ziemlich verrufen, von Fall zu Fall,
unter allen gewöhnlichen Leuten:

Meine zwei Länder und ich, wir sind geschiedene Leute,
und doch bin ich inständig hier,
in Asche und Sack, und frage mich:
was habe ich hier verloren?

Das habe ich hier verloren,
was auf meiner Zunge schwebt,
etwas andres, das Ganze,
das furchtlos scherzt mit der ganzen Welt
und nicht in dieser Lache ertrinkt,

verloren an dieses fremde, geschiedne Geröchel,
das gepreßte Geröchel im *Neuen Deutschland*,
das Frankfurter Allgemeine Geröchel
(und das ist das kleinere Übel),
ein mundtotes Würgen, das nichts von sich weiß,

von dem ich nichts wissen will, Musterland,
Mördergrube, in die ich herzlich geworfen bin
bei halbwegs lebendigem Leib,
da bleibe ich jetzt,
ich hadere aber ich weiche nicht,

da bleibe ich eine Zeitlang,
bis ich von hinnen fahre zu den anderen Leuten,
und ruhe aus, in einem ganz gewöhnlichen Land,
hier nicht,
nicht hier.

Über die Schwierigkeit, ein Inländer zu sein

Ich habe nie recht verstanden, wozu Nationen da sind. Jene Leute, die am liebsten von ihnen sprechen, haben mir's am allerwenigsten erklären können, ja, sie haben es nicht einmal versucht. Ich meine die enragierten Nationalisten und ihre Widersacher, die enragierten Anti-Nationalisten.

Seit ungefähr dreißig Jahren höre ich die einen wie die anderen sagen, daß ich ein Deutscher bin. Ich verstehe ihre Emphase nicht recht, denn was sie mir versichern, das bezweifle ich gar nicht, ich will es gerne glauben, es ist mir seit geraumer Zeit durchaus geläufig. Dennoch werden die Leute es nicht müde, jene bescheidene Tatsache immer wieder vorzubringen. Ich sehe es ihren Gesichtern an, daß sie das Gefühl haben, als hätten sie damit etwas bewiesen, als hätten sie mich aufgeklärt über meine eigene Natur und als wäre es nun an mir, mich entsprechend, nämlich als Deutscher, zu verhalten.

Aber wie? Soll ich stolz sein? Soll ich mich genieren? Soll ich die Verantwortung übernehmen, und wenn ja, wofür? Soll ich mich verteidigen, und wenn ja, wogegen? Ich weiß es nicht, aber wenn ich das Gesicht meines Gegenübers aufmerksam betrachte, kann ich erraten, welche Rolle er mir zugedacht hat. Ich kann diese Rolle ausschlagen oder akzeptieren. Aber selbst indem ich sie ausschlage, werde ich sie nicht los; denn in der Miene meines Gegenübers zeichnet sich bereits die Reaktion auf meine Reaktion ab: Empörung oder Genugtuung, Billigung oder Wut, nämlich darüber, daß ich mich, *als Deutscher*, so oder anders verhalte.

Meine Nationalität ist also keine Qualität, sondern eine Erwartung, die andere in mich setzen. Natürlich nur eine unter vielen derartigen »Rollenerwartungen«.

Auch hinsichtlich meines sozialen Status, meines Familienstandes, meines Alters treten mir in jeder Gesellschaft gewisse *idées fixes* entgegen, die mich zu dem formieren oder deformieren sollen, was ich in den Augen der Gesellschaft bin: also etwa ein Dorfbewohner, ein Dreißigjähriger, ein Familienvater und so weiter. Merkwürdigerweise sind alle diese Bestimmungen um so leichter abzuschütteln, je handgreiflicher sie sind. Die Nationalität, als abstrakteste und illusionärste unter ihnen, ist zugleich die hartnäckigste.

Wenn ich den Geschichtsbüchern trauen darf, so hat es, vielleicht vor dem Ersten Weltkrieg, eine Zeit gegeben, in der Nationalität mehr war als eine psychologische Größe.

Ich erkläre mir das folgendermaßen. Auf dem Weg von der steinzeitlichen Urhorde zur planetarischen Industriegesellschaft scheint die Entfaltung der Produktivkräfte irgendwann im neunzehnten Jahrhundert einen Punkt erreicht zu haben, wo die souveräne Nation ihnen ein optimales Organisationsprinzip bot. (Aus dieser fernen Zeit stammen vermutlich Beschwörungsformeln wie *»Buy British«*, »Deutschland, Deutschland über alles«, *»La Grande Nation«* oder »Deutsche Wertarbeit«.)

Seitdem haben sich die produktiven (und destruktiven) Kräfte, über welche die Menschheit verfügt, derart weiterentwickelt, daß die Nation als Form ihrer Organisation nicht nur obsolet, sondern zu einem lebensgefährlichen Hindernis geworden ist. Souveränität ist längst zur völkerrechtlichen Fiktion geschrumpft. Nur am Biertisch wird sie noch buchstäblich und ernst genommen. Nicht einmal die Zollbeamten scheinen mehr daran zu glauben. Wie die monegassischen Garden wirken sie als Staffage. Ihr verlegenes Lächeln bittet um Entschuldigung, wenn sie uns ihr Kreidekreuz auf den Koffer malen. Wenigstens im westlichen Europa

wird der Begriff des Auslandes immer mehr zur Reminiszenz. Für die Konzernverwaltungen, Fluggesellschaften und Generalstäbe existiert er nicht mehr.
Wer aus Deutschland kommt, für den ist dieses Erlöschen der Nationalität als einer gesellschaftsprägenden objektiven Kraft verhältnismäßig leicht sichtbar, leichter jedenfalls als für die Bewohner älterer Nationalstaaten. Wir haben es sehr spät zu einer nationalstaatlichen Identität gebracht, und wir haben uns ihrer nie sehr sicher gefühlt. Daher mag der hysterische Überschwang rühren, mit dem in unserem Land seit 1870 der sogenannte »nationale Gedanke« – der, streng genommen, nie ein Gedanke war – affichiert worden ist. Im Jahre 1945 ist uns diese Identität abhanden gekommen, und zwar so gründlich, daß man sich fragen muß, ob von einer deutschen Nation überhaupt noch die Rede sein kann. Für einen Bürger von Frankfurt am Main liegt New York vor der Tür, dagegen ist die Reise nach Frankfurt an der Oder psychologisch, politisch und geographisch zur Expedition geworden. Der Fall beweist, daß sich Nationen rein administrativ und von außen, von einem Jahr aufs andere, zunichte machen lassen; er beweist damit die Hinfälligkeit des Prinzips der Nationalität.
Natürlich macht uns dieser Vorgang nicht zu Kosmopoliten. Obwohl der Idee der Nation objektiv nichts Handfestes mehr entspricht, lebt sie subjektiv, als Illusion, äußerst zäh weiter. Illusionen von solchen Ausmaßen sind aber ernst zu nehmen. Sie sind ihrerseits Realitäten, und zwar psychologische Realitäten von explosiver Kraft. Ich habe mich oft gefragt, was uns so fest an diese Zwangsvorstellungen fesselt. Vermutlich ist es uns zu mühsam, eigene Ressentiments und Komplexe, Idiosynkrasien und Neurosen zu entwickeln. Das Scheinbild der Nation stellt jedermann ein präfabriziertes seelisches Möblement zur Verfügung, indem er

sich preiswert einrichten kann. Noch dazu handelt es sich um ein Sortiment von der Stange, das die eigene Auswahl überflüssig macht und den enormen Vorzug hat, daß man es mit vielen anderen teilt. Das schafft eine gewisse behagliche Solidarität, wie man sie etwa unter Leuten beobachten kann, die dasselbe Automodell fahren.

Dabei spielt es keine Rolle, ob es das schnellste oder langsamste, das beste oder das schlechteste Fabrikat ist. Neben den althergebrachten Wettlauf um Macht und Ansehen ist in unseren Tagen ein makabrer Wettbewerb getreten, den die Schatten der einstigen Nationen um die Frage austragen, wer am tiefsten gesunken sei und die größten Sorgen habe. Dieses Spiel, bei dem die alten Regeln sich in ihr Gegenteil verkehren, ist besonders unter Intellektuellen beliebt. Amerikanische Liberale führen ihr Rassenproblem ins Feld, italienische Sozialisten den Klerus, englische Kritiker ihr *Establishment*, russische Literaten den Stalinismus.

Bei diesem Spiel, das einen masochistischen Zug hat, gewinnen natürlich unweigerlich die Deutschen. Ihre beiden Trumpfkarten sind: die »unbewältigte Vergangenheit« und »die deutsche Frage«. Mit diesen beiden Schlagworten sind der Faschismus und die deutsche Teilung gemeint, und um beide Sachverhalte haben sich komplizierte, genau festgelegte nationale Rituale herausgebildet.

Ich kann dieser Rituale nicht recht froh werden. Ich werde den Verdacht nicht los, daß es sich dabei um bloße Umkehrungen handelt. Allzu ähnlich sehen sich Selbstverachtung und Selbstlob, Selbstbemitleidung und Überheblichkeit. Unüberprüft bleibt dabei die Voraussetzung, die mir eitel scheint: daß es sich, wie der bezeichnende Ausdruck dafür heißt, um ein »nationales Schicksal« handle.

Vielleicht ist es dieses illusionäre Moment, das unsere

Beschäftigung mit dem Nazismus moralisch und politisch so unproduktiv macht. Die Nabelschau, die sich auf den sogenannten Volkscharakter richtet, stimmt mich nachgerade ungeduldig. Sie verklärt die Eigenschaft »deutsch« von neuem zur metaphysischen Größe – nur daß das diesmal mit umgekehrtem Vorzeichen geschieht. Wie einst das Gute, so wird jetzt das schlechthin Böse biologisch oder rassisch lokalisiert. Auch eine gewisse Deutsch-Feindlichkeit in anderen Ländern möchte die Verbrechen der zwölf Hitler-Jahre lieber manichäisch deuten als historisch analysieren. Dort wie hier gibt man einer scheinbar ewigen, unveränderlichen bösen Substanz die Schuld, die, mit einem Wort, »typisch deutsch« sei.

Diese Art, Vergangenheit zu »bewältigen«, ist nicht nur steril, sondern geradezu verdächtig. Mehr und mehr nimmt sie die zeremoniellen Formen einer Teufels-Austreibung an. Die offiziell zur Schau gestellte Zerknirschung ist eine abergläubische Prozedur. Ihr sonderbares Motto heißt: *Qui s'accuse, s'excuse.*

Ein solches Verfahren kann nie und nimmer leisten, was man sich von ihm verspricht. Niemand wird je vergessen oder verzeihen, was in den Vernichtungslagern geschehen ist. Ich kann den staatlich verordneten Massenmord im industriellen Ausmaß nicht für ein nationales Problem der Deutschen halten. Deutsche haben ihn verübt. Das scheint manche Leute mehr zu bekümmern und mehr zu beschäftigen als die Entdeckung, daß der Mensch zu allem fähig ist. Diese Entdeckung verharmlost, wer Auschwitz zur deutschen Spezialität, zum Produkt einer hypothetischen deutschen Volksseele machen will.

In Wirklichkeit verdient diese Volksseele keinerlei Interesse. Ich vermute, daß sie, mit Ausnahme von manchen Deutschen und Deutschenhassern, der ganzen Welt zum Halse heraushängt. Ebenso langweilig sind die monotonen Selbstanklagen, die man seit 1945 aus unserem Lande hört. Als ginge es im Ernst darum, unser kollektives Seelenheil zu retten; als wäre nicht der Begriff eines kollektiven Seelenheils selber eine unhistorische Mystifikation!

Wie unhistorisch der nationale Exorzismus bleibt, das zeigt sich an seiner Folgenlosigkeit. Wem ist damit gedient, daß sich »das deutsche Volk«, wie es in Regierungserklärungen heißt, an die Brust schlägt, wenn soviel innere Ein- und Umkehr nicht einmal jene Regierung dazu vermag, die Nazis aus ihren öffentlichen Ämtern in den Parteien, den Administrationen, der Armee, den Geheimdiensten und der Polizei zu entfernen? Was taugt eine nationale Erschütterung, die uns nicht einmal zu der Einsicht verhilft, daß zwischen dem Faschismus und der deutschen Teilung ein stringenter historischer Zusammenhang besteht? Wieviel Glauben kann man der öffentlich plakatierten Reue über die Judenhetze schenken, solange in der Bundesrepublik die lächerlichste Kommunistenhetze fortdauert?

Unsere nationale »Selbstbesinnung« treibt viele sonderbare Blüten, aber die erstaunlichste von ihnen ist doch wohl das Verhältnis, das wir zur Sowjetunion gefunden haben. Natürlich ist die Sowjetunion der Erzfeind, das versteht sich ja beinahe von selbst. Aber nicht nur das: sondern es ist in Westdeutschland auch das Gefühl weit verbreitet, als wäre uns von seiten der Sowjets das bitterste Unrecht widerfahren. Den Sowjets dürfen wir nicht trauen, sie sind tückisch und brutal, Angst vor ihnen ist Bürgerpflicht. Andererseits sind sie uns natürlich weit unterlegen, vor allem kulturell.

Vor mir habe ich eine kleine Landkarte. Sie trägt die Überschrift: Bevölkerungsverluste im Zweiten Weltkrieg. Auf dieser Karte sind Kreuze zu sehen: ein Kreuz steht für eine Million Getötete. Ich sehe fünf Kreuze in Deutschland, fünf Kreuze in Polen und eines in Jugoslawien stehen. Zwanzig solcher Kreuze finde ich neben dem Wort: Sowjetunion. In einem kleinen Museum in Leningrad sah ich ein daumengroßes Stück verdorrten Brotes. Das war in den Wintermonaten zur Zeit der deutschen Belagerung die Tagesration für die Einwohner der Stadt. Sie war kleiner als eine Häftlingsration in Buchenwald.

Ich habe nicht den Eindruck, daß in der Bundesrepublik irgend jemand versucht, diese Vergangenheit zu »bewältigen«. Dazu wäre das übliche Ritual auch kaum geeignet. Denn diese Vergangenheit hat direkte historische Folgen: statt seelischer Andachtsübungen legt sie politische Taten für die Zukunft nahe.

Ich habe das Beispiel der Sowjetunion erwähnt, weil es zeigt, wie ungebrochen der nationale Narzißmus fortbesteht und wie wenig damit gewonnen ist, daß er sich gelegentlich mit umgekehrten Vorzeichen schmückt. Mit seinen Mitteln ist heute nichts mehr auszurichten und keine ernsthafte Frage mehr zu lösen. Krieg und Frieden, die Verschiedenheit der ökonomischen und politischen Weltsysteme, die konstante Möglichkeit des Völkermordes, zu dem täglich neue Vorbereitungen getroffen werden – das alles sind keine nationalen Probleme. Das Schlimmste an der deutschen Teilung ist nicht, daß die Deutschen unter ihr leiden, sondern daß sie zu einem Weltkrieg führen kann; die atomare Rüstung der Bundesrepublik bedroht den Frieden, nicht weil der Nationalcharakter der Deutschen teuflisch wäre, sondern weil sie die Sowjetunion provozieren muß; der Faschismus ist nicht entsetzlich, weil ihn die Deutschen praktiziert haben, sondern weil er überall möglich ist.

Ein Deutscher zu sein, das scheint mir kein schwierigeres oder leichteres Los als irgendein anderes. Es ist keine Kontition *à part*, sondern eine Herkunft unter vielen. Ich sehe keinen Anlaß, sie zu beklagen oder zu verleugnen, und keinen, etwas Hervorragendes in ihr zu sehen. Es liegt im Begriff jeder Herkunft, daß man sich nie ganz von ihr trennt; aber ebenso liegt es in ihrem Begriff, daß man sich jeden Tag von ihr entfernt. Meine Mitmenschen, die den Umstand, daß ich ein Deutscher bin, wichtiger nehmen, als ich es tue, will ich nicht unnütz vor den Kopf stoßen. Daß ich ein Deutscher bin, diesen Umstand werde ich akzeptieren, wo es möglich, und ignorieren, wo es nötig ist.

Vorschlag zur Strafrechtsreform

Wegen staatsgefährdender Störung in Tateinheit mit
schwerem Forstwiderstand wird bestraft

wer Gegenstände zur Verschönerung öffentlicher
Wege böswillig verschleiert
wer eine Frau zur Gestattung des Beischlafs verleitet
oder einen andern Irrtum in ihr erregt
wer die Überwachung von Fernmeldeanlagen stört
wer vorsätzlich Süßstoff herstellt

wer den Gebrauch gewisser Beteuerungsformeln
unterläßt
wer ohne Erlaubnis der zuständigen Behörde an
Syphilis gelitten hat
wer auf einer Wasserstraße Gegenstände hinlegt
wer länger als drei volle Kalendertage abwesend ist

wer auf einem Eisenbahnhofe mittels Abschneidens ein
wichtiges Glied einer Amtsperson verringert
wer es unternimmt Luftfahrer auszubilden
wer Witwenkassen errichtet
wer Orden in verkleinerter Form trägt

wer nach gewissenhafter Prüfung die Obrigkeit
verächtlich macht
wer an einer Zusammenrottung teilnimmt
wer von den Reisewegen abweicht
wer eine Tatsache behauptet

wer ein männliches Tier zur Besamung verwendet
wer sich kein Unterkommen verschafft hat
wer Befehle böswillig abreißt
wer die Schlagkraft gefährdet

wer ein Zeichen der Hoheit beschädigt
wer sich dem Müßiggang hingibt
wer Einrichtungen beschimpft
wer seine Richtung ändern will

wer sich mit Wort und Tat auflehnt
wer einen Haufen bildet
wer Widerstand leistet
wer sich nicht unverzüglich entfernt

wer ohne Vorwissen der Behörde oder seines Vorteils wegen oder vorsätzlich oder als Landstreicher oder um unzüchtigen Verkehr herbeizuführen oder mittelst arglistiger Verschweigung oder gegen Entgelt oder wissentlich oder durch Drohung mit einem empfindlichen Übel oder gröblich oder grobfahrlässig oder fahrlässig oder böswillig oder ungebührlicherweise oder auf Grund von Rechtsvorschriften oder ganz oder teilweise oder an besuchten Orten oder unter Benutzung des Leichtsinns oder nach sorgfältiger Abwägung oder mit gemeiner Gefahr oder durch Verbreitung von Schallaufnahmen oder auf die vorbezeichnete Weise oder unbefugt oder öffentlich oder durch Machenschaften oder vor einer Menschenmenge oder in einer Sitte und Anstand verletzenden Weise oder in der Absicht den Bestand der Bundesrepublik Deutschland zu beeinträchtigen oder mutwillig oder nach der dritten Aufforderung oder als Rädelsführer oder Hintermann oder in der Absicht Aufzüge zu sprengen oder wider besseres Wissen oder mit vereinten Kräften oder zur Befriedigung des Geschlechtstriebs oder als Deutscher oder auf andere Weise

eine Handlung herbeiführt oder abwendet
oder vornimmt oder unterläßt
oder verursacht oder erschwert

oder betreibt oder verhindert
oder unternimmt oder verübt oder bewirkt oder
begeht
oder befördert *oder* beeinträchtigt
oder befördert *und* beeinträchtigt
oder befördert *und nicht* beeinträchtigt
oder beeinträchtigt *und nicht* befördert
oder *weder* befördert *noch* beeinträchtigt.

Das Nähere regelt die Bundesregierung.

Der Bundesgeschäftsführer

Matt von den Worten, die er verloren hat,
müde vom Lallen der Mitglieder des Präsidiums,
von seinen Gelenkschmerzen, erschöpft
von den frischen Dienstgeheimnissen,
die wie alte Kaugummis kleben
im Handschuhfach, von unten, in der Seele,
von früher, matt vom Wirtshausgeruch
der Ortsvereine, Schweiß, Bier, Fett,
satt von den kleinen Lügen,
die kleinen Wahrheiten ähneln wie eine Erbse
der andern, und die er essen,
ausspucken, essen muß, von seinen Pflichten,
die ihm durch die Finger gleiten
wie ein Rosenkranz, trocken
und schwer zu zählen, pilgert er
zum Flughafen Wahn, hinkt
über die Piste, mühsam, geübt,
hinter dem gelben Kastenwagen her,
hinter der leuchtenden Schrift: FOLLOW ME.

O Bundesgeschäftsführer, sagt eine Stimme,
die ihn feierlich duzt –
ich sehe ihm zu, wie er den Mund aufmacht,
wie er ihn schließt, wie er horcht,
ich höre nichts, ich frage mich,
wie einem zumut ist, der sie führen muß,
die Bundesgeschäfte, sicherlich
ist sie schwer zu verstehen, die Stimme –
Wozu? fragt sie leise, wozu verhindern,
einknicken, siegen, rutschen,
verraten, retten? Zusammengesunken,
ohne Brille, lauscht er und kehrt,
mit der linken Hand, auf seinem Klapptisch,

die Glasscherben der Vernunft zusammen,
»das Ganze« – Vorsicht! – welcher Vernunft?
Er bewegt seine Lippen, er antwortet nicht.

Wenn er einen einzelnen Menschen sieht,
selten genug, der nicht spricht, einen,
der hobelt, einen, der sich arbeitslos
in den Ellbogen beißt, oder, im Vorüberfahren,
die trostlosen Leitanträge immerzu
auf den Knien im Fond, einen Selbstmörder,
wie er hoch oben auf seiner Dachrinne zaudert
im Blaulicht der Feuerwehr, oder im Vorzimmer
Fräulein Bürstner zum Beispiel,
die Neue – Augenblick, ich verbinde –,
mit ihrem himmlischen Lächeln,
dann überkommt ihn der Neid
wie ein Herzanfall. Während er nämlich
seine glasklaren Interviews gibt,
sind jene am Leben, einzelne Menschen,
summen schwachsinnige Songs oder heulen
selbstvergessen im Regen, essen,
selbstsüchtig, klammern sich, normal,
an ihre Dachrinne, ohne Hintergedanken.

Ja, dann fühlt er etwas, der Bundesgeschäftsführer,
er fühlt den Reiz in der Brust,
den Brechreiz der Macht. Und warum
stöhnt er nicht, warum macht er sich Sorgen,
warum kann er nicht klagen? Zuwenig Zeit,
zuwenig kriminelle Energie; ein Veteran,
der, am Holzbein, mit einem Stock,
mit einem rostigen Nagel am Stock,
Spenden einsammelt, ekelhaft
wie verschimmelte Joghurtbecher
und blutige Binden. Nur wenn er im Flur,
unter Genossen, das Wort *Erfolg* hört,

gelingt ihm ein sparsames Lächeln,
das trostlos recht hat, und auf der Treppe
hält er kurz inne, wenn seine Nachfolger ihm
unauffällig entgegenkeuchen, aufwärts, in Rudeln,
in ihren Lederjäckchen, systematisch und jung.
Dann hält er sich am Geländer fest,
und seine Mappe, die alte Mappe
mit ihren Narben, ihren Tintenflecken,
die er hält, hält ihn.

Ich weiß, ich weiß, sagt die Stimme,
im Urlaub werden die Schmerzen schlimmer,
auf Einödhöfen im Herbst, oder irgendwo
auf einer nebligen Insel. Ich bin kein Arzt,
sagt sie, o Bundesgeschäftsführer! Ich
bin kein Engel, doch atmen höre ich dich,
du träumst, wüst und vereinzelt im Brei,
im kalten Brei, wenn ich dich wecken könnte!
Es ist ein Gemurmel an seinem Ohr,
es ist eine Stimme, die ich nicht hören kann,
irgendeine nagende Stimme, sicherlich
schwer zu verstehen, und er wacht auf
in seinem Eisenbett, weit und breit
kein Fernschreiber, nur die Kühe, die Disteln,
der Mist, der Nebel, die nagende Ruhe.

O Termine, o Umsicht, o Weitermachen,
rückwärtsgehender, liebgewordener Schrecken,
ab sieben Uhr früh! – Was heißt hier Schrecken,
sagt er, das ist schon zuviel gesagt,
bleiben wir bei den Fakten, auf dem Dienstweg,
mit dem EKG in der Hand. Hier in der Zentrale
werden immer dieselben Worte verloren,
rieseln wie Fischmehl aus lecken Tüten
auf das Linoleum der Baracke.
Schadenfroh weicht die Welt zurück –

zugegebenermaßen, das ist nur ein Eindruck;
der Bundesgeschäftsführer meint, vermutet,
ahnt: was da zurückweicht, das ist die Welt:
eine Greisin hinter dem Zaun, ein Strumpfband,
ein Schulranzen, Mord und Totschlag – hier
auf dieser Etage dagegen ist alles verkehrt,
auch das Richtige, alles ist unauffindbar,
droben, drüben, drunten, draußen –

Nur die Gelenkschmerzen sind noch da,
auf sie ist Verlaß, an sie
kann man sich halten, besser als gar nichts:
der eiserne Geschmack der Tablette,
das laue Wasser, der öde Geruch
nach chemischen Fichtennadeln,
die Wasserspülung, das blendende Handtuch,
das krachend aus dem Blech des Behälters fährt.
Nach fünfzehn Stunden sind ein paar Minuten vorbei.
So, sagt die Stimme, zaghaft,
kann es nicht weitergehen, so geht es weiter.
Es blickt der Bundesgeschäftsführer
auf die Wiedervorlage, auf die Zimmer-Calla,
den Reißwolf, abwesend, nickt,
hebt den Hörer ab, antwortet, selbst,
mündlich, Nur zu!, ja, er versucht es,
als ob er der einzige wäre,
der es versucht, immer wieder –

Dann nimmt er seine Mappe. War das alles?
fragt er, und ruhig sagt Fräulein Bürstner,
die Neue, Ja, in ihrer vagen Trance,
die sachlichste aller Furien,
Ja, das war alles.

Armes reiches Deutschland!
Vorstudien zu einem Sittenbild

An einem Sonntagnachmittag im Juli 1948 stand der zweiundsechzigjährige Facharzt Dr. B. am Fenster und sah deprimiert auf seinen Hinterhof hinaus. »Meine Frau war in einen anderen Stadtteil gefahren, um ihren alten und gänzlich unvermögenden Eltern etwas Brot von uns zu bringen... Zu Mittag hatten wir einen Rest Bohnen gegessen mit Brot, – Kaffee und Tee war längst zu Ende und nichts Neues zu kaufen... Die Abende sind schon früh dunkel; der Winter steht bevor und natürlich gar keine Aussicht, daß es Holz und Kohlen geben wird... Ich war down wie noch nie, wahrhaft am Ende.
Da klingelte, nein klopfte an die klingelstumme, stromlose Korridortür etwas und davor stand der Postbote und brachte mir Ihr Kaffee-Paket... Ein wahrhaftes Wunder. Ein Märchen, wie gesagt. Köstlicher Kaffee, – sofort den Kessel Wasser auf das Gas, obschon da auch schon Gefängnis drauf steht, wenn man die Ration überschreitet, und eine Tasse Tinto, Espresso, Mokka mir gebraut! Ich lebte auf, holte mir einen Wallace aus der Leihbibliothek und überlebte den Sonntag.«

Fünfunddreißig Jahre später, fast auf den Tag genau, in einer geräumigen Schöneberger Altbauwohnung, höre ich mir die Liebeserklärung einer Berliner Freundin an die alte Hauptstadt an. In ihrem abgewetzten Lederjäckchen sitzt sie, neben einem schönen Bauernschrank, unter diversen Original-Graphiken und lobt die grauen Fassaden, den abbröckelnden Putz, die heruntergekommenen Läden in der Nachbarschaft, den nahen S-Bahnhof, der sie an das Bühnenbild einer

Inszenierung von Klaus Michael Grüber erinnert. Sie findet die Stagnation der Stadt beruhigend. In ihren ghettoartigen Zügen sieht sie Vorzeichen einer gleichförmigeren, gelasseneren Zukunft; selbst der Geruch nach Schwefel und Braunkohle, der aus dem Osten herüberweht, scheint sie anzuheimeln. Dagegen Hamburg oder München! Diese geleckten Fassaden, diese grauenvollen, boutiquenglitzernden Fußgängerzonen könnte sie keine vierzehn Tage lang ertragen. Alles neureich und schäbig, selbstzufrieden und geschmacklos, mit einem Wort: *westdeutsch.* Dieser Ausdruck nimmt in ihrem Mund eine gleichsam obszöne Färbung an. Im Sprachgebrauch der West-Berliner bedeutet er nichts Gutes. Er zeigt auf ein seelenloses Disneyland, in dem der Wohlstand wütet.

Die Tirade meiner Freundin kommt mir bekannt vor. Obwohl ich weiß, daß sie jede Gelegenheit zu einem Ausflug nach Sardinien oder Kreta nutzt; daß sie nicht im Traum daran denkt, ihren kleinen Alfa-Romeo mit der geliebten S-Bahn zu vertauschen; und daß der Kuchen, den sie mir anbietet, per Luftfracht aus Paris in die obere Etage des KaDeWe gelangt ist, die sie mit der Gier einer Süchtigen durchstreift, – höre ich ihr höflich zu, trinke einsilbig meinen Kaffee aus und überlasse sie ihrem Glauben an die moralische Vortrefflichkeit von Schöneberg und Umgebung.

Die Erzählungen aus der Zeit nach dem Zweiten Weltkrieg haben längst den Sepiaton der Nostalgie angenommen. Wer heute zwanzig ist, für den klingen sie ebenso sagenhaft und phantastisch wie Geschichten aus dem Dreißigjährigen Krieg. Der vorwurfsvolle Ton, den die Großväter beim Erzählen anschlagen, trägt nicht eben zu ihrer Glaubwürdigkeit bei. (»Was wir alles durchmachen mußten! Ihr habt ja keine Ahnung, wie gut es euch geht!«)

Im Herbst 1949 fuhr ich zum ersten Mal in meinem Leben ins Ausland. Die Markthalle von Göteborg, eine eiserne Konstruktion aus dem neunzehnten Jahrhundert, habe ich nie vergessen können. Hell erleuchtete Stände mit Früchten, Käsesorten, Delikatessen, Fischen, Geflügel, Süßigkeiten aus allen möglichen Ländern, und die Leute kauften diese »Friedensware« ein, ruhig wie Schlafwandler, gelangweilt, als verstünde sich das alles von selbst. Ich rieb mir die Augen; ich wollte nicht gehen; nach einer Viertelstunde wurde mir schlecht.
Als ich eine schwedische Studentin traf, die, genau wie ich, kein Geld hatte, war ich erleichtert; doch stellte sich bald heraus, daß unsere Begriffe von Armut nichts miteinander gemein hatten. Sie bewohnte zwei große Zimmer in einem stattlichen Backsteinhaus aus der Gründerzeit. Aufzug, Telephon, eigenes Bad; nirgends ein Fleck, ein Riß, eine Lücke; ich hatte den Eindruck, daß alles aus Messing war, so, als schriebe man 1935, oder 1925, oder 1915. Auch wer, wie die kleine Lehrerstudentin vom Lande, kein Bankkonto besaß, mußte den allgemeinen Komfort in Kauf nehmen und bezahlen. Das war der Standard. Baracken gab es hier nicht. Ich erinnere mich dunkel an den heimlichen Widerwillen, mit dem ich ihre Erläuterungen zur Kenntnis nahm. »Bei uns«, sagte ich, »brauchst du dir keine Visitenkarten drucken zu lassen, und es spielt keine Rolle, wenn du eine geflickte Jacke anhast.«

Dann begann der berühmte Streit um den Kühlschrank. Zu Anfang der fünfziger Jahre wimmelte es in den westlichen Besatzungszonen von schwer gekränkten Kulturkritikern. »Vor der Währung« hatten ihre Arbeiten großen Anklang gefunden. »Was ist der Mensch?« – »Kann ein Volk schuldig werden?« – »Abendland wohin?« Die Heftchen, die solche Titel trugen, waren den Buchhändlern aus den Händen gerissen worden, ebenso wie die Fleißarbeiten der Naturlyriker. Nun, da die Mark wieder etwas wert war, stieß dieses Gedankengut auf massives Desinteresse. Das zahlende Publikum hatte sich etwas völlig anderes in den Kopf gesetzt: die Weiße Ware, die über Nacht zum Inbegriff des Wohlstands geworden war. Ebenso plötzlich veränderte sich der Sinn des Wortes *satt*. Bis zum Herbst 1948 hatte es eine schlichte, selbstverständliche Sehnsucht ausgedrückt. Nun wurde es auf einmal in einem Tonfall hervorgestoßen, der nörgelnd und lehrhaft war; seine lange und abwechslungsarme Karriere als Schimpfwort hatte begonnen. Die Wehklage über den platten Materialismus der Bundesdeutschen, über die Freßorgien des Wirtschaftswunders, über die geistferne und im tiefsten Grunde verwerfliche Haltung einer bösen und gierigen Bevölkerung hat uns durch nunmehr drei Jahrzehnte hindurch treu begleitet.

Zum Emblem dieser niedrigen Lebenseinstellung avancierte gleich nach der Währungsreform der Kühlschrank. Schon damals habe ich nicht ganz verstanden, was an diesem unschuldigen Möbelstück so abscheulich sein sollte. Wenn man sie heute in vergilbten Neckermann-Katalogen betrachtet, so muten die winzigen Blechkästen, die die ganze Last der Freßwelle zu tragen hatten, eher bescheiden an. Daß sie für die Deutschen eine sensationelle Errungenschaft waren, darüber können sich aber nur die Nachgeborenen wundern, die ja sowieso keine Ahnung haben.

Wer deutsche Dokumentarfilme aus den zwanziger, dreißiger, vierziger Jahren betrachten will, der muß sich auf Straßenschlachten und Fackelzüge, Aufmärsche und Fahnenweihen gefaßt machen. Doch jedesmal, wenn die Kamera einen Moment lang auf den Figuren im Hintergrund verweilt, den Alltag zeigt, Familien-

feiern, Sonntagsausflüge, Betriebe, Schrebergärten festhält, kommen die engen, gepreßten, armseligen Verhältnisse zum Vorschein, unter denen die Deutschen lebten: abgeschabte Rockärmel, elende Wohnungen, hungrige Gesichter. An den dünkelhaft scharf gezogenen Klassengrenzen machte die Misere nicht halt; der Arme-Leute-Geruch nach Margarine, Malzkaffee und Mottenkugeln hatte sich tief im Gehäus des »Mittelstandes«, der Beamten, Händler, Handwerker und Angestellten festgesetzt. Dieses Volk besaß zwar eine hochentwickelte Industrie, aber es mußte jeden Pfennig dreimal umdrehen. Ohne sein Versprechen, diesen drückenden Mangel abzuschaffen, und sei es durch Raub und Überfall, hätte der Faschismus nie gesiegt. Was er, außer vierzig Millionen Toten, hinterließ, war ein total verarmtes Land.
Daß die Deutschen nach 1945 ihre ganze Energie daran wandten, aus ihrem materiellen Elend herauszukommen, dem alten und hergebrachten ebenso wie dem selbstverschuldeten neuen, das scheint mir kaum erklärungsbedürftig. Merkwürdig hingegen ist es, daß sie den Erfolg dieses Projekts nie haben verwinden können. Der eigene Wohlstand scheint den Bürgern der Bundesrepublik wie ein stummer Vorwurf auf der Seele zu liegen. Wenigstens muß jeder zu diesem Schluß kommen, der sich auf die veröffentlichte Meinung verläßt. Wie weit ihr in diesem Punkt zu trauen ist, das wäre allerdings noch die Frage. Ich fürchte, daß sich mit der Kritik am Wohlstand vor allem diejenigen in den Ohren liegen, die an diesem Wohlstand teilhaben.

Der beste und elementarste Grund für diese deutsche Ambivalenz war das schlechte Gewissen. Nie hatte eine solche Regung mehr für sich als in den Jahren nach der Niederlage. Daß die Deutschen, wenigstens

im Westen, nach ihren faschistischen Verbrechen, nach einem verheerenden Krieg, den sie angezettelt hatten, gewissermaßen zur Belohnung, erstmals in ihrer ganzen Geschichte reich sein sollten, das war in der Tat schwer zu fassen. Es kam einem moralischen Skandal gleich, mit dem ein halbwegs empfindliches Gemüt nicht so ohne weiteres fertig werden konnte.
Wer an die Schuldgefühle der anderen appelliert, der muß sich freilich nach seinen eigenen fragen lassen. Die konservative Kulturkritik der fünfziger Jahre hatte aber auffallend wenig Lust, ihr historisches Gewissen zu erforschen. Sie zog es vor, die Diskussion über Armut und Reichtum mit ihren beiden Lieblingsängsten zu bestreiten, nämlich a) dem Verlust der Werte und b) dem Ansturm des Massenmenschen.
In sonorem Ton gaben die Herren zu bedenken, daß der deutsche Mensch in Gefahr sei, geblendet von der Aussicht auf ein allzu angenehmes Leben, den Sinn für das Höhere und die Fähigkeit zur Entsagung einzubüßen. Was sollte dann aus seinen traditionellen Tugenden werden, aus Pflichtbewußtsein und Sparsamkeit, Vaterlandsliebe und Disziplin, Treue und Opferbereitschaft? Drohte der neue Reichtum, verkörpert durch den Kühlschrank, nicht jenen »stillen Glanz von innen« auszulöschen, von dem der Dichter spricht? Ein besorgtes Wackeln der Köpfe konnte angesichts solcher Risiken nicht ausbleiben.
Was den Massenmenschen anging, so sorgte er, wie es seine Art war, für zusätzlichen Ärger. Reichtum an sich war ja nicht weiter zu beanstanden, vorausgesetzt, er blieb da, wo er hingehörte, nämlich in kultivierten, verantwortungsbewußten Händen. Nunmehr jedoch schickte sich eine genußsüchtige, völlig enthemmte Bevölkerung an, en masse an die Ostsee oder nach Mallorca zu fahren. Nirgends mehr war man vor dem Pöbel sicher. Das sogenannte Anspruchsdenken trieb

seine ersten Blüten: Putzfrauen gierten nach Radios mit magischem Auge und goldenen Zierleisten, Müllkutscher kauften sich erst Goggomobile, dann Volkswagen. Was den Ordinarien und Leitartiklern jener fernen Tage aus den Reklamen entgegengrinste, war zwar nur ein Gespenst; aber schon das Gespenst der Gleichheit genügte, um sie das Fürchten zu lehren. Im Gegensatz zu den klügeren Fraktionen ihrer Klasse hatten die Kulturkritiker eben keinen blassen Dunst von den Reizen eines langanhaltenden Konsumgüter-Booms; sie konnten es einfach nicht fassen, daß die Steigerung des privaten Verbrauchs zur wichtigsten Triebkraft des deutschen Kapitalismus geworden war.

Eben dies hatten die Ideologen der Neuen Linken sehr wohl kapiert, die Mitte der sechziger Jahre den säuerlichen alten Herren die Fackel der Wohlstandskritik aus den Händen rissen, um sie zu neuen Ufern zu tragen. Das Diabolische an unserm nagelneuen Reichtum sahen sie darin, daß er den Zustand der Ausbeutung und der Entfremdung, in dem wir schmachteten, auf die Spitze trieb, ohne daß wir auch nur gewußt hätten, wie uns geschah. Vergeblich versuchte man von berufener Seite, uns den Unterschied zwischen falschen und wahren Bedürfnissen zu erklären. Besonders die Arbeiterklasse verlangte, kaum daß der Kühlschrank installiert war, energisch nach der Kühltruhe, der Waschmaschine, der Glotze und dem Käfer, und ein Ende dieses robusten Verlangens nach immer neuen Spielsachen war nicht in Sicht. Woher die Neue Linke so genau wußte, daß diese Bedürfnisse allesamt falsch waren, ist unbekannt. Sollten sie dieses Wissen etwa den aufgeklärten, aber strengen Lehrer- und Pfarrersfamilien zu verdanken haben, in denen viele von ihnen aufgewachsen waren? So dunkel die Herkunft ihrer Urteile, so kompromißlos wurden sie

geäußert. Die vollen Schaufenster, die günstigen Sonderangebote, die preiswerten Urlaubsreisen: das alles war nicht nur eitel Lug und Trug, es war der reinste Terror. Folgerichtig mußte ein Kaufhaus als erstes Fanal des »bewaffneten Kampfes« in Deutschland herhalten. Die »Massen« waren perplex. Es wollte ihnen partout nicht in den Kopf, daß die politische Avantgarde ihnen den verhängnisvollen Starmix ersparen wollte, das idiotische Rennsportrad mit Fünf-Gang-Kettenschaltung, die heimtückische Elektro-Heizdecke und das ekelhafte 27teilige Kaffeeservice. Dieser Mangel an Einsicht war aber leicht zu erklären. Die Leute waren eben durch jahrelange Manipulation verblödet, und es war nachgerade schwierig, um nicht zu sagen unmöglich geworden, die ruhmreiche Arbeiterklasse von einem Haufen unbelehrbarer Konsumidioten zu unterscheiden.
Wie vor ihnen die Kulturkonservativen, so litten auch die Wohlstandskritiker der APO an einer Schwierigkeit, die vielleicht mit dem menschlichen Körperbau zusammenhängt: es fiel ihnen schwer, den Blick auf die eigene Nase zu richten. Die Neue Linke sprach zwar gern von Verweigerung, aber sie brachte ganze Nächte in den Programmkinos zu. Der Spaghetti-Western war ihr tägliches Brot, in den Kommunen liefen die Fernseher bis zum Programmschluß, und keineswegs nur aus Gründen der Mimikry legten die bewaffneten Kämpfer zeitweilig eine deutliche Vorliebe für schnelle Wagen, schnelle Kleider und schnelles Geld an den Tag.

Die Begründungen änderten sich, die Wut auf den Reichtum blieb. Noch einmal zehn Jahre – inzwischen hielt sich niemand mehr bei den Kühlschränken auf, es ging bereits um Fernreisen nach Bangkok und Mombasa, um Surfbretter und Eigentumswohnungen –, da tauchte zum ersten Mal ein Argument gegen die deutsche Vermehrungsreligion auf, das Hand und Fuß hatte: das Gebot der ökologischen Vernunft. Jetzt auf einmal, wo die Zuwachsraten sanken und die Energiekosten in die Höhe kletterten, konnte sich das alte Unbehagen auf neue, massive Tatsachen stützen. Die alternative Protestkultur verstieg sich sogar dazu, den Besen der Kritik in die Hand zu nehmen und vor der eigenen Tür zu kehren. Es wurden gestandene Rechtsanwälte gesichtet, die ihren Golf mit der Behauptung schmückten, sie seien Energiesparer. Radikalere Gemüter gingen noch einen Schritt weiter: sie entwarfen Lebensformen, in denen eine ungemütliche Zukunft sozusagen ausprobiert wurde, noch ehe sie angebrochen war. Es gibt seitdem Deutsche, wenn auch nicht viele, die sich für ein Leben in Sack und Asche entschieden haben. Sie wohnen in Ställen, sprechen den Dialekt von Knast- oder Lagerinsassen, gehen in Lumpen und schlafen auf alten Matratzen.

Dennoch haftet auch der Figur des Aussteigers etwas Zweideutiges an. Seine Armut ist inszeniert. Schon aus diesem Grund läßt sich seine Wahl nicht verallgemeinern. Gerade diejenigen, die keine Wahl haben, zum Beispiel die beinah zweieinhalb Millionen Sozialhilfe-Empfänger, die in der Bundesrepublik leben, dürften am wenigsten Lust haben, seinem Beispiel zu folgen. Wahrscheinlich würden die meisten von ihnen lieber heute als morgen einsteigen, wenn sie die Fahrkarte bezahlen könnten.

Die einzigen, die immer recht haben, wenn sie auf den Reichtum schimpfen, sind die Armen. Ihre Kritik ist unzweideutig, und sie kann nur durch die Praxis widerlegt werden. Sie hat es allerdings nicht darauf abgesehen, den Reichtum, sondern die Armut abzuschaffen. Millionen von Deutschen haben dieses Ziel in den letzten fünfunddreißig Jahren erreicht, sei es durch kollektives, sei es durch individuelles Handeln. An einer Sozialgeschichte der Bundesrepublik, die diesen zähen, abenteuerlichen, tausendfach gebrochenen Klassenkampf nüchtern und detailliert beschriebe, hat sich bisher, glaube ich, noch niemand versucht.

»Die Bourgeoisie«, so steht es im *Manifest*, »hat kein anderes Band zwischen Mensch und Mensch übrig gelassen, als das nackte Interesse, als die ›gefühllose bare Zahlung‹.« Was da als vollendete Tatsache hingestellt wird, war aber von Anfang an ein unerfüllbarer Wunsch- und Albtraum, ein zum Scheitern verurteiltes Projekt. In Wirklichkeit kann der Kapitalismus nur unter der Bedingung existieren, daß er darauf verzichtet, sein Prinzip durchzusetzen. Eine Lebenswelt, die alle menschlichen Beziehungen auf die »gefühllose bare Zahlung« reduziert, hat es natürlich nie gegeben, aus dem einfachen Grund, daß die wichtigsten Leistungen, die es gibt, zum allergrößten Teil unentgeltlich (wenn auch keineswegs aus purer Nächstenliebe) erbracht werden. Schwangerschaft, Erziehung und Hausarbeit sind unbezahlbar. Andere Formen des Austauschs, wie die gegenseitige Hilfe, die Gastfreundschaft, die Schenkung und die Erbschaft, sind weit älter als der Kapitalismus. Jedes moderne Wirtschaftssystem würde über Nacht zusammenbrechen, wenn es nur noch Transaktionen zuließe, die auf dem Renditekalkül basieren.

Die unentgeltlichen Leistungen sind von jeher das Stiefkind der Wirtschaftswissenschaften gewesen. Sie erscheinen in keiner Berechnung des Bruttosozialprodukts, in keiner Wachstums- und Einkommensstatistik. Neuere amerikanische Forschungen haben gezeigt, daß die »Umsätze« auf diesem unbekannten Terrain sich mit denen der offiziellen Ökonomie durchaus messen können. Es kann auch keine Rede davon sein, daß die unentgeltlichen Transfer-Leistungen mit zunehmender

Modernisierung verkümmern. Das Gegenteil ist der Fall. In Gesellschaften, die die Phase der primären Akkumulation hinter sich gebracht haben, wächst ihr Volumen schneller als der Wohlstand.

Was ist das eigentlich: gesellschaftlicher Reichtum? – Großes Fragezeichen. Theoretisch ist der Begriff ziemlich unklar; praktisch wird man nicht ohne ihn auskommen, wenn man den ökonomischen Zustand der Bundesrepublik beschreiben will. Als Privatbesitz einer immer kleiner werdenden Klasse von Kapitalisten nämlich läßt sich der Wohlstand dieses Landes nicht mehr fassen. Nach wie vor gilt zwar, daß immer weniger Leute über einen immer größeren Anteil am Produktivvermögen verfügen; ein Ende dieses Konzentrationsprozesses ist nicht abzusehen. Aber während die Reichen immer reicher werden, gilt das Umgekehrte nicht. Die große Polarisierung, welche die marxistische Theorie seit über hundert Jahren prophezeit hat, ist ausgeblieben. Das Kleinbürgertum denkt gar nicht daran, sich zu proletarisieren. Im Gegenteil, seine Hegemonie bestimmt die westdeutsche Gesellschaft, in ihren flüchtigen Moden ebenso wie in ihren fixen Ideen. Auch den gesellschaftlichen Reichtum sähe die middle class gern nach ihrem Bilde gemodelt und verteilt: ordentlich, sauber und nach festen Regeln. Dazu ist es aber nötig, daß die unentgeltlichen Transfer-Leistungen zu einem großen Teil verstaatlicht werden. Dies bedeutet natürlich, daß die Steuerquote steigt und daß eine enorme Verteilungs-Bürokratie entsteht, die den Reichtum zu verwalten hat. Der traditionelle politische Träger solcher Umverteilungs-Prozesse ist die Sozialdemokratie; doch träumen heute nur noch ganz hartgesottene konservative Zirkel davon, diesen Vorgang umzukehren. Die Reprivatisierung des gesellschaftlichen Reichtums wird auch nach einem Regierungs-

wechsel ausbleiben. Die Verstaatlichung des Wohlstandes ist auf parlamentarischem Wege irreversibel. Sinnlich faßbar wird sie vor allem an der verschwenderisch ausgebildeten Infrastruktur des Landes, von der Autobahn bis zum Hallenbad, von der Gesamtschule bis zum Nahverkehrsnetz. Aber diese greifbaren Zeichen kollektiven Reichtums geben nur eine schwache Vorstellung von der Gesamtmenge der Transferleistungen, Subventionen, Zuschüsse, Vergünstigungen, die der Staat, einem tausendarmigen Buddha gleich, nimmt und gibt. Jede derartige Maßnahme wird von dem Augenblick an, in dem sie eingeführt ist, zur Selbstverständlichkeit. Ein paar willkürlich gewählte Beispiele: Jedem Schüler steht heute eine Rechenkapazität zur Verfügung, von der vor dreißig Jahren nicht einmal die CIA träumen durfte. Kurbäder sind für alle da. Jeder Theaterplatz ist mit achtzig Mark subventioniert. Und so weiter. Viele Leute ärgern sich über diesen Zustand. Andere merken gar nicht, daß sie allein durch die Tatsache, daß sie hierzulande leben, privilegiert sind.
Eine kuriose Folge des flottierenden Reichtums ist es, daß der Fetischwert der Waren abnimmt. Man kann das am Beispiel des Telephons zeigen. Sein soziales Prestige ist dann am höchsten, wenn nur ein ganz exklusiver Kreis darüber verfügt; der Gebrauchswert hingegen nimmt mit der Teilnehmerzahl zu. Erst wenn jeder jeden anrufen kann, hat das Netz seinen größten Nutzen erreicht – ein Zustand, dem die Bundesrepublik mit jedem Jahr näherkommt. Mit wachsendem Sättigungsgrad nimmt aber der irrationale Grenznutzen immer mehr ab. Ostentativer Konsum wird nicht mehr mit Neid und Bewunderung quittiert, sondern mit einem Achselzucken.
Schade, daß die Deutschen keinen Balzac und nicht einmal einen Zola haben, der ihre Sitten und Gebräu-

che aufzeichnen und überliefern könnte. Die wuchernden Anpassungs- und Kompromißbildungen, die der sozialdemokratische Reichtum, jenseits der rituellen Verteilungskämpfe, hervorbringt, die sonderbaren Blüten, die das Glashaus der Bundesrepublik treibt, gäben den Erzählstoff für allerhand Komödien ab. Ein paar solcher Erscheinungen sollen hier, eher schlecht als recht, als Beispiel dienen.

1. Die Nischen-Existenz. Der Diplom-Bibliothekar Werner F., ein ansonsten unauffälliger Mensch, hat eine einzige, alle sonstigen Interessen aufzehrende Passion: er liebt das Kino. Von dem, was Fernsehprogramme und Filmtheater anzubieten haben, hält er allerdings wenig. Das wahre Kino, denkt er, ist seit 1930 tot: der Tonfilm hat es zugrunde gerichtet. Werner F. hat die meisten Stummfilme gesehen, von denen noch eine Kopie erhalten ist. Er hat ein lückenloses Verzeichnis sämtlicher Streifen erstellt, die vor 1930 in Deutschland öffentlich gezeigt wurden. Sein Archiv umfaßt nicht nur Stablisten und Reklameplakate. Auch die ganze Filmkritik hat er, von ihren Anfängen an, erfaßt und bibliographisch nachgewiesen. Man sollte meinen, daß eine so extensive Forschungsarbeit nur an einer Hochschule möglich wäre. Zu einer Professur hat es F. jedoch nicht gebracht, – vermutlich war seine Ansicht vom Film für eine solche Karriere nicht orthodox genug. Statt dessen verdient er seine Brötchen als Bibliothekar bei der Bundeswehr. Ich wüßte sogar seinen Standort und seine Dienststelle zu nennen; nur sehe ich nicht ein, warum ich ihm den Rechnungshof auf den Hals hetzen sollte. F. verfügt nämlich, für seine exotischen Recherchen, mit stillschweigender Billigung seiner Vorgesetzten, über den ganzen technischen Apparat einer hochgerüsteten Armee: über Fernkopierer, Mikrofiches, Datenbanken, Fotolabors,

Großrechner, Reprogeräte. Er hat, mit einem Wort, eine soziologische Nische gefunden und, auf seine bescheidene Art, Schwerter zu Pflugscharen gemacht.
Nicht alle Nischenbewohner entfalten eine derart eindrucksvolle Produktivität. Viele begnügen sich damit, mit einem alten VW-Bus ein paar Monate lang durch Afrika zu fahren, oder sie fiedeln auf dem Land, oder sie lassen sich immer wieder mal umschulen oder weiterbilden. Was alle Nischenhocker auszeichnet, ist eine gewisse, lässige Virtuosität, eine abgrundtiefe Verachtung für jede offizielle Karriere und ein vollständiger Mangel an Schuldbewußtsein. Im Dschungel der Institutionen bewegen sie sich mit fabelhaftem Geschick, im Gehäuse der Richtlinien finden sie ihre Nistplätze, und ihre Tränke ist die Subvention.
Bei älteren Leuten weckt eine solche Lebensform oft einen gewissen Groll. Hier, so kann man hören, handle es sich um Parasiten, um arbeitsscheues Gesindel, das sich auf Kosten fleißiger Mitmenschen einen Sonntag machen wolle. Wie das Beispiel des Werner F. zeigt, der auch die Sonntage über alte Kataloge gebeugt verbringt, ist das nicht unbedingt richtig. Im übrigen ist die Arbeit bekanntlich zu einer knappen Ressource geworden. Schon deshalb bleibt der Bundesrepublik gar nichts anderes übrig, als Hunderttausende, wenn nicht Millionen von Nischenbewohnern durchzufüttern. Die Gutmütigkeit, mit der das geschieht, steht in einem wunderlichen Kontrast zu dem üblichen Gejammer über die seelenlose Kälte, die sie angeblich an den Tag legt. Sie ist allerdings weniger eine spontane Herzensregung als eine systematische Notwendigkeit, und deshalb glaube ich kaum, daß es den Herren mit dem sozialen Rasenmäher gelingen wird, die »Auswüchse zu kappen« und den »Wildwuchs zu beschneiden«.

2. Die Schlaumeierei. In den Gründerjahren der Bonner Republik war die Steuer ein Thema, das nur die oberen Fünfzigtausend beschäftigte. Heute dagegen sieht sich ein jeder, der überhaupt feste Einkünfte hat, auch der Fliesenleger, auch der türkische Gastarbeiter, mit einem Wust von fiskalischen Regelungen konfrontiert, vor dem er kapitulieren müßte, wenn es nicht an jeder Ecke einen Steuerberater und einen Lohnsteuerverein gäbe. Jeder weiß: das System ist nicht nur undurchsichtig, es ist ungerecht, widersinnig, abstrus. Wer sich nicht darin auskennt, wird ausgeplündert. Die Folge ist, daß sich das Land mit Millionen von Schlaumeiern bevölkert hat. Das »Absetzen« ist zur nationalen Manie geworden. Ganze Erwerbszweige, wie die Gastronomie und der Wohnungsbau, verdanken ihre Existenz dieser Kunstübung. Auch wenn die Spitzenleistungen des großen Kapitals auf diesem Gebiet unerreicht und unerreichbar sind (einen Mann wie Flick könnte man den Karajan der Schlaumeierei nennen), so leidet es doch keinen Zweifel, daß jedermann ihm nacheifert, so gut es eben geht. Da zählt jede Taxiquittung, jede »vermögenswirksame Leistung«, jeder »Mehrverpflegungsaufwand«, jeder »Werbungskostenrichtsatz« und jede »außergewöhnliche Abschreibung von geringwertigen beweglichen abnutzbaren Anlagegütern«, auch wenn es sich bloß um eine Gitarre oder ein Mofa handelt.
Die tropischen Fiktionen der Steuerzahler setzen wiederum eine tausendköpfige Schar von Lektoren und Rezensenten ins Brot, die als Berater den Text verfeinern und als Steuerprüfer versuchen, zwischen märchenhafter Erfindung und dokumentarischer Sozialreportage zu unterscheiden. Die bunten Fragebogen des Fiskus sind zur populärsten Literaturgattung der Bundesrepublik geworden.

3. Das okkulte Geld. Unser Charlie gehört zu denen, die mit treuherziger Miene versichern, sie verstünden gar nicht, was das ganze Theater mit der Knete soll. »Ich brauche nichts«, sagt er, und das ist die schiere Wahrheit. Zunächst wollte er ja nur ein, zwei Nächte lang bleiben, aber dann ... Das hintere Zimmer in der Wohngemeinschaft stand sowieso leer, seitdem die Katja ausgezogen ist, und unser Charlie kümmert sich wenigstens um die Katze. Schwierig wird es nur, wenn er wieder einmal für ein paar Wochen in die Toscana fährt, um auf das Bauernhaus eines Bekannten eines Bekannten aufzupassen. Damit will er dem Besitzer, einem Regisseur, der Werbefilme macht, nur einen Gefallen tun; der müßte sonst, wenn das Haus leer steht, um seine antike Spielzeugeisenbahn bangen. Wer Charlie eigentlich den verbeulten Opel geschenkt hat, mit dem er runterfährt, wissen wir nicht. Neulich kam er mit einem riesigen Kühlschrank an, als der unsere kaputt war; den hat er umsonst bekommen, fürs Abholen, vier Treppen hoch; da sieht man, daß Charlie, wenn es sein muß, auch einmal zupacken kann. Was seine Therapie betrifft, die bezahlt ihm sein Onkel in Belgien, Import-Export; Charlie hat ihm auf der Frankfurter Messe von seinen Arbeitsschwierigkeiten und seinen Depressionen erzählt. Seine Hemden – Charlie wechselt täglich die Wäsche – bringt er zu Katja, die eine Waschmaschine hat; und wenn er wirklich mal Geld braucht, dann muß er sich eben wieder einmal um Siegfried Ochs kümmern, der mit seiner Diplomarbeit nicht weiterkommt. Siegfried Ochs soll ja irgendwann die Brauerei seines Vaters übernehmen; der schiebt gut und gern ein paar Tausender rüber, wenn Charlie ihm eine flotte Einleitung und ein ellenlanges Literaturverzeichnis schreibt. Keine Angst! Unser Charlie, der Mann, der, wie hunderttausend seinesgleichen, nichts braucht, der nie Geld

hat, es sei denn okkultes Geld, kommt schon über die Runden.
Und trotzdem, selbst unser guter Charlie schafft es nicht ohne seine Therapie, die sich ja schon erstaunlich lange hinzieht. Wir machen uns Sorgen um ihn. Irgendwie wird er seines Lebens nicht froh. Manchmal erkundigt er sich nach dem Sinn des Ganzen, und wenn wir ihm keine Auskunft geben können, schimpft er den ganzen Abend lang auf die BRD. Wenn wir unsern Charlie nicht so gern hätten, wüßten wir schon, was wir ihm alles an den Kopf werfen könnten.
Der Haß auf den Wohlstand, würden wir mit schneidender Stimme sagen, gehört zu den Lebenslügen der westdeutschen Intelligentsia; er ist ihr moralisches Alibi. Daß sie, verglichen mit ihren englischen, französischen, italienischen Nachbarn, ein ziemlich leichtes Leben hat, darüber kommt sie schwer hinweg. Aber das schlechte Gewissen bewegt nicht viel, es führt bestenfalls zu Entlastungsmanövern und Übersprungshandlungen, schlimmstenfalls aber zum Selbstbetrug und zur Heuchelei. Im übrigen sind denen, die in Deutschland über die politische und ökonomische Macht verfügen, solche Anwandlungen ebenso fremd wie jenen, die von ihrem Wochenlohn leben müssen. Die einen wie die andern wissen: Geld allein macht nicht unglücklich.

Nach dreißig Jahren wäre es vielleicht keine schlechte Idee, den gesellschaftlichen Reichtum und seine Folgen nüchtern und ohne die üblichen Zicken zu analysieren. Wer ihn kapieren möchte, der sollte sich nicht allzuviel Zeit lassen. Es sieht nämlich ganz so aus, als wären seine Tage gezählt. Darüber kann sich niemand wundern, der jemals einen Atlas oder eine Bibel aufgeschlagen hat. Daß Reichtum immer die Ausnahme ist und nie die Regel, wußte schon der Prediger Salomo:

ein extrem unwahrscheinlicher, äußerst labiler Zustand, eine historische Extravaganz, auf deren Fortdauer nur Wundergläubige rechnen können. Anderen mag die Vergänglichkeit unserer Sitten zum Trost gereichen. Ich persönlich glaube nicht daran, daß es gefährlicher ist, satt zu sein, als zu hungern. Wir wollen nicht übertreiben! So weit ist es doch gar nicht mehr her mit unserem Reichtum, dieser zählebigen Eintagsfliege! Daß es uns immer noch einigermaßen gutgeht, dieses Los sollten wir mit ein wenig Distanz, mit einer Spur von Ironie ertragen.

Innere Sicherheit

Ich versuche den Deckel zu heben,
logischerweise, den Deckel,
der meine Kiste verschließt.
Es ist ja kein Sarg, das nicht,
es ist nur eine Packung, eine Kabine,
mit einem Wort, eine Kiste.

Ihr wißt doch genau, was ich meine,
wenn ich *Kiste* sage,
stellt euch nicht dumm,
ich meine ja nur
eine ganz gewöhnliche Kiste,
auch nicht dunkler als eure.

Also ich möchte raus, ich klopfe,
ich hämmere gegen den Deckel,
ich rufe *Mehr Licht*, ich ringe
nach Atem, logischerweise,
ich donnere gegen die Luke. Gut.

Aber sicherheitshalber ist sie zu,
meine Kiste, sie geht nicht auf,
mein Schuhkarton hat einen Deckel,
der Deckel aber ist ziemlich schwer,
aus Sicherheitsgründen,
denn es handelt sich hier
um einen Behälter, um eine Bundeslade,
um einen Safe. Ich schaffe es nicht.

Die Befreiung kann, logischerweise,
nur mit vereinter Kraft gelingen.
Aber sicherheitshalber bin ich

in meiner Kiste mit mir allein,
in meiner eigenen Kiste.

Jedem das Seine! Um mit vereinter Kraft
zu entweichen aus der eigenen Kiste,
müßte ich, logischerweise, bereits
aus der eigenen Kiste
entwichen sein, und das gilt,
logischerweise, für alle.

Also stemme ich mich gegen den Deckel
mit meinem eignen Genick. Jetzt!
Ein Spalt breit! Ah! Draußen,
herrlich, die weite Landschaft,
bedeckt mit Büchsen, Kanistern,
kurzum, mit Kisten, dahinter
die eifrig rollenden grünen Fluten,
durchpflügt von seetüchtigen Koffern,
die unerhört hohen Wolken darüber,
und überall, überall Luft!

Laßt mich raus, rufe ich also,
erlahmend, wider besseres Wissen,
mit belegter Zunge, von Schweiß bedeckt.
Ein Kreuz schlagen, kommt nicht in Frage.
Winken, geht nicht, keine Hand frei.
Die Faust ballen, ausgeschlossen.

Also, *Ich drücke*, rufe ich,
mein Bedauern aus, wehe mir!
mein eignes Bedauern,
während mit dumpfem *Pflupp*
der Deckel sich wieder,
aus Sicherheitsgründen,
über mir schließt.

II
Gemeinschaftskunde

Flechtenkunde

I

Daß die Steine reden,
soll vorkommen.
Aber die Flechte?

II

Die Flechte beschreibt sich,
schreibt sich ein, schreibt
in verschlüsselter Schrift
ein weitschweifiges Schweigen:
Graphis scripta.

III

Sie ist der Erde
langsamstes Telegramm,
ein Telegramm das nie ankommt:
überall ist es schon da,
auch in Feuerland,
auch auf den Gräbern.

IV

»Wer das lesen könnt!«
Leichter entziffert sich
der Bart, der Papyrus,
der Schattenriß, das Gehirn,
als diese trockene Lunge.

V

Sie kämpft um ihr Leben
unbewaffnet
und kaum besieglich.
(Ich seh es euch an:
ihr glaubt mir nicht
was ich sage.)

VI

Niemals strauchelt die Flechte.
Ihre Werke mißlingen nicht.
Vergesellschaftet hat sie,
höre ich, ihre Produktionsmittel,
die ehrwürdige Kommunistin.

VII

In unsern Verwirrungen
verlangt es mich oft
nach dem Anblick der Flechte.
Man bringe mir einen Berg,
und ich zeige euch was ich meine.

VIII

Isländisch Moos, Grauhaar,
wer hat dich verschleppt
in unsere Hausapotheke?
Gleichmütig stehst du uns bei
wenn wir Blut spucken.

IX

Worauf will dieser hinaus,
sagt ihr, mit seinen Flechten?
Soll er Hungermoos essen!
Wir haben keine Zeit.

X

Aber die Flechte,
die Flechte hat Zeit.
Diese Tausendjährige da
zu euern Füßen
hat Barbarossas Schuh
zertreten, doch sie
achtete seiner nicht.

XI

Nicht von den ungeschlachten
Schlachten der Reiter
ist das Färbermoos rot,
doch es war dabei.

XII

Unblutige Lunge, rostrot,
safran, korallen, orange,
persio, scharlach, orseille:
Alles auf grauem Grund,
auf dem grauen Grund
von Spitzbergen.

XIII

So haltbar sind unsere Wahrheiten nicht.
Zudeckt die Flechte das tote Holz,
die Idole, den Schotter, die Lava,
überdauert Kirchen und Wracks.
Das Rentiermoos,
fast weiß, aber nicht ganz.

XIV

Ich weiß nicht, wehrt sich der Fels
gegen die Flechte?
Sie sprengt ihn nicht,
sie bewohnt ihn,
macht ihn bewohnbar.

XV

So wie es mit uns war war es nichts.
So wie es mit uns ist ist es nichts.
Das versteht sich. So
wie es mit uns sein wird
wird es vortrefflich sein,
ganz ohne Zweifel.

XVI

Aber ihr glaubt mir ja nicht
was ich sage.
Habt ihr immer noch nicht
euer Gehirn, euern Bart entziffert?

XVII

Ach ja, die Flechte,
beinahe
hätten wir sie vergessen.
Lichtflechte, Sonnenmoos,
seibeiuns,
großes Gedächtnis.

XVIII

Vom Manna träumen wir alle.
Aber wer hat das Manna gemacht?
Das wissen die wenigsten.
Es war die Flechte.

XIX

Ich habe *vortrefflich* gesagt.
Vorläufig allerdings
sind wir noch nicht so weit
wie die Flechte.
Das versteht sich.

XX

Ich weiß nicht wie Manna schmeckt.
Aber es wird vortrefflich sein,
ganz ohne Zweifel.

Lied von denen auf die alles zutrifft und die alles schon wissen

Daß etwas getan werden muß und zwar sofort
das wissen wir schon
daß es aber noch zu früh ist um etwas zu tun
daß es aber zu spät ist um noch etwas zu tun
das wissen wir schon

und daß es uns gut geht
und daß es so weiter geht
und daß es keinen Zweck hat
das wissen wir schon

und daß wir schuld sind
und daß wir nichts dafür können daß wir schuld sind
und daß wir daran schuld sind daß wir nichts dafür
können
und daß es uns reicht
das wissen wir schon

und daß es vielleicht besser wäre die Fresse zu halten
und daß wir die Fresse nicht halten werden
das wissen wir schon
das wissen wir schon

und daß wir niemand helfen können
und daß uns niemand helfen kann
das wissen wir schon

und daß wir begabt sind
und daß wir die Wahl haben zwischen nichts und
wieder nichts
und daß wir dieses Problem gründlich analysieren
müssen

und daß wir zwei Stück Zucker in den Tee tun
das wissen wir schon

und daß wir gegen die Unterdrückung sind
und daß die Zigaretten teurer werden
das wissen wir schon

und daß wir es jedesmal kommen sehen
und daß wir jedesmal recht behalten werden
und daß daraus nichts folgt
das wissen wir schon

und daß das alles wahr ist
das wissen wir schon

und daß das alles gelogen ist
das wissen wir schon

und daß das alles ist
das wissen wir schon

und daß Überstehn nicht alles ist sondern gar nichts
das wissen wir schon

und daß wir es überstehn
das wissen wir schon

und daß das alles nicht neu ist
und daß das Leben schön ist
das wissen wir schon
das wissen wir schon
das wissen wir schon

und daß wir das schon wissen
das wissen wir schon

Niccolò Machiavelli (1469-1527)

Niccolò Niccolò fünfhundertjähriger Bruder
diesen Kranz aus dürren Worten drück ich dir auf den
harten Schädel

Unter uns gesagt haben wir allen Grund dich zu
bewundern
dürr und kleinkariert und zerfressen von Theorien

Niccolò Meister des kriechenden Ganges
ewig gekränkter Staatsdiener einer schäbigen Republik

Generalstäbler, Botschafter, *Herrlichkeit*, Polizist
immer zu schlecht bezahlt für deinen Geschmack eines
Parvenus

Vorbild aller Geschichtsschreiber *(Ob ich, ohne
allzusehr anzustoßen,
diese Begebenheiten herausstreichen oder herabsetzen
darf)*

So wie einst du wühlen sie heute noch in dreckigen
Schubladen
vollgestopft mit zerbrochenen Zinnsoldaten und
schimmligen Herzögen

Als kleiner Krautjunker frißt du nun *Feigen und
Bohnen und Dörrfleisch,
den Maden abgejagt*, und bist beschäftigt mit
Gallensteinen und Holzverkauf

Und was deine Weiber betrifft, so hast du sie wie
Schnepfen gerupft

am Samstagabend, und sie erschienen deinem
Maklergehirn wie *bewegliche Sachen*

*In meinem Mauseloch, wo ich keine Seele finde, die sich
meiner treuen Dienste*
*erinnert, streite ich mich um zehn Lire Spielschulden
herum*

Keine Angst, Niccolò, wir wissen deine Verdienste zu
schätzen
und wir erinnern uns deiner großen Zeiten

Zum Beispiel anno 1502 in Pistoia, wer riet wohl
damals dem Chef:
*Die Städte ausradieren, die Erde verbrennen, die
Einwohner deportieren?*

Und wer da Widerstand leistete, ans Wippseil mit ihm,
an den Galgen?
*Denn einige wenige abschreckende Strafen sind milder
als übertriebene Langmut*

Das war ein gutes Jahr für Mr Borgia, *unübertroffen
glänzend und groß,*
für seinen Ghostwriter Niccolò und für die First
National City Bank of Florence

Zehn Jahre später die Katastrophe, Undank der Welt
Lohn,
Pensionierung mit dreiundvierzig, ein ranziges
Landgut

Tränen des Selbstmitleids: *Denn nirgends froher*
*erhebt sein Haupt der Undank als in des Volkes
Herzen*

Unverstanden wie jedes bessere Genie, Feldherr
auf einem Maulwurfshügel, Hausierer mit ewigen
Wahrheiten:

Dies ist der Kreislauf in dem sich alle Staatsgebilde der
Welt
gedreht haben, drehen und immerdar drehen werden

Beweis: die Geschichte, dein Selbstportrait, ein
Rattenkönig
von Plünderungen, Meineiden und irren Intrigen

Nach des Tages Last werfe ich den schmutzigen
Bauernkittel ab,
lege prächtige Hofgewänder an und begebe mich in die
Säulenhalle der Alten

Und abends die lyrische Seele: Bettlersonette an den
Gangster vom Dienst
Was ein rechter Renaissancemensch ist, das krümmt
sich beizeiten

Niccolò Niccolò höchste Blüte Europas, vollgestopft
mit Staatsraison bis zum Hals und einem fabelhaften
Gewissen

Du hast deine Leser durchschaut, Napoleon, Franco,
Stalin und mich,
deine dankbaren Schüler, und dafür verdienst du Lob:

Für deine kahlen steinernen Sätze, für deinen Mut zur
Feigheit,
deine tiefsinnige Banalität, und deine Neue
Wissenschaft

Niccolò, Schuft, Dichter, Opportunist, Klassiker,
Henker:
du bist der Alte Mensch wie er im Buche steht, und
dafür lob ich dein Buch

Bruder Niccolò, das vergeß ich dir nicht, und daß
deine Lügen
so oft die Wahrheit sagen, dafür verfluche ich deine
krumme Hand.

Die Bakunin-Kassette
Eine Fälschung

Stimmen:
Ansagerin
Reporter
Madame Terreni, Caféhaus-Wirtin
Alexandrina Wassiljewna Bauler, Russin, etwa 25 Jahre alt
Pjotr Dmitrjewitsch Lesnikow, Russe, Legationsrat
Prof. Dr. Adolf Vogt, Arzt, naturalisierter Schweizer, etwa 52 Jahre alt
Arthur Arnould, französischer Journalist, etwa 42 Jahre alt
»Sallier«, russischer Student in Genf, 23 Jahre alt
Nikolaj Isaakowitsch Utin, russischer Emigrant in Genf, 32 Jahre alt
Pavel Stentikow, russischer Student in Genf, 24 Jahre alt

Orte: Lugano, Bern, Genf
Zeit: 1877

Musik: Hector Berlioz, Harold in Italien. Sinfonie in vier Sätzen mit Solobratsche, *op. 16, und zwar den zweiten Teil des zweiten Satzes, ad lib.*

Ich wünschte nur eines, rief er, *das Gefühl der Empörung,*
das mir heilig ist, bis an mein Ende ganz und voll zu bewahren! –
Marktschreier, Dickkopf, verdammter Kosak! – Das ist die Liebe
zum Phantastischen, ein Hauptfehler meiner Natur. – Mohammed
ohne Koran! – Die Ruhe bringt mich zur Verzweiflung. – Ein Gaukler,
ein Papst, ein Ignoramus! – Sein Herz und sein Kopf sind aus Feuer.

Ja, Bakunin, so muß es gewesen sein. Ein ewiges Nomadisieren,
närrisch und selbstvergessen. Unerträglich, unvernünftig, unmöglich
warst du. Meinetwegen, Bakunin, kehr wieder, oder bleib wo du bist.

Eine lange Gestalt in blauem Frack auf den Dresdener Barrikaden,
mit einem Gesicht, darin sich die roheste Wuth ausdrückte. Feuer
ans Opernhaus! Und als alles verloren war, *verlangte er, in der Hand*
die Pistole, von der Provisorischen Revolutions-Regierung,
sie möge sich (und ihn) in die Luft sprengen. (Merkwürdige Kaltblütigkeit.)
Mit großer Mehrheit lehnten die Herren den Antrag ab.

Erinnerst du dich, Bakunin? Immer dasselbe. Natürlich hast du gestört.

Kein Wunder! Und du störst heute noch. Verstehst du? Du störst
ganz einfach. Und darum bitte ich dich. Bakunin, kehr wieder.

Verhört, an die Wand geschmiedet in den Olmützer Kasematten,
zum Tod verurteilt, nach Rußland verschleppt, *begnadigt zu ewigem Kerker:*
ein höchst gefährlicher Mensch! In seine Zelle läßt ihm ein Gönner
einen Flügel von Lichtenthal bringen. Die Zähne fallen ihm aus.
Für seine Oper *Prometheus* erfindet er *eine süße, klagende Melodie,*
zu deren Takt er in kindlicher Weise sein Löwenhaupt wiegte.

Ach, Bakunin, das sieht dir ähnlich. (*Sein Löwenhaupt wiegte:*
noch zwanzig Jahre danach, in Locarno.) Und weil es dir ähnlich sieht,
und weil du uns doch nicht helfen kannst, Bakunin, bleib wo du bist.

Verbannt nach Sibirien, und den eisblauen Amur entlang geflohen
über das Stille Meer, auf Dampfseglern, Schlitten, Pferden,
Expreßzügen, quer durch das wüste Amerika, sechs Monate lang
ohne Aufenthalt, endlich, in Paddington, kurz vor Neujahr,
aus dem Hansom gestürzt, die Treppe hinauf, in Herzens Arme

warf er sich und rief aus: *Wo gibt es hier frische Austern?*

Weil du, mit einem Wort, unfähig bist, Bakunin, weil du nicht taugst
zum Abziehbild zum Erlöser zum Bürokraten zum Kirchenvater
zum rechten oder zum linken Bullen, Bakunin: kehr wieder, kehr wieder!

Musik.

ANSAGERIN Wir wenden uns heute an das verehrungswürdige Publikum mit einer Untersuchung, deren Gegenstand ebenso geheimnisvoll wie schrecklich ist. Wem wären nicht die blutigen und fürchterlichen Ereignisse in unauslöschlicher Erinnerung, von denen – kaum sieben Jahre ist es her – die Lichterstadt an der Seine betroffen worden ist?

Der Aufstand der Kommunarden, die in Paris Recht und Gesetz, ja sogar die Ordnung des Staatswesens überhaupt abschaffen wollten, konnte zwar niedergeworfen werden, und die Schreckensmänner und Petroleusen nahmen ein furchtbares Ende vor den Hinrichtungs-Peletons der Standgerichte oder in den tropischen Strafkolonien der französischen Republik. Ganz Europa atmete auf. Doch wer hat den plötzlichen Ausbruch der rohesten Volkskunst sorgsam vorbereitet und geschürt? Das waren geheime Gesellschaften, Zirkel und Verbindungen; und diese Unruhestifter sind keineswegs vom Erdboden verschwunden. Man denke nur an die berüchtigte Internationale, deren Fäden in London und New York zusammenlaufen sollen, oder an die Revolutionäre Allianz in der Schweiz. Man denke an die Gärung in Andalusien, die gescheiterte Verschwörung von Lyon, die Emeuten von Bologna und Benevent, die

Zusammenrottungen in Kiew und Odessa; und man wird sich eingestehen müssen, daß die Maulwürfe nach wie vor am Werke sind, um unsere Zivilisation zu untergraben.

Ja, selbst die gekrönten Häupter sind nicht mehr sicher vor dem Messer, vor der Bombe der Nihilisten, Sozialisten, Anarchisten, oder wie immer jene Verirrten und Versprengten sich nennen mögen. Sie haben in Spanien und in Rußland die frevlerische Hand gegen die Majestät erhoben, und erst vor wenig Wochen ist in Florenz, bei der Beisetzung Viktor Emanuels, eine Höllenmaschine explodiert. Wer weiß, was die Zukunft noch an ähnlichen Schandtaten bringen wird!

Wir aber fragen uns: Was sind das für Menschen, die im Verborgenen das Werk der Zerstörung planen? Es ist dies eine Frage, welche den gebildeten Betrachter, den braven Staatsbürger nicht gleichgültig lassen kann. Wir haben deshalb einen Spezial-Korrespondenten ausgesandt, der den Spuren eines solchen Mannes nachgegangen ist. Da die Lebenden unter den Verschwörern sich mit dem Mantel des tiefsten Schweigens bedecken, haben wir unsere Nachforschungen auf einen Toten gerichtet. Michail Alexandrowitsch Bakunin ist vor einem runden Jahr, am 1. Juli 1876, in der friedlichen Schweiz verstorben. Dieser legendäre Russe war ein Edelmann von Geblüt, doch hat er sich in manche dunkle Affäre verwickelt, an manch ungesetzlicher Handlung mitgewirkt; er hat viele Jahre im Kerker zugebracht und ist sogar zum Tod verurteilt worden. Unsere Erkundigungen sollen ihm keineswegs ein Denkmal setzen; sie sollen vielmehr der unerfahrenen Jugend zur Warnung dienen.

CAFÉHAUS-WIRTIN Ein alter Herr aus Rußland? Groß und mächtig gebaut? Mit einem Schlapphut? Sie meinen Herrn Bakunin. Der ist schon lange tot! Aber ja, natürlich, jeden Tag war er hier, kam kurz nach neun Uhr und ließ sich nieder, da drüben an dem Tisch in der Fenster-Ecke, frühstückte, zwei Hörnchen, eine Kanne Tee, las seine Zeitungen, immer nur Zeitungen, den ganzen Vormittag studierte er und schrieb, dann kamen seine Freunde und setzten sich dazu. Wo er war, da war immer ein Leben! Ein guter Herr, ein guter Kunde.

REPORTER Das ist Madame Terreni, die Besitzerin des Café Terreni am Kornmarkt von Lugano. Lugano, zu deutsch Lauis, liegt im schweizerischen Kanton Tessin, hat 4179 Einwohner, darunter 139 Evangelische, Kantonalgericht, Uferpromenade, mehrere Klöster, ein Theater, ein palastartiges Hôtel du Parc, Seiden- und Tabakfabrikation, Papiermühlen, Viehmärkte und bedeutenden Fremdenverkehr. Nächstes Jahr, wenn die berühmte Gotthard-Bahn endlich fertiggestellt ist, wird dieser schöne Ort sicher noch einen größeren Aufschwung nehmen. Und ausgerechnet hier, wo die Landschaft schon ganz südlich ist, das reinste Paradies, hier hat der berüchtigte Russe sein Hauptquartier aufgeschlagen.
Sagen Sie, Madame Terreni, hat es nicht öfters Streit und Händel in Ihrem Lokal gegeben wegen Herrn Bakunin?

CAFÉHAUS-WIRTIN Wieso Streit?

REPORTER Herr Bakunin hatte doch sehr extremistische Ansichten.

CAFÉHAUS-WIRTIN Wie meinen Sie das? Was für Ansichten?

REPORTER Ja, Madame, er war doch Anarchist! Er predigte die Gewalt! Seine politische Vergangenheit ist ja notorisch.

CAFÉHAUS-WIRTIN Was Sie nicht sagen! Politik! Seien Sie mir nicht böse, aber das glaube ich nicht. Der arme Herr Bakunin! Der konnte doch keiner Fliege etwas zuleide tun.

REPORTER Der arme Herr Bakunin! Hatte er nicht sogar eine Villa hier in der Nähe?

CAFÉHAUS-WIRTIN Ja, das schon, am Monte Salvatore drüben. Aber da lagen mehr Schulden als Dachziegel drauf. Er konnte ja nicht einmal sein Frühstück bezahlen, besonders am Schluß, als er so krank war.

REPORTER Und da haben Sie ihm Kredit gegeben?

CAFÉHAUS-WIRTIN Ich habe ihm sogar Geld gegeben. Ja, was sollte ich denn machen? Hätte ich ihn vielleicht im Stich lassen sollen? Er war ja zuletzt ziemlich hilflos. Armer Herr Bakunin! Er war doch ganz fremd hier. Gegenüber beim Bäcker hat er immer kleine Kuchen gekauft, für die Kinder.

REPORTER Ihr Geld werden Sie wohl nie wiedersehen.

CAFÉHAUS-WIRTIN Ach, reden wir nicht davon. Noch ein Gläschen?

REPORTER Danke. Und wo sind seine Freunde geblieben?

CAFÉHAUS-WIRTIN Ein paar von den Handwerkern sind noch da. Aber sonst ? – Ach ja, die junge Frau, die könnten Sie fragen. Eine sehr gebildete Dame. Eine Russin. Sie gehen über den Platz, dann am Palazzo Civico vorbei, biegen nach rechts ein ...
Pause.

ALEXANDRINA BAULER Ich mußte damals ins Ausland gehen, nicht so sehr aus politischen Gründen. *Sie lacht.* Nein, die Ärzte haben mir die Reise verordnet. Angegriffene Gesundheit und so weiter. Ich dachte natürlich an London, Paris, vielleicht Genf. Aber nein! Ein warmes Klima mußte es sein, und Schonung, immer nur Schonung. Da bin ich eben hier gelandet, in einer Villa in den Bergen. – Entschuldigen Sie! Darf ich Ihnen Tee anbieten? – Nach vierzehn Tagen wurde mir die ewige Ruhe zu dumm, ich wollte Leute sehen, frische Zeitungen lesen. Hier in Lugano gibt es eine kleine Buchhandlung, viel ist es ja nicht, aber ein paar französische Romane liegen doch im Schaufenster, und dort traf ich einen etwas sonderbaren alten italienischen Professor namens Pederzolli. »Was! Sie sind Russin! Und Sie wissen wohl gar nicht, wer hier in unserer kleinen Stadt lebt. Ihr größter lebender Landsmann. – Ja, sagt meinetwegen was ihr wollt in Moskau und in Petersburg, aber ich bleibe dabei: er ist der größte lebende Russe!« – »Wer denn?« fragte ich. – Sie können sich meine Überraschung und meine Freude nicht vorstellen, als der alte Mann es mir sagte.

REPORTER Und Sie haben ihn aufgesucht?

BAULER Noch am selben Tag. Das Haus liegt ziemlich weit draußen am Hang. Wir öffneten das halbverrostete Tor und fanden uns auf einem riesigen Stück Land. Das mußte wohl früher ein Garten gewesen sein. Aber von diesem Garten war nur noch hie und da ein Baumstumpf übrig. Alles war umgegraben, überall lehmige Erdhaufen, Pfützen, Gräben voller Regenwasser. Und mitten in dieser Kraterlandschaft ein paar Männer mit Hacken und Spaten bei der Arbeit. Neben ihnen, die große, breite, massige Gestalt in der Pelerine, die ihm fast bis an die Knöchel reichte, mit dem breitkrempigen Hut, dem krausen, silbernen Backenbart, den weißen Locken, das mußte er sein, das war er.

Er kam sofort auf uns zu. Er ging mühsam, seine Galoschen blieben im Lehm fast stecken. Antoscha! schrie er, mit einer Stimme, die enorm war, und eine schmächtige Frau trat aus dem Haus, um uns zu empfangen. Sie sah aus wie eine italienische Bäuerin, schwarzer Strickschal auf dem Kopf, Holzsandalen an den Füßen, dicke schwarze Strümpfe. Ziemlich gewöhnlich. Eine Schönheit war sie wirklich nicht. Pederzolli stellte mich vor, mit altfränkischer Feierlichkeit. Dann gingen wir ins Haus, über Planken, Gräben, Kieshaufen und Mistbeete.

REPORTER Und wie sah es bei Bakunin aus?

BAULER Nur langsam! Wir kamen über eine finstere Treppe in ein großes, helles, vollgestopftes Zimmer ohne jede Zier oder Bequemlichkeit. Ein Eisenbett stand in der Ecke, nur mit einem Schal zugedeckt. Ein Samowar auf dem Tisch, schmutzige Teegläser, überall Tabakskrümel, ein Tintenfaß auf einer zerfledderten Zeitung, Schokoladenstückchen, Löffel, Asche, Zuckerwürfel, ein großer Schreibtisch, unter Papieren begraben, Medizinflaschen, Gläser, alles in der größten Unordnung.

REPORTER Keine Bücher?

BAULER Bücher kaum, aber Zeitungen, überall Zeitungen, deutsche, russische, französische, spanische, Zeitungen in allen Sprachen, aus allen Ländern, auch bürgerliche dabei, auf dem Bett, auf dem Fußboden, auf den Stühlen. Nirgends konnte man sich hinsetzen ...

REPORTER Und was für einen Eindruck hatten Sie von Bakunin?

BAULER Ehrlich gestanden, mein erster Eindruck war erschreckend. Er sah krank aus, sein Gesicht war aufgedunsen und vor Anstrengung blau angelaufen. Er ließ sich keuchend auf einen Stuhl fallen. Ich konnte kaum verstehen, was er sagte, so stark stieß er mit der Zunge an; es waren ihm nämlich die Zähne ausgefallen. Er starrte mich aus seinen tiefliegenden, grüngrauen Augen an, und es kam mir vor, als wäre sein Blick hart und verschlagen. Ein kleiner Schauder überlief mich, ein *frisson.* Seine Frau murmelte ihm irgend etwas ins Ohr. Ja, ich hatte einen unangenehmen Eindruck von ihm.

REPORTER Worüber wurde denn gesprochen? Fragte er Sie nach den Verhältnissen in Ihrer Heimat?

BAULER Nein. Man rauchte, man trank Tee, man sprach über den Garten, über das Treibhaus, über die beste Art, Gurken zu säen, natürlich auch Fenchel und Spinat. Es war sonderbar, und es war peinlich.
Aber warum ist der ganze Garten voller Löcher? fragte ich.
Die Gräben sind für die Frösche. Ich habe Frösche nämlich sehr gern, war die Antwort. Ich weiß nicht, ob Sie je auf dem Lande gelebt haben, aber es gibt nichts Schöneres als einen Sommerabend in Rußland, wenn die Frösche aus dem nahen Teich ihr Lied hören lassen.
Er sah auf einmal traurig aus, schattenhaft, erloschen ... Wir hatten uns auf französisch unterhalten, aber die Geschichte mit den Fröschen brachte er auf russisch vor. Und wie er mich dabei ansah! Ich weiß nicht, wie ich es ausdrücken soll ... Bittend ... Sie werden lachen, aber es war wie ein Appell. Ich begriff, daß er ganz vereinsamt war. Die Leute um ihn herum verlangten, daß er seine alte Rolle weiterspiele. Aber er war müde. Er hatte es satt.

REPORTER Das war Alexandrina Wassiljewna Bauler, eine junge Russin aus gutem Hause, die sich Bakunin in den letzten Monaten seines Lebens angeschlossen hat. Um ihre Vermutungen zu überprüfen, begab ich mich nach Bern; denn es schien mir kaum glaublich, daß der hartnäckige Verschwörer von seiner anarchistischen Praxis im Alter abgelassen haben sollte. Ich wandte mich an Herrn Pjotr Dmitrjewitsch Lesnikow, Vortragenden Legationsrat Erster Klasse in der Kaiserlich Russischen Gesandtschaft zu Bern.

LESNIKOW Der unlängst verstorbene p.p. Bakunin Michail Alexandrowitsch ist uns amtlicherseits sehr wohl bekannt, und zwar als Unruhestifter gefährlichster Art, der schon vor Jahrzehnten zu einer Reihe von strafbaren gewalttätigen Handlungen aufgerufen hat, als da sind: Zerstörung des Russischen Reiches, Verschwörung, Gründung terroristischer Vereinigungen, Erhebung mit bewaffneter Hand gegen Seine Majestät den Zaren. Der Genannte war ein unverbesserlicher Überzeugungstäter, der nicht nur selber schwere Schuld auf sich geladen, sondern auch andere zu nichtswürdigen Taten angereizt hat, darunter viele junge Leute, die heute für die Folgen ihres Tuns schwer zu büßen haben. Er ist deshalb bereits vor siebenundzwanzig Jahren zum Tode durch den Strang verurteilt, auf Allerhöchsten Befehl jedoch zu lebenslänglichem schwerem Kerker begnadigt worden. Diese Strafe wurde später umgewandelt in dauernde Verbannung, aus welcher aber der Bakunin wortbrüchig geflohen, um sein Treiben in England, in Italien und in der Schweiz fortzusetzen.

REPORTER Aber, Herr Legationsrat, weist nicht vieles darauf hin, daß Herr Bakunin in den letzten Jahren seines Lebens den revolutionären Bestrebungen entsagt hat? Manche seiner Anhänger stellen die Sache so dar, als ob ...

LESNIKOW Falsch! Grundfalsch! Noch vor wenigen Jahren, im Sommer 1874, nahm der von Ihnen Genannte an einem bewaffneten Aufruhr in Bologna teil, wenn er nicht überhaupt der Anführer war. Der Plan konnte glücklicherweise im Keim erstickt werden. Aber noch heute trachten die Bakunisten, in Italien wie allenthalben, auch im Russischen Reiche, danach, ihrem Meister nachzueifern.

REPORTER Und was unternehmen die Behörden dagegen?

LESNIKOW In meinem Lande werden stets die Kräfte der Ordnung die Oberhand behalten. Hier in Europa hingegen macht sich ein schädlicher Liberalismus breit, den ich nur beklagen kann. Manche russischen Emigranten, vaterlandsflüchtiges Gesindel, das sich als studierende Jugend tarnt, machten sich dies zunutze. Wir können dagegen nur inoffizielle Schritte unternehmen, da die schweizerischen Behörden zu einer polizeilichen Zusammenarbeit nicht bereit sind. Es ist uns unbegreiflich, mit welcher Nachsicht, welchem Wohlwollen man hier solchen Individuen begegnet. Das wird sich rächen! Die Zerstörungswut dieser Leute wird auch vor der Eidgenossenschaft nicht haltmachen! Lassen Sie sich das gesagt sein! *Pause.*

REPORTER Herr Professor Vogt, Sie gelten als ein enger Freund des verstorbenen Herrn Bakunin; aber zugleich sind Sie ein angesehener und einflußreicher Schweizer Bürger. Ihr Land hat sich stets einer sehr weitherzigen Asylpolitik befleißigt. Die Schweizer Behörden lehnen es ab, Emigranten auszuliefern, auch wenn es sich dabei um Anarchisten und Radikale handelt. Glauben Sie nicht, daß diese Politik den internationalen Terrorismus begünstigt?

VOGT Ich möchte Ihnen mit einer Gegenfrage antworten. Sie sind wahrscheinlich Preuße, jedenfalls kommen Sie aus Deutschland?

REPORTER Ja.

VOGT Meine Familie hat Deutschland 1849 verlassen. Wenn Sie etwas gründlicher recherchiert hätten, wäre Ihnen vielleicht aufgefallen, daß wir der »weitherzigen Asylpolitik« dieses Landes, über die Sie sich beklagen, unsere Freiheit, ja vielleicht unser

Leben verdanken. Ich bin Schweizer geworden, weil mich meine Landsleute vermutlich an die Wand gestellt hätten. Sie erwarten wohl nicht im Ernst, daß ich der Auslieferung von politischen Flüchtlingen das Wort rede.

REPORTER Verzeihen Sie. So war das nicht gemeint. Ich habe nur eine Frage gestellt, die in diplomatischen Kreisen häufig aufgeworfen wird. Herr Lesnikow von der Russischen Gesandtschaft ...

VOGT Herr Lesnikow ist ein Geheimpolizist. Er gehört der Ochrana an. Schnüffler und Spione wie ihn sollte man ausweisen!

REPORTER Um aber auf Bakunin zurückzukommen ... Ich versuche, mir ein Bild davon zu machen, was er in den letzten Jahren seines Lebens gedacht und getan hat. Er soll ja bis zuletzt den bewaffneten Aufstand gepredigt haben.

VOGT Daran ist kein wahres Wort. Das Gegenteil ist richtig. Bakunin hatte sich aus dem öffentlichen Leben zurückgezogen. Er wollte seine Ruhe haben. Er hat sogar bei mir vorgefühlt, ob es nicht möglich wäre, ihm die schweizerische Staatsangehörigkeit zu verschaffen. Ich habe ihm zugeraten. Er fühlte sich bedroht von den Winkelzügen der zaristischen Polizei.

REPORTER Glauben Sie, daß er Grund dazu hatte?

VOGT Das ist schwer zu sagen. Ich zog einige Erkundigungen ein, aber die Schweizer Behörden waren nicht sehr erbaut von dem Gedanken, Bakunin einzubürgern. Wenn er wenigstens Hausbesitzer wäre, sagte mir ein Beamter. Nun, wie Sie vielleicht wissen, ist er das sogar geworden. Genützt hat es ihm recht wenig.

REPORTER Und seine anarchistische Agitation?

VOGT Was soll ich Ihnen sagen ... Er war ziemlich resigniert ... Das glauben Sie wohl nicht? Ich habe einen Brief von ihm, aus dem das deutlich hervorgeht. Warten Sie! *Er sucht.* Hier. Lesen Sie selber.

REPORTER »Arme Menschheit! Es ist klar, daß sie tief in der Scheiße steckt, und daß sie aus der Kloake der Gegenwart nur herausfinden kann durch eine ungeheure soziale Umwälzung. Doch wer soll diese Revolution machen? Nie war die internationale Reaktion so stark, so wohlgerüstet gegen jede Volkserhebung. Sie hat aus der Repression eine neue Wissenschaft gemacht, in der die Polizisten und die Bürokraten aller Länder eifrig unterwiesen werden. Wer soll diese Festung überwinden und einnehmen? Die Massen? Aber die Massen sind desorganisiert. Sie bringen nicht einmal genug Leidenschaft auf zur Verteidigung ihrer eigenen Haut, und das einzige, was sie retten könnte, lehnen sie entschieden ab.

Ja, die Stunde der Revolution ist vorbei. Nicht das schreckliche Unheil ist schuld daran, dessen Zeugen, und die furchtbaren Niederlagen, deren mehr oder weniger schuldlose Opfer wir geworden sind. Nein, die Revolution ist am Ende, weil es, wie ich zu meiner Verzweiflung jeden Tag von neuem feststellen muß, keine Spur von Hoffnung und Empörung mehr unter den Massen gibt – und wo sie fehlen, da kann sich die Bewegung anstrengen, so viel sie will, sie wird nichts ausrichten.

Was aber mich betrifft, mein Lieber, so bin ich zu alt, zu krank, zu müde, und, ich will es dir ganz offen sagen, auch in vieler Beziehung zu enttäuscht, um meine Arbeit mit der alten Lust und der alten Kraft fortzusetzen.«

Pause.

ARNOULD Ha! Daß Sie ausgerechnet zu mir kommen! Das ist ja zum Lachen. Denn mit meinem Anarchismus, wissen Sie, ist es nicht besonders weit her. Ich bin ja nur ein ganz gewöhnlicher Bourgeois. Genau wie Sie, mein Lieber!

REPORTER Aber Sie haben an der Pariser Kommune teilgenommen! Sie waren Mitglied der Internationale!

ARNOULD Das schon. Aber sagen Sie mir eines: Haben Sie sich nie gelangweilt? Sie sind doch auch Journalist? Immer in der Redaktion herumhocken? Das alles hing mir eben zum Hals heraus, und als die Sache losging, da habe ich mitgemacht. Das hat mich amüsiert, verstehen Sie? Und als die Chose aus war, ab in die Schweiz. Wir wollen uns doch nichts vormachen. Ich rauche gern eine gute Habana-Zigarre, und meine Frau hat was für Pelze übrig, und für Perlen, und für Parfums. Also ...

REPORTER Aber Bakunin? Es stimmt doch, daß Sie mit ihm befreundet waren?

ARNOULD Ja, unser Bakunin! Der war aus anderm Holz gemacht! Arm wie eine Kirchenmaus, Jahre in Gefängnissen und Festungen, Kettenraucher bei chronischem Asthma, ein Wunder, daß er überhaupt so lange lebte ...

REPORTER Er war wohl schon lange in ärztlicher Behandlung?

ARNOULD Ärztliche Behandlung? Keine Spur! Der hörte doch auf keinen Arzt! Die ganze Nacht schlaflos auf seiner Kissenburg, bei Tee und Wodka, Punsch und Grappa. Und sein ungeheuerlicher Appetit. Sie müssen sich das einmal vorstellen: ein Mann, so schwer und unförmig wie ein Elefant! Als Vorspeise löffelte er eine ganze Sardinenbüchse leer! Und was aß er zum Beefsteak? Riesige Mengen von Spaghetti oder Risotto, glänzend vor Fett! Nein, Bakunin war einfach nicht zu bremsen.

REPORTER Und seine Umgebung? Was waren das für Leute?

ARNOULD Es wimmelte von Besuchern. Alle waren ihm willkommen, die Jungen und die Alten, die Klugen und die Blödiane, die Gelehrten und die Ignoranten, aus allen Ländern, aus allen Berufen, wenn sie ihm nur zuhörten, wie er seine revolutionäre Lehre über sie ausgoß. Er hat die Leute förmlich hypnotisiert. Es war das reinste Pfingstwunder, kann ich Ihnen sagen!

REPORTER Und wie erklären Sie sich das? Ich meine, daß er die Leute tatsächlich überzeugen konnte?

ARNOULD Ganz einfach: er war selber felsenfest überzeugt von dem, was er sagte. Er glaubte steif und fest, die Menschheit hätte nur auf seine Reden gewartet, um unverzüglich auf die Straße zu gehen, die Rathäuser anzuzünden und die Regierungen zum Teufel zu jagen. In Wirklichkeit sah das natürlich anders aus. Das weiß ich nur allzu gut! Ich bin schließlich in Paris dabeigewesen und mußte um mein Leben laufen.

REPORTER Aber Sie können doch nicht leugnen, daß es Bakunin immer wieder gelungen ist, geheime revolutionäre Organisationen aufzubauen.

ARNOULD Ich weiß, ich weiß. Die Internationale Bruderschaft. Die Revolutionäre Allianz. Der Generalrat der Föderation. Das Zentralkomitee für das Öffentliche Wohl. Und so weiter und so weiter. Sie werden ja schon ganz bleich, wenn Sie nur die Namen hören. Aber ich würde Ihnen raten, diese Sachen nicht allzu ernst zu nehmen. Die Geheimpolizisten aller Länder waren natürlich begeistert von diesem »weitverzweigten Verschwörernetz«, wie sie es nannten. Sie fühlten sich ungeheuer wichtig, das gab Orden, Dienstreisen, Beförderungen, etcetera, etcetera. In Wirklichkeit waren diese ganzen Organisationen nicht das Papier ihrer Statuten und Broschüren wert. Ein paar Sitzungen im Hinterzimmer irgendwelcher Kneipen, ein bißchen Spielerei mit Deckadressen, Geheim-Codes, Losungsworten. Der Rest waren Streitereien in verqualmten Emigranten-Wohnungen. Sie können diesen ganzen Zirkus getrost vergessen. Ich habe Bakunins Ideen immer für sehr bedeutend gehalten, aber seine Praxis bestand aus kindischer Geheimnistuerei. Sie war letzten Endes eine Art Selbstbetrug, und weiter nichts.

REPORTER Sie stellen das alles reichlich harmlos dar, Herr Arnould.

ARNOULD Bitte verstehen Sie mich nicht falsch. Bakunin verfügte über eine eiserne Willenskraft und über eine unzerbrechliche Naivität. Vor allem aber fehlte ihm eine Eigenschaft ganz und gar, die uns alle miteinander zu opportunistischen Trotteln macht, nämlich der Sinn für die Realität.

REPORTER Ich begreife nicht, was Sie damit sagen wollen. War er nun ein friedlicher Hausbesitzer, oder ein gefährlicher Revolutionär?

ARNOULD Sie wollen eben wissen, woran Sie mit Bakunin sind. Sozusagen klipp und klar. *Er lacht.* Ich weiß nur nicht recht, ob ich Ihnen damit dienen kann. Zum Beispiel die berühmte Villa. Als sie gekauft wurde, hat mir Bakunin selbst gesagt, was er damit im Sinn hatte. Das Haus in der Schweiz sollte nämlich als konspiratives Zentrum dienen, als Zufluchtsort für die italienischen Genossen. Für den Fall einer Haussuchung waren sogar Fluchtwege vorgesehen, er sprach von einer unterirdischen Passage zum See hinunter. Außerdem wollte er ein Waffendepot anlegen und eine geheime Druckerei installieren. Ich sehe, es läuft Ihnen schon ganz kalt den Rücken hinunter. Aber Moment! Lassen Sie mich ausreden! Bakunin hatte sich überlegt, als was er dieses furchtbare Hauptquartier tarnen sollte. Er wollte nämlich immer ganz besonders schlau vorgehen. Und so kam er auf die Idee, ein landwirtschaftliches Gut zu begründen. Auf diese Art und Weise sollte sich die ganze Gruppe auch selbst versorgen. Er stellte sich eine Art Landkommune vor. Ausgerechnet Bakunin, der eine Pappel nicht von einer Eiche unterscheiden konnte! Und so nahm das Verhängnis seinen Lauf. Er verschrieb sich von einem Botanik-Professor in Genf eine solche Unmenge Sämereien, daß man den ganzen Tessin damit hätte anpflanzen können. Als nächstes ließ er sämtliche Bäume fällen, und alle Beete umgraben. Da hätten Sie ihn sehen sollen! Er freute sich wie ein Kind. Alles dem Erdboden gleichmachen, und dann radikal von Neuem anfangen! Das war ganz nach seinem Sinn. Er war begeistert. Dann wurde gesät und gepflanzt, und schließlich ließ Bakunin riesige Mengen Dünger anfahren und fußhoch über die Anpflanzungen kippen. Er meinte es so gut mit dem Dünger, daß die ganze Vegetation darunter erstickte und daran verbrannte. Das Ergebnis seiner einjährigen Anstrengung war, daß auf dem Terrain nicht einmal mehr das Gras wuchs. Eines Tages sagte er mir:

»Sie hatten recht, mein Freund, ich hätte es bleiben lassen sollen. Ich verstehe nichts von der Landwirtschaft!«

Er war am Ende seiner Kraft, und am Ende seines Kredits angelangt. Armer Bakunin! Wie ein Eichhörnchen im Käfig lief er seiner Chimäre nach, und nie kam er auch nur einen Schritt voran!

REPORTER Ich beschloß, meine Nachforschungen im studentischen Milieu fortzusetzen. In Genf gab es eine ganze Reihe von jugendlichen russischen Emigranten, die mit radikalen Ideen Bakunins zu sympathisieren schienen.

REPORTER Herr Sallier, Sie sind Russe und wollen Ihren wahren Namen nicht nennen. Daraus dürfen wir wohl schließen, daß Sie zu den aktiven Gegnern des Zarentums gehören.

SALLIER Allerdings.

REPORTER Uns beschäftigt besonders Ihr vor einem Jahr verstorbener Landsmann Michail Bakunin. Ich möchte Sie bitten, mir Ihre Meinung über diesen Mann zu sagen, der in den studentischen Kreisen Ihres Landes offenbar als Vorbild betrachtet wird.

SALLIER Das ist keineswegs der Fall. Bakunin mag seine Verdienste gehabt haben, aber das ist uns gleichgültig. Seine Zeit war schon lange vorbei. Er gehört einer längst verflossenen Epoche an. Ich lernte ihn im Jahre 1871 kennen. Ich war enttäuscht.
Offen gesagt: Bakunin war ein Schwätzer. Er dachte an seine Familie, an seine Frau, an seine Kinder, an seine Gesundheit. Er war ein überflüssiger alter Mann, der den ganzen Tag von der Revolution redete, redete, redete. Er war von Haus aus ein Aristokrat, und seine Gutsbesitzer-Manieren hat er nie ganz ablegen können. Denken Sie nur an diese lächerlichen Villen in der Schweiz! Und jedesmal, wenn es wirklich darauf ankam, rücksichtslos zuzuschlagen, da ist er zurückgewichen. Da hatte er plötzlich Skrupel, da nahm er Rücksichten. Da kam er mit seinen Gefühlen daher, mit seinem Ehrgefühl, seinem Mitgefühl, usw. usw. Er konnte und wollte nicht einsehen, daß ein Revolutionär sich einen solchen Luxus nicht leisten kann. Die Revolution muß alles vernichten, was sich ihr in den Weg stellt, und zwar kaltblütig und ohne zu zögern. Die Wahrheit ist, daß Bakunin kein Blut sehen konnte. Das junge Rußland wird ohne ihn und seinesgleichen auskommen!

REPORTER Dieser entsetzliche junge Mann gehört offenbar einer besonders blutdürstigen Verschwörergruppe an. Man muß freilich hinzufügen, daß er an der Universität eine vereinzelte Erscheinung ist. Ich habe auf der Linken auch vernünftigere Leute angetroffen, zum Beispiel Herrn Nikolaj Utin, einen Anhänger der marxistischen Richtung.

REPORTER Herr Utin, Sie gehören, dem Vernehmen nach, der berüchtigten Internationale an, der in der Öffentlichkeit die militantesten Absichten zugeschrieben werden.

UTIN Ich bin ermächtigt, Ihnen folgendes zu erklären: Die Internationale Arbeiter-Assoziation ist durch Beschluß der Konferenz von Philadelphia am 15. Juli 1876 aufgelöst worden. Sie besteht nicht mehr.

REPORTER Welche Rolle hat Michail Bakunin in Ihrer Organisation gespielt?

UTIN Herr Bakunin konnte nie für sich in Anspruch nehmen, für die Internationale zu sprechen oder zu handeln, die ihn vielmehr bereits im Jahre 1872, auf dem Haager Kongreß, in aller Form aus ihren Reihen ausgeschlossen hat.

REPORTER Können Sie uns die Gründe dafür nennen?

UTIN Wir haben diese Leute, die Anarchisten, nie als unsere Genossen betrachtet. Bakunins Lehre ist, nach ihrer theoretischen Seite, unwissenschaftlich, wirr, und falsch. Sie kann der Arbeiterbewegung nur den schwersten Schaden zufügen. Die Praxis der Anarchisten ist undiszipliniert, spalterisch und provokatorisch. Die Antiautoritären verstoßen gegen jede Parteidisziplin. Sie liefern der Reaktion durch ihre unüberlegten Handlungen nur immer neue Vorwände zur Unterdrückung der fortschrittlichen Gruppierungen. Ich schweige von den Verleumdungen, zu denen Herr Bakunin sich unsern verdienten Anführern Karl Marx und Friedrich Engels gegenüber hat hinreißen lassen.

REPORTER Aber auch Marx und Engels treten für gewalttätige Handlungen ein. Sie haben sich zum Beispiel über die Pariser Kommune sehr wohlwollend geäußert.

UTIN Das ist etwas ganz anderes. Im übrigen schließt die Bewunderung für den heroischen Kampf des Pariser Proletariats die Einsicht nicht aus, daß es gerade die abenteuerlichen, deklassierten, zügellosen Lumpenelemente waren, die für die Niederlage der Kommune verantwortlich gemacht werden müssen.
Um aber auf Herrn Bakunin zurückzukommen, so ist er von uns auch auf Grund seines persönlichen Lebenswandels ausgeschlossen worden, der zu den größten Bedenken Anlaß gab. In echt russischer Manier hat er den Generalrat in schamloser Weise hintergangen und in Mißkredit gebracht. Seine zweifelhaften Grundstücksgeschäfte und seine schmutzigen Geldgeschichten haben dazu geführt, daß er sich zuletzt kaum mehr auf die Straße wagen konnte; seine letzte Reise hatte nur den einen Zweck, sich seinen Gläubigern zu entziehen. Solche Leute können uns kein Vorbild sein.
Pause.

REPORTER Herr Arnould, erlauben Sie mir noch eine Rückfrage. Wie ich höre, soll sich Bakunin in allerlei undurchsichtige Geldgeschäfte verwickelt haben.

ARNOULD Wer hat Ihnen denn das erzählt?

REPORTER Es wurde mir von marxistischer Seite berichtet.

ARNOULD Das sieht den Marxianern ähnlich. Sie haben es nun einmal mit der Ehrbarkeit. Bei denen muß alles seine Ordnung haben. Keine Revolution ohne Gummistempel, Formular und notarielle Beglaubigung. Das sind die wahren Deutschen! Wenn die einen geborenen Kommunisten wie Bakunin sehen, dann wird ihnen ganz schwindlig.

REPORTER Was meinen Sie denn mit einem »geborenen Kommunisten«?

ARNOULD Nichts, das ist nur so eine Redensart. Was ich sagen will, ist das folgende: Bakunin war unfähig, den Unterschied zwischen Dein und Mein zu begreifen. Das Privateigentum war ihm einfach unverständlich, er konnte nichts damit anfangen. Nun werden Sie sagen, kein Wunder, bei einem Anarchisten. Aber das Schönste ist, daß diese Haltung überhaupt nichts mit Ideologie zu tun hat! Michail war schon immer so! Schon als Kind! Er hatte kein Wort von diesen ganzen Manifesten gehört und gelesen, da nahm er bereits seinen Freunden, Bekannten und Verwandten das Geld aus der Tasche und streute es an irgendwelche andern Leute aus. Wer es gerade nötig hatte, dem gab er's. Und er dachte gar nicht daran, bitte oder danke zu sagen, vom Zurückzahlen natürlich ganz zu schweigen.

REPORTER Aber das konnte doch auf die Dauer nicht gut gehen.

ARNOULD Natürlich nicht! Ein Skandal nach dem anderen! Heute noch zerreißen sich die Leute über Bakunins Geldgeschichten das Maul. Auch die eigenen Genossen. Denn die waren zwar theoretisch gegen das Privateigentum, aber in der Praxis ist das bekanntlich etwas anderes.

Ich will Ihnen eine kleine Geschichte erzählen, damit Sie verstehen, was ich meine. Eines Tages hatte ich einen heftigen Streit mit Bakunin, ich glaube, über den Deutsch-Französischen Krieg. Er kündigte mir wutschnaubend an:

Ich werde eine Broschüre gegen Sie schreiben, Arnould, denn Ihre Ansichten, mein lieber Freund, schaden der Revolution.

Meinetwegen, habe ich ihm gesagt. Tun Sie, was Sie nicht lassen können. – Das tue ich auch! Nur, die Sache hat einen Haken. Ich habe im Moment kein Geld, um die Broschüre drucken zu lassen. Sie müssen mir 300 Franc leihen. – Ich war so verblüfft, daß ich ihm das Geld sofort gegeben habe. Leider ist die Broschüre nie erschienen.

REPORTER Das ist ja unglaublich.

ARNOULD Wieso? Das ist noch gar nichts. Haben Sie nicht die Gerüchte gehört, nach denen unser Freund gefälschte Banknoten unter die Leute gebracht haben soll, und zwar jahraus, jahrein? – Wenn Sie mich fragen, es ist sogar was Wahres daran.

REPORTER Wieso? Gibt es dafür Beweise?

ARNOULD Das nicht. Aber für Michail Bakunin waren eigentlich alle Banknoten falsch, verstehen Sie? Hier, dieser Fünfzig-Franken-Schein, dieser Zehner: alles Spielgeld, Blüten. Die Notenbank – eine Falschmünzerwerkstatt. Echtes Geld – was ist das? Gibt es doch gar nicht!

Dröhnendes Lachen. Pause.

REPORTER Herr Stenikow, Sie studieren in Genf, aber man sieht Sie selten in den Vorlesungen. Stattdessen sollen Sie sich mit Politik beschäftigen, und einige Ihrer Landsleute sagen sogar, Sie seien Bakunist.

STENIKOW Und was sind Sie?

REPORTER Ich? Man hat mich entsandt, damit ich der europäischen Öffentlichkeit einiges über den verstorbenen Herrn Bakunin berichte, und zu diesem Zweck ziehe ich hier Erkundigungen ein.

STENIKOW Auf wessen Seite stehen Sie also?

REPORTER Ich versuche, möglichst objektiv und neutral zu berichten.

STENIKOW So? Versuchen Sie das? *Zu den andern:*

Schaut ihn euch gut an. So sieht einer aus, der objektiv und neutral ist!

REPORTER Fassen Sie mich nicht an!

STENIKOW Nur keine Angst. Auch wenn Sie ein Spitzel sind, der uns aushorchen will.

REPORTER Das ist nicht wahr. Ich diene der freien Meinung, die sich nur auf Grund von sicheren Nachrichten bilden kann.

STENIKOW Sichere Nachrichten! Das sind die gewöhnlichen und gemeinen Lügen, welche die besitzenden Klassen über uns ausstreuen!

REPORTER Es ist nur an Ihnen, die Falschheiten richtigzustellen, wenn es Falschheiten sind, was über Herrn Bakunin gesagt wird; denn Sie gehören zu seinen Schülern.

STENIKOW Ihresgleichen ist doch nicht zu trauen.

REPORTER Sagen Sie mir wenigstens eines. Herr Bakunin soll gegen Ende seines Lebens der Anschauung zugeneigt haben, daß es aussichtslos wäre, auf die Revolution zu hoffen.

STENIKOW Das ist eine verdammte Lüge! Verschwinden Sie! *Lärm.*

REPORTER Dies ist ein öffentliches Lokal. Sie haben kein Recht ...

STENIKOW Spitzel! Lügenverkäufer! Zeitungslump!

REPORTER Sie beleidigen die öffentliche Meinung, die ich hier vertrete!

STENIKOW Raus! Wird's bald!

REPORTER Ich weiche nur der Gewalt.

Pause.

REPORTER Alexandrina Wassiljewna, ich komme noch einmal zu Ihnen, verzeihen Sie, wenn ich Sie störe. Aber ich bin, nach vielen Abenteuern und langen Recherchen, ratloser als am Anfang meines Unternehmens. Ich habe viele Leute befragt, aber jeder sagt etwas anderes. Für die einen war Bakunin ein entschlossener Revolutionär, ein *homme d'action*, für die andern ein Träumer, ein Phantast. Einmal heißt es, er habe seine Leute bis auf die Zähne bewaffnet; ein andermal wirft man ihm vor, er könne kein Blut sehen und sei ein bloßer Schwätzer.

BAULER Und jetzt sind Sie am Ende Ihres Lateins.

REPORTER Ja.

BAULER Ich würde Ihnen gern weiterhelfen, aber ich glaube nicht, daß Sie jemals verstehen werden, was für ein Mensch Bakunin war.

REPORTER Sie haben recht. Es ist nicht leicht. Zum Beispiel diese Geldgeschichten ...

BAULER Ah ja! Natürlich! Die Geldgeschichten! Das interessiert euch am meisten! Ausgerechnet damit wollt ihr ihm am Zeug flicken! Aber eines kann ich Ihnen sagen. Solange ich ihn gekannt habe, lebte er wie ein armer Teufel. Immer dieselben Kleider hatte er an, völlig abgeschabt. Kaum, daß er sich richtig satt essen konnte. Er hatte nicht einmal ein bequemes Bett. Das Eisengestell, auf dem er seine Nächte zubrachte – schlafen konnte er ja kaum mehr – war viel zu klein und zu kurz für seinen riesigen Körper, es krachte und ächzte unter seinem Gewicht. Unbeschreiblich. Sie machen sich keine Vorstellung. Sein einziger Luxus waren Tee und Tabak. Er rauchte Tag und Nacht, ununterbrochen, nur ab und zu, im Morgengrauen, schlief er für eine kurze Weile ein, wenn seine Schmerzen nachließen. Seine Zigaretten rollte er sich selber, als grobem schwarzem Knaster, unförmige, viel zu dicke Zigaretten ...

REPORTER Aber was ich nicht verstehe ... Wie konnte ein solcher Mann ein ruhiges Familienleben führen?

BAULER Ruhiges Familienleben ist gut! Er wußte nicht einmal, wovon er den Bäcker bezahlen sollte.

REPORTER Immerhin war er verheiratet und hatte drei Kinder.

BAULER Es waren nicht seine Kinder.

REPORTER Sondern?

BAULER Das war ein offenes Geheimnis, ich kann es Ihnen also ruhig sagen. Der Vater der Kinder war ein gewisser Gambuzzi, Carlo Gambuzzi, der langjährige Freund der Bakunina, ein Advokat aus Neapel, der sich zum Anarchismus bekehrt hatte.

REPORTER Und wie kam Bakunin mit seiner Frau aus?

BAULER Ich habe mich oft gefragt, was die beiden eigentlich verband. Die Wahrheit ist, daß Antonia eine unbedeutende, etwas blöde Frau war, die man mühelos vergißt. Sie verstand überhaupt nicht, was Bakunin beschäftigte.

Ich erinnere mich, wie ich einmal in der berühmten Villa über Nacht blieb. Es war spät geworden, ich war todmüde. Im Halbdunkel zeigte mir Michail Alexandrowitsch das Gästezimmer. Vor dem Einschlafen bemerkte ich, daß das Bett äußerst bequem war, beinahe luxuriös, die Laken aus rosa Seide; und ich dachte mir noch: Das paßt gar nicht hier ins Haus, es ist zu komfortabel. Am andern Morgen fragte ich die Frau des Schuhmachers, die in der Küche aushalf:

Warum holt ihr nicht das Bett aus dem Gästezimmer und gebt es Bakunin, der ist krank und kann kaum schlafen auf seinem Eisengestell?

Aber Alexandrina Wassiljewna, das geht doch nicht, sagte die Frau ganz erschrocken: das ist doch Gambuzzis Bett!

Ich war zornig, ich war betrübt, aber was wollte ich machen?

REPORTER Was war das eigentlich für eine Krankheit, an der Bakunin litt?

BAULER Wer weiß. Anfangs hatte er ja nicht einmal

einen richtigen Arzt, nur so einen Quacksalber, einen alten Italiener, der zu Fuß durch die Gegend pilgerte und allen Leuten heiße Bettpfannen, Abführmittel und Friktionen mit Olivenöl verschrieb. Michail litt an einem alten Asthma, dann kam eine chronische Blasenentzündung dazu. Die einzigen, die ihm wirklich geholfen haben, wenn er Schmerzen hatte, die bei ihm blieben, die ihm beim An- und Ausziehen halfen, das waren die italienischen Arbeiter.

REPORTER Was für Arbeiter?

BAULER Die meisten waren nach Lugano gekommen, weil in Italien die Polizei hinter ihnen her war, wegen irgendwelcher politischer Geschichten. Sie waren alle ganz jung. Der eine war ein Schuster, der andere ein Barbier, der dritte ein Köhler. Sie beteten Bakunin an, ich kann es nicht anders ausdrücken. Einer von ihnen, der Seiler Andrea Santandrea, kam jeden Abend den Hang herauf, nach einem Zehn-Stunden-Tag in der Seilerei, um Michail zu Bett zu bringen, ihn zu versorgen und zu waschen... Dann leistete er ihm noch bis spät in die Nacht Gesellschaft. Gegen Morgen löste ihn ein anderer ab.

Selten habe ich soviel Hingabe und Selbstlosigkeit gesehen. Am Sonntag kamen sie gewöhnlich zu dritt oder zu viert. Santandrea saß, ohne sich zu rühren, die Ellbogen auf dem Tisch, sah den Meister aus seinen großen schwarzen Augen an und hörte gierig zu. Mazzotti, der Schuster, lebhafter, naiver und mitteilsamer, nickte und lächelte. Sie bedauerten mich, weil ich nichts verstand; denn Bakunin sprach Italienisch mit ihnen. Er sprach stundenlang und hielt nur inne, um einen Schluck aus dem Teeglas zu nehmen.

Es war klar, daß diese Männer bereit waren, ihm aufs Wort zu folgen. Sie hätten sich für ihn in Stücke hauen lassen. Ich begriff, daß dieser Alte immer noch das Zeug hatte, eine Menschenmenge zu den kühnsten Unternehmungen zu bringen... Ich verstand seinen Zauber, seine Macht über die Menschen ... Ich habe nie etwas Ähnliches gesehen.

REPORTER Es stimmt also nicht, daß er resignierte, daß er den Glauben an seine Sache eingebüßt hatte?

BAULER Er wußte wohl, daß der Kampf um die Revolution für lange Zeit verloren war. Aber er konnte es nicht lassen. Er konnte einfach nicht anders. Er war unfähig, zu resignieren. Und solange er sprach, kam einem jeden, der ihm zuhörte, die Revolte als etwas Schönes, etwas Produktives vor, und es schien, als wäre die Gerechtigkeit keine Chimäre. Die Lust, zu zerstören, ist eine schöpferische Lust: das war sein erstes und sein letztes Wort.

Pause.

VOGT Am Tag nach der Beerdigung erschien bei mir ein Inspektor der Berner Polizei. Entschuldigen Sie, Herr Professor, daß ich Sie inkommodiere, sagte er, aber wir haben keine Angehörigen finden können, und Sie haben den Totenschein ausgestellt. Es ist nur eine Formalität. Können Sie mir sagen, welchen Stand oder Beruf der Verstorbene hatte?

Ich wußte nicht recht, was ich dem Inspektor antworten sollte, und versuchte ihm zu erklären, womit sich Bakunin beschäftigt hatte. Na ja, erwiderte der Beamte, und ich glaube, er zuckte dabei die Achseln, die Ideen sind *eine* Sache, aber was ich eigentlich wissen will, ist, womit der Herr sich sein Brot verdient hat.

Er hatte einen Landsitz im Tessin, antwortete ich, dessen Erwerb ihm ein Anhänger ermöglicht hat.

Der Polizist zog strahlend sein Notizbuch hervor und schrieb: Michel de Bakounine, Rentier.

ANSAGERIN Verehrtes Publikum, meine Damen und Herren. Wir hoffen Ihnen mit diesen Auskünften einen kleinen Einblick in das Milieu der politischen Verschwörungen verschafft zu haben, die sich in unserm Nachbarlande in den letzten Jahren eingenistet haben. Wir bedauern, daß die Nachforschungen unseres Korrespondenten ein fragmentarisches Resultat ergeben, und entschuldigen uns für die Widersprüche dieses Berichts.

Bitte halten Sie uns zugute, daß diese Mängel in der Natur der Sache begründet liegen. Wir zweifeln nicht, daß die bürgerliche Ordnung, daß Recht und Gesittung binnen kurzer Frist den Sieg über die gefährlichen Lehren der Anarchie davontragen werden, und wir wiegen uns in der Hoffnung, daß künftige Generationen von derartigen Anfechtungen verschont bleiben werden. Wir danken für Ihre geneigte Aufmerksamkeit.

Musik.

Der letzte Versuch in Bologna. Es war im August. Er stand am Fenster.
Er lauschte. Nichts regte sich in der Stadt. Die Turmuhren schlugen.
Die Insurrektion war gescheitert. Es wurde hell. In einem Heuwagen
versteckte er sich. Den Bart abrasiert, im Habit eines Pfarrers,
ein Körbchen Eier im Arm, mit grüner Brille, am Stock zum Bahnhof
ist er gehumpelt, um in der Schweiz zu sterben, im Bett.

Das ist jetzt schon lange her. Es war damals wohl zu früh, wie immer,
oder zu spät. Nichts hat dich widerlegt, nichts hast du bewiesen,

und darum bleib, bleib wo du bist, oder, meinetwegen,
kehr wieder.

Enorme Fleisch- und Fettmassen, Wassersucht, Blasenleiden.
Polternd lacht er, raucht unablässig, keucht, vom Asthma gehetzt,
verschlüsselte Telegramme liest er und schreibt mit sympathetischer Tinte:
Ausbeuten und Regieren: ein und dasselbe. Er ist aufgedunsen und zahnlos.
Alles bedeckt sich mit Tabaksasche, Teelöffeln, Zeitungen. Vor dem Haus
tänzeln die Spitzel. Überall Wirrwarr und Schmutz. Die Zeit verrinnt.

Nach Polizei riecht Europa immer noch. Darum, und weil es nie und nirgends,
Bakunin, ein Bakunin-Denkmal gegeben hat, gibt oder geben wird,
Bakunin, bitte ich dich: kehr wieder, kehr wieder, kehr wieder.

Musik.

Gemeinschaftskunde

Heute nehmen wir den Besiegten durch.
In seinem zähen Auswurf kriecht der Besiegte,
mit seinem Totschläger, seiner Übelkeit,
über das salzige Pflaster. Weit hinten
lauert sein letzter Freund. Seht ihr,
wie unauffällig der Besiegte sich
seinen mageren Gaumen leckt! Er ißt
natürlich, er schweigt natürlich,
auf deutsch. Arbeitslos atmet er.
Auch seine Haut hat gelitten, das
sieht man doch, unter dem alten Übel.
Sie altert normalerweise, ohne Geld.
Auch die Rache ist löchrig geworden,
das weiß man, sie heizt nicht. Nein,
natürlich nicht. Aber er denkt sie,
fortwährend, bis auf die Haut. Blut
riecht er, auf deutsch. Der Besiegte
ist lehrreich, wir nehmen ihn durch.
Er bewegt sich noch, seht ihr,
er schnauft, er wehrt sich, er hustet.
Jetzt taumelt er, jetzt schlägt der Besiegte
den letzten Freund in die Flucht.
Er bewegt sich. Er ist noch nicht besiegt.

III
Böhmen am Meer

Brüssel oder Europa – eins von beiden

Auf dem ideologischen Drogenmarkt wird ein Präparat namens Europa herumgereicht, als wäre es das Amphetamin der neunziger Jahre. Dabei tun sich besonders die Wirtschaftsblätter hervor; Tag für Tag bieten sie, neben dem Dollarkurs und dem Aktienindex, eine rosige kleine Pille mit der magischen Inschrift »1992« feil, offenbar in der Absicht, das Publikum in den Zustand der Europhorie zu versetzen.
Es fällt auf, daß die erwünschte Wirkung sich nicht einstellen will. Überall wird das mangelnde Engagement der Bevölkerung beklagt. Im westlichen Deutschland wird das Projekt des Binnenmarktes überwiegend als unvermeidliche, aber lästige Begleiterscheinung des Exportgeschäfts empfunden; man rechnet mit einer kräftigen Erhöhung der indirekten Steuern und – was noch viel grauenvoller wäre – mit der drohenden Einführung von Chemiebier und synthetischer Wurst. Nur in Spanien und Portugal scheint ein leicht hysterischer Enthusiasmus vorzuherrschen, während die Schweizer gekränkt, die Österreicher verängstigt reagieren. In den skandinavischen Ländern ist sogar allen Ernstes die Frage aufgeworfen worden, ob Norwegen, Schweden, Finnland und Island überhaupt zu Europa gehören – ein Beweis dafür, daß die sogenannte europäische Idee nicht bei allen Europäern Entzücken hervorruft.
Diese schon recht angejahrte Idee ist unmittelbar nach dem Zweiten Weltkrieg auf die politische Bühne geschleppt worden, und sie wird auch heute noch bei rituellen Anlässen gerne vorgezeigt. Sie paßt in jede Sonntagsrede und kann jedem beliebigen Parteiprogramm als Verzierung dienen. Ich kann mich noch gut an die Rolle erinnern, die sie einst, in den fünfziger

Jahren, für die Westdeutschen spielte, die damals aus den bekannten Gründen noch keinen besonderen Wert darauf legten, als Deutsche zu gelten. Der Europa-Gedanke stellte ihnen (uns) eine zweite, entlastende Identität in Aussicht, verhieß eine gewisse Kompensation für den Untergang des Reiches, ja er versprach sogar eine größere, wenn auch etwas vage Zukunft.
Im übrigen trat die Europa-Idee, wie schon ihr Name sagt, mit dem Anspruch auf, daß an ihr irgend etwas Ideales, Ideelles oder Idealistisches wäre; insofern schien sie geeignet, dem kruden Prozeß der materiellen Rekonstruktion eine gewisse Weihe zu geben. Jeder konnte sich darunter vorstellen, was ihm paßte. Der Brustton, in dem sie beschworen wurde, gab schon damals einem jeden, der nicht auf den Kopf gefallen war, zu verstehen, daß dieser angebliche Europa-Gedanke auch wiederum nicht so ernst gemeint war, so daß niemand befürchten mußte, seine Privilegien wären in Gefahr. Überhaupt war es die Verblasenheit der Idee, die ihren Zauber ausmachte; sie verdankte ihren Erfolg der Tatsache, daß es sie eigentlich gar nicht gab, ja daß es sie gar nicht geben konnte.
Europäische Ideen gibt es nämlich nur im Plural. Und diese Millionen von Ideen haben sich bekanntlich, kaum daß sie entstanden waren, nicht ohne tatkräftige Nachhilfe der Europäer, mit enormer Geschwindigkeit über den ganzen Erdball ausgebreitet, so daß sie, gut oder schlecht, heute keineswegs mehr als Privatbesitz der Europäer gelten können.

Dreißig Jahre später haben sich die Propagandisten des Gemeinsamen Marktes alle abendländischen Prätentionen abgeschminkt. An die Stelle der Idee sind die Interessen getreten. Wo es einzig und allein um ein wirtschaftliches Konglomerat geht, ist der einst so eindringlich gepredigte »Gedanke« entbehrlich geworden.

Dieser Verzicht hat den Vorzug der Deutlichkeit. Die Logik des Projekts tritt offen zutage.
Als Folge des Zweiten Weltkriegs hatte das europäische Kapital nicht nur die alten Kolonialreiche, sondern auch seine traditionellen Einflußsphären eingebüßt. Politisch wurden die beiden Hälften des Kontinents zwei Imperien eingegliedert, die beide, wenn auch mit ganz verschiedenen Mitteln, darauf bedacht waren, diese neuen Protektorate ihrer ökonomischen Sphäre einzuverleiben. Die Kolonisierung Europas stieß jedoch bald auf Schwierigkeiten. Der westeuropäische Kapitalismus war intakt geblieben, und er verstand es, sich trotz seiner extremen Import- und Exportabhängigkeit auf dem Weltmarkt zu behaupten. Er mußte jedoch seit 1945 in Größenordnungen operieren, die von den alten Nationalstaaten nicht mehr garantiert werden konnten. Der Gemeinsame Markt ist nichts weiter als der Versuch, dieses ökonomische Problem mit politischen Mitteln zu lösen.
In dieser Logik scheint auch die Zukunft unseres Kontinents eindeutig vorgezeichnet: Damit Europa als Wirtschaftsmacht überleben kann, muß alles, was unsern Erdteil von andern unterscheidet, so rasch und so gründlich wie möglich liquidiert werden. Ein konkurrenzfähiges Europa muß schneller, größer und effizienter werden, übersichtlicher und homogener; es muß, als eine Art synthetischer Supermacht, den Schrittmachern der Neuen Technologien nacheifern. Wenn es nach den Propheten der Ökonomie ginge, läge die Zukunft Europas im amerikanischen Sunbelt und in Japan.
Einheit also, endlich, knapp fünfzig Jahre nach Jalta! Aber mit dieser europäischen Einheit hat es eine besondere Bewandtnis. Sie ratifiziert nämlich nur neue Teilungen. Der Club der Zwölf steht theoretisch jedem Antragsteller offen, aber faktisch ist er exklusiv. Auf dem Kontinent wird es in Zukunft zwei Klassen von

Nationen geben; die einen gehören dazu, die andern bleiben vor der Tür. Auch unter den Ausgeschlossenen gibt es feine Unterschiede, je nach den Gründen, die für ihren Status verantwortlich sind. Die einen sind schlicht und einfach zu arm, als daß sie in Betracht kämen. Andere bleiben ausgeschlossen, weil die Sowjetunion ihren Beitritt ungern sähe. Eine dritte Gruppe von Ländern sieht sich ins Abseits gestellt, weil ihre Mitglieder sich hartnäckig weigern, ihre Neutralität aufzugeben. Warum irgendeine dieser Tatsachen die Zugehörigkeit zu Europa in Frage stellen sollte, wird nicht weiter erläutert. Die Folge ist, daß wir es mit einer angeblichen Europäischen Gemeinschaft zu tun haben, die zwölf Mitglieder hat, aber mehr als zwanzig andere Nationen ausschließt. Daß eine solche Gemeinschaft den Anspruch erheben könnte, für unseren Erdteil zu sprechen, mutet absurd an.

Dementsprechend abwegig ist auch die Europa-Rhetorik, die sich gegenwärtig in den Medien breitmacht. Sie vermischt zwei Realitäten, die nicht nur voneinander zu unterscheiden wären, sondern die möglicherweise sogar miteinander unvereinbar sind: auf der einen Seite die europäische Zivilgesellschaft, in der wir leben, und zu der selbstverständlich Riga, Krakau, Leningrad ebensowohl gehören wie Mailand, Dublin und Lissabon; auf der andern Seite das Europa der europäischen Institutionen. Dieser systematischen Konfusion zwischen einer konkreten Lebenswelt und einem Konstrukt, das aus Verträgen, Verfahrensregeln und Planvorgaben besteht, liegt eine handfeste Absicht zugrunde. Der Europa-Begriff soll ein für allemal propagandistisch besetzt und den Institutionen von Brüssel, Straßburg und Luxemburg dienstbar gemacht werden.

Nur Spezialisten sind in der Lage, diese Einrichtungen und Behörden aufzuzählen. Wir haben einen europäischen Ministerrat, eine Kommission mit Ausschüssen und Unterausschüssen, eine Montanbehörde, einen Gerichtshof, ein Parlament und einen Europarat (der mit der Gemeinschaft nichts zu tun hat), ferner eine riesige Zahl von GOs und NGOs, von Dachverbänden und anderen Gremien, in denen sich niemand auskennt, abgesehen von denen, die in ihnen amtieren. (Vom Comecon, bei dem es sich schließlich ebenfalls um eine überwiegend europäische Organisation handelt, sei hier abgesehen.)

Gemeinsam ist diesen Institutionen ihre penetrante Unglaubwürdigkeit, deren Wurzel seltsamerweise so gut wie nie erwähnt wird. Es fehlt ihnen nämlich entweder die politische Kompetenz oder die demokratische Legitimation. Daß dies der europäischen Bevölkerung nicht verborgen geblieben ist, beweisen die Ergebnisse aller Umfragen zu diesem Thema.

Allerdings richtet sich der Mißmut der Leute hauptsächlich gegen die Brüsseler Bürokratie und deren undurchsichtige Entscheidungen. Es ist in der Tat unmöglich, diesen Mechanismus von Subventionen, Ausgleichszahlungen, Verordnungen, Ausnahmeregelungen und Richtlinien zu begreifen. So verständlich der Ärger über dieses administrative Labyrinth auch sein mag, die Kritik an der Bürokratie greift zu kurz. Es ist ein populistischer Irrtum zu glauben, daß eine Industriegesellschaft unseres Typs ohne sie auskommen könnte. Das politische Problem der Gemeinschaft liegt tiefer, und es ist gravierender. Westeuropa droht am Ende des zwanzigsten Jahrhunderts in vorkonstitutionelle Zustände zurückzufallen. Der Gemeinsame Markt wird nach Prinzipien regiert, wie sie vor 1830 üblich waren, ganz so, als wären die Verfassungskämpfe der letzten hundertfünfzig Jahre vergeblich gewesen. Diese Grundsätze lassen sich wie folgt zusammenfassen:

Die Verfassung der Gemeinschaft wird unter den beteiligten Regierungen auf dem Weg der Kabinettpolitik

ausgehandelt; eine verfassungsgebende Versammlung findet nicht statt.
Die Regierung der Gemeinschaft (der Ministerrat) wird weder durch das Volk noch durch ein Parlament gewählt, sondern *in camera* ernannt. Das Straßburger Parlament hat auf ihre Zusammensetzung keinen Einfluß; es kann sie auch nicht stürzen.
Das Parlament wird zwar von den Völkern gewählt, aber seine Funktion ist rein symbolisch und dekorativ. Ein normales Gesetzgebungsverfahren findet nicht statt. Die älteste Prärogative aller europäischen Parlamente, das Recht, über die Besteuerung und den Staatshaushalt zu entscheiden, ist abgeschafft.
Eine solche Verfassung hat heute nur im Osten des Kontinents ein Gegenstück. Dort heißt die funktionelle Entsprechung des Ministerrats Politbüro, und die des Straßburger Parlaments Volkskammer oder Oberster Sowjet.

Soweit das politische Resultat von drei Jahrzehnten westeuropäischer Integration. Ich vermute, daß die Bewohner der zwölf Mitgliederländer bis heute nicht recht begriffen haben, was ihnen damit zugemutet wird. Ihr mangelnder Enthusiasmus für das Straßburger Parlament zeigt jedoch an, daß sie etwas ahnen, nämlich die politische Enteignung, die ihnen bevorsteht. Auf die Dauer werden sich die Europäer mit vorkonstitutionellen Regierungsformen kaum abfinden. Es ist ja kein Zufall, daß es die ältesten Demokratien auf unserem Kontinent sind, die dem eurokratischen Projekt den entschiedensten Widerstand entgegensetzen. Nicht zuletzt aus diesem Grund haben die Norweger schon 1972 gegen die Integration gestimmt. In Dänemark ist bis heute das Gefühl weit verbreitet, daß der Beitritt des Landes die demokratischen Rechte der Bürger eingeschränkt hat. Auch die Schweizer haben offenbar keine Lust, diese Rechte auf dem Altar der Integration zu opfern. Und so ungemütlich es sein mag, mit Mrs. Thatcher übereinzustimmen – wenn sie sich weigert, die Souveränität ihrer Nation einer Körperschaft auszuliefern, die nicht demokratisch legitimiert ist, so wird man das kaum auf ihr insulares Bewußtsein zurückführen können. Von Juristen, die sich auf europäisches Recht spezialisiert haben, kann man die Prognose hören, daß in zehn Jahren 70 % aller Gesetze innerhalb der Gemeinschaft von Brüssel aus verabschiedet werden. Wir werden also unter einer Legislative leben, die sich unserer Kontrolle weitgehend entzieht.

Mit alledem will ich nicht sagen, daß in Brüssel keinerlei nützliche Arbeit geleistet worden wäre. Gegen praktische Absprachen und Normen ist im Prinzip nichts einzuwenden. Doch sind die negativen Auswirkungen der Maschinerie von Brüssel inzwischen so evident geworden, daß es selbst ihre Apologeten nicht mehr wagen, sie zu bestreiten. Das Debakel der Agrarpolitik wird von allen Seiten beklagt, und was die Lösung ökologischer Probleme angeht, so läßt sich der Brüsseler Beitrag am besten mit dem Wort Sabotage charakterisieren.

Es wäre naiv, diese katastrophalen Ergebnisse für Fehlleistungen zu halten, wie sie bei einem neuen Projekt unterlaufen können. Sie entsprechen vielmehr der politischen Logik des ganzen Unternehmens. Die systematischen Gründe, aus denen sie hervorgegangen sind, lassen sich unschwer beim Namen nennen. In einem demokratischen Vakuum und ohne eine wirksame parlamentarische Opposition können die Beschlüsse der Gemeinschaft nur auf eine einzige Weise zustandekommen: indem sie zwischen zwei Gruppen von Interessenten ausgehandelt werden. Das sind auf der einen Seite die Berufspolitiker, und auf der anderen Seite die Lobbies der Industrie und der Banken.

Für diese beiden Teilnehmer am Entscheidungsprozeß ist Brüssel ein politisches Paradies, denn sie sind dort gänzlich unter sich. Es ist ihnen gelungen, einen ewigen Störenfried, nämlich die Bevölkerung, auszuschalten. Gut für Europa ist das, was für das Politbüro und für das Management der Konzerne gut ist. Darin besteht die Philosophie der europäischen Institutionen.

Ich vermute allerdings, daß der Brüsseler Koloß auf tönernen Füßen steht. Die triumphalistische Propaganda für den Binnenmarkt von 1992 kann nicht darüber hinwegtäuschen, daß die Politiker ihre Rechnung ohne den Wirt gemacht haben. Auf die Dauer werden sich die europäischen Völker mit der Herrschaft der Bank-, der Rüstungs-, der Chemie- und Agrarlobbies nicht abfinden. Wenn sie die Regelungen der Eurokraten bisher mehr oder weniger passiv hingenommen haben, so liegt das daran, daß ihre Implikationen nicht erkannt worden sind. Erst nach 1992 wird den Bürgern ein Licht aufgehen; denn es wird sich sehr schnell herausstellen, daß diese Regelungen nicht rein technischer Natur sind, daß sie vielmehr tief in die Lebensumstände jedes Einzelnen eingreifen werden. Spätestens dann werden die Leute begreifen, daß das Brüsseler Projekt, bei dem ihnen jede Mitsprache verweigert wird, ihre sozialen Rechte, ihre Umwelt und ihre Kultur bedroht. Es ist absehbar, daß dann der stillschweigende Vorbehalt in offenen Widerstand umschlägt.

Die Japanisierung Europas wird aber nicht nur an der vehementen Opposition der Europäer scheitern, sondern auch an den inneren Widersprüchen eines solchen Konzepts. Unser Kontinent wird sich nie, wie ein Großkonzern, von einer Zentrale aus steuern lassen. Selbst die politische Führung der Sowjetunion hat inzwischen eingesehen, daß eine so weitgehende Zentralisierung die Macht nicht akkumuliert, sondern zersetzt. Im übrigen ist die Vorstellung, unser Erdteil ließe sich in eine homogene Supermacht verwandeln, im schlimmsten Sinn des Wortes utopisch. Wenn dieser Kontinent im Wettbewerb des kommenden Jahrhunderts überhaupt eine Chance hat, dann liegt sie eben in der reichen Artikulation seiner Gesellschaftsformen, in seiner Komplexität und in seinem Reichtum an Überlieferungen, Haltungen und Qualifikationen. In diesem Sinn bin ich voller Zuversicht: das eurokratische Projekt ist zum Scheitern verurteilt. Brüssel oder Europa – vor diese Alternative gestellt, wird den Europäern die Wahl nicht schwerfallen.

Böhmen am Meer
Ein Hörspiel aus dem Jahr 2006

Personen:

Benjamin Crick, Moderator bei der New Yorker Radiostation WNCQ

Timothy Taylor, Rundfunkreporter und Sonderkorrespondent

Frau Leininger, Wirtin zum »Golden Gate« in Ramstein

Murphy, Information Officer an der Amerikanischen Botschaft in Bonn

Robert van Rossum, Weinhändler und Auktionator in Den Haag

Dr. Sabine Ohlmeyer, Naturschutzbeauftragte beim West-Berliner Senat

Professor Sturz, Sachbearbeiter im Umweltministerium der DDR

Mac Burney, Korrespondent einer britischen Zeitung in Berlin

Ein finnischer Journalist

Erkki Rintala, Ex-Präsident der Europäischen Gemeinschaft

Mickey Woolstone, Amerikaner, Hotelmanager in Bukarest

Tudor, sein Stellvertreter, Rumäne

Carola, eine rumänische Studentin

Frau Grögerova, Tschechin, Besitzerin einer kleinen Pension

Ein österreichischer Taxifahrer

Erkennungsmelodie (elektronische Musik).

CRICK This ist WNCQ, America's last radio voice, coming to you from New York City round the clock on Channel 99 FM.

Wenn Sie wollen, daß wir weitersenden, senden Sie uns Ihren Scheck. Unser Code ist 22 33 22 WNCQ. Sie können Ihre Spende direkt über Ihren Terminal eingeben. Tippen Sie einfach 22 33 22 WNCQ, New York. Und denken Sie daran: Alle anderen in unserm gesegneten Land senden nur noch Musik. Wenn Sie ab und zu eine menschliche Stimme hören wollen, sind Sie auf uns angewiesen, und wir brauchen Ihre Hilfe, denn sonst geht uns die Luft aus. Dies ist Benjamin Crick, Ihr Wort-Jockey von WNCQ. Ein Blick auf den Kalender, falls Sie es vergessen haben, es ist Donnerstag, der 21. September 2006, Herbstanfang. In New York ist es warm und schwül, die Temperatur liegt im Moment bei 93 Grad Fahrenheit, Luftfeuchtigkeit 76 %. Nach den Schießereien in Detroit und Chicago liegen die Aktienbörsen am Boden, Dow Jones auf 860 gefallen, kein Wunder bei dieser Hitze.
Also, am besten holen Sie sich jetzt einen Vita-Drink aus dem Kühlschrank und lehnen sich zurück. Jeder New Yorker, der auf sich hält, hat heutzutage ein Original-Faksimile des guten alten Charles-Eames-Sessels in seiner Bude. Notfalls tut es auch ein Feldbett. Und vergessen Sie Ihre Kopfhörer nicht! Wir haben nämlich heute was Besonderes für Sie. WNCQ, America's last radio voice, hat als einzige Station der Vereinigten Staaten einen echten Radiokorrespondenten, unsern Roving Editor Timothy Taylor, der von jedem Punkt des Globus aus exklusiv für uns berichtet. Zuletzt war unser Mann in Europa. Er hat uns einen stundenlangen Bericht über diese komische Gegend mitgebracht.
Erkennungsmelodie.

TAYLOR Timothy Taylor, Ramstein, Westdeutschland, 3. September. In diesem kleinen Ort, irgendwo zwischen Heidelberg und Luxemburg, hat das einundzwanzigste Jahrhundert nicht stattgefunden. Ein gottverlassenes Nest. Es gibt hier nur eine einzige Kneipe. Wenn Sie die Bibel kennen, erinnern Sie sich vielleicht an die Geschichte vom verlorenen Sohn. Sie werden es nicht für möglich halten, aber ich, Ihr Reporter von WNCQ, werde hier wie der verlorene Sohn begrüßt.

LEININGER Ja ist das die Möglichkeit? Herr Teilohr! Sind Sie es wirklich? Was machen Sie denn hier bei uns in Ramstein?

TAYLOR Das ist die Wirtin vom »Golden Gate«.

In ihrer Gaststube sieht es genauso aus wie vor zwölf Jahren: der einarmige Bandit an der Wand blinkt sinnlos vor sich hin, unverrückt thront das Senfglas auf der karierten Tischdecke, und im Schummerlicht der rötlichen Lampe verdorren dieselben bleichen Semmeln in ihrem Korb wie damals. Ein schwerer Bier- und Frittendunst liegt in der Luft, die gelben Butzenscheiben zittern jedesmal, wenn draußen ein Güterzug vorbeifährt, und unter der schweren Tischplatte lauern die Querhölzer, an denen jeder, der die deutsche Gemütlichkeit nicht kennt, sich die Knie wund schlägt.

Auch die Speisekarte ist unverändert: eine kunstlederne Mappe, so schwer wie ein Meßbuch. Unter der vergilbten Plastikfolie wird das alte Menü angeboten: Schweinskotelett mit Kartoffelpüree, Jägerschnitzel Hawai, Würstchen mit Kartoffelsalat, und zum Trinken gibt es Schoppenwein lieblich und Schoppenwein herb. Mir sinkt das Herz, wenn ich an Frau Leiningers Kochkunst denke. Denn ihre Gastwirtschaft ist die einzige Ecke Europas, die ich in- und auswendig kenne. Ich habe in diesem Purgatorium zwei Jahre lang jeden freien Abend zugebracht.

LEININGER Willkommen in Ramstein, Herr Teilohr! Was darfs denn sein? Ein kleines Schnäpschen zur Feier des Tages? Sie sind natürlich eingeladen.

TAYLOR Auch Frau Leininger, genannt »das Walroß«, hat sich nicht verändert. Sie kommt auf mich zu wie ein rollender Dampfer, stützt die Arme in die Hüften und wirft mir einen Blick voll grauenhafter Koketterie zu. Daß sie mich wiedererkennt, grenzt an ein Wunder; denn ich habe ihre Stube, ihr Dorf, ihr Land, ihren Erdteil zwölf Jahre lang nicht betreten.

LEININGER Ein bißchen Musik, Herr Teilohr, bis Ihr Essen fertig ist? Sie sollen sich wie zuhause fühlen!

Ein alter deutscher Schlager ertönt aus einer defekten Music-Box.

LEININGER Mein Gott, damals, als Sie hier waren, in Ihrer schicken Offiziersuniform, das waren noch Zeiten! Tja, das kommt nicht wieder. Die schönsten Jahre unseres Lebens. Wissen Sie noch, wie Sie versucht haben, den Weihnachtsbaum mit Gin zu löschen?

Akustikwechsel. Erzählerton.

TAYLOR Nein, beim besten Willen, ich kann mich nicht erinnern. Dafür fällt mir auf, wie leer es hier ist. Ich habe das »Golden Gate« ganz anders in Erinnerung, nämlich laut, überfüllt und gewalttätig. Nach neun Uhr abends war hier kein Stuhl mehr frei, die Musik war ohrenbetäubend, die schwarzen GIs hämmerten auf den Spielautomaten herum, und die kleinen rattenhaften Dealer brachten ihre Ware direkt an den Tisch.

Ramstein, müssen Sie wissen, war bis in die neunziger Jahre der größte militärische Stützpunkt der USA auf dem europäischen Kontinent. Aber glauben Sie ja nicht, was Ihnen die Zeitungen weismachen wollen, daß wir damals die Herren der Welt waren!

Alles nostalgisches Geschwätz! Der Dollarkurs war für die GIs in Deutschland absolut mörderisch. Sie konnten sich nur die billigsten Kneipen und Bordelle leisten. Und ich, als frischgebackener Leutnant, war nicht viel besser dran. Meine Vorgesetzten sahen es nicht gern, daß ich mich im »Golden Gate« herumtrieb. Aber im Offiziersklub, hinter dem Stacheldraht der Basis, fühlte ich mich wie ein Zuchthäusler, und so landete ich abends immer im gemütlichen Purgatorium der Frau Leininger.

Niemand kümmerte sich um mich, ich kümmerte mich um niemand. Mit allen Anzeichen einer chronischen Depression saß ich da, betrank mich methodisch und wartete auf die obligate Schlägerei. Dann bahnte sich das Walroß mit unbewegter Miene eine Gasse durch die Menge, trennte die Messerstecher und warf ihre Gäste hinaus. Sie brauchte keine Militärpolizei. Die GIs torkelten fluchend auf ihre verbeulten Autos zu, ließen die Türen knallen, die Motoren aufheulen und verschwanden in der Finsternis. Keiner von ihnen hatte auch nur die geringste Ahnung, warum man ihn in diese unwirtliche Gegend geschickt hatte. Auch ich hatte das Gefühl, daß ich nach Europa deportiert worden war.

Erkennungsmelodie.

CRICK WNCQ, America's last radio voice mit Timothy Taylors Exklusiv-Bericht über die Lage in Europa.

Spot.

Gitarrenmusik.

FRAUENSTIMME Usted no habla español? Dann wird es höchste Zeit, daß Sie es lernen! 60 % aller New Yorker sprechen Spanisch, in zehn Jahren werden es 70 % sein. Studio Hypnos ist Ihre letzte Chance, Spanisch im Schlaf zu lernen, durch unsere bewährte

Hypnose-Methode. Rufen Sie heute noch an: Studio Hypnos 333 66 333. Bienvenido y hasta pronto! *Gitarrenmusik.*

TAYLOR Timothy Taylor, Bonn, Westdeutschland, Anfang September, 2006. Wie jeder gute Amerikaner im Ausland habe ich mich nach meiner Ankunft bei unserer Botschaft gemeldet. Mr. Murphy, der Information Officer, war so freundlich, mir ein Interview zu geben.

MURPHY Sie wollen eine Reportage über Europa schreiben? Über ganz Europa? Ziemlich viel auf einmal, wenn Sie mich fragen.

TAYLOR Schreiben wäre zuviel gesagt.

MURPHY Für wen denn, wenn ich fragen darf?

TAYLOR WNCQ, New York.

MURPHY WNCQ? Kenne ich nicht.

TAYLOR America's last radio voice.

MURPHY Ach so, das gute alte Dampfradio. Gibt's denn das überhaupt noch?

TAYLOR Wie Sie sehen.

MURPHY Und wie wollen Sie Ihre Story anlegen? Ich meine: politisch?

TAYLOR Keine Ahnung.

MURPHY Mein lieber Taylor, seien Sie vorsichtig! Ich warne Sie!

TAYLOR Was heißt vorsichtig? Soll ich vor den paar Terroristen Angst haben, die noch frei herumlaufen? Das sind doch alles Veteranen.

MURPHY Sie können uns nicht leiden! Sie hassen uns!

TAYLOR Wer denn?

MURPHY Alle. Die Deutschen. Die Franzosen. Die Spanier. Alle durch die Bank anti-amerikanisch. Wir haben hier praktisch keine Freunde mehr.

TAYLOR Sie sprechen von unseren Verbündeten!

MURPHY Verbündete? Die NATO steht doch nur noch auf dem Papier! Das ist kein Bündnis mehr, das ist ein Witz.

TAYLOR Was wollen Sie? Seitdem wir unsere Truppen abgezogen haben ... Die zweihundert Mann in Berlin fallen ja weiß Gott nicht ins Gewicht ...

MURPHY Eben!

TAYLOR Aber das war doch unsere Entscheidung. Der Kongreß ...

MURPHY Ich weiß. Ein Riesenfehler.

TAYLOR Finden Sie?

MURPHY Katastrophal. Ich war von Anfang an dagegen.

TAYLOR Tja, offen gestanden, ich weiß nicht, wie ich Sie trösten soll. Strenggenommen ist das auch nicht mein Job.

MURPHY Natürlich. Ich nehme an, Sie brauchen ein paar Kontakte hier. Aber die deutschen Politiker ...

TAYLOR Politiker sind immer unergiebig. Sie sind dazu verurteilt, die Welt zu langweilen.

MURPHY Unterschätzen Sie diese Burschen nicht. Sie sind zu allem fähig. Wissen Sie, Taylor, die Westdeutschen waren immer Verräter.

TAYLOR Ist das eine offizielle Einschätzung von seiten der CIA?

MURPHY Um Himmelswillen! Wenn Sie mich zitieren, streite ich alles ab.

TAYLOR Keine Angst. Übrigens begreife ich nicht, warum Sie sich beklagen, Murphy. Jahrelang haben die Bonner Häuptlinge mit ihrem treuen Dackelblick auf jeden Wink aus Washington gelauert ...

MURPHY Das war einmal. Damals haben sie sich nur nicht getraut, ihr wahres Gesicht zu zeigen.

TAYLOR Sie sind ganz schön geladen, Murphy.

MURPHY Wundert Sie das? Die ganze Innenstadt wimmelt von Russen. Seitdem sie reisen dürfen, stolpert man in ganz Westeuropa über den Iwan. Ein Sicherheitsproblem ersten Ranges.

TAYLOR Ja, ich verstehe, Sie haben alle Hände voll zu tun. Obwohl... Sie reden immer von der nationalen Sicherheit. Ist das nicht ein bißchen zu hochgegriffen? Ich glaube, hier geht es eher ums Geschäft. Oder?

MURPHY Und ob! Jedes Mittel ist ihnen recht, um uns aus dem Geschäft zu drücken. Die Europäische Gemeinschaft...

TAYLOR Hören Sie auf, Murphy! Sie tun ja so, als hätten wir es mit einem Weltreich zu tun. Dabei wissen Sie so gut wie ich, daß die Europäische Gemeinschaft ein Hühnerstall ist, ein Knäuel von immer kleiner werdenden Staaten – wenn man das, worin sich die Europäer eingerichtet haben, überhaupt noch als Staaten bezeichnen kann.

MURPHY Aber wenn es darum geht, uns zu brüskieren, sind sie sich alle einig. Und wenn man dann auf den Tisch haut, verschanzen sie sich in ihrem hundertfach verfitzelten Durcheinander. Nur ja keine klare Linie, keine große Perspektive! Nur ja nirgends anstoßen! Überall soll man Rücksicht nehmen auf ihre angebliche Komplexität, ihre Privilegien, ihre Minderheiten. Einmal sind es die Landschaftspfleger, die gehätschelt werden müssen, dann wieder die Mohammedaner, oder die Basken, oder die pensionierten Kommunisten. Neuerdings wollen sie sogar den Text auf ihren Banknoten in zwölf Sprachen drucken. Zum Verrücktwerden! Ich bin froh, daß ich demnächst nach Santiago de Chile versetzt werde, dort herrschen wenigstens klare Verhältnisse.

TAYLOR Na, dann wünsche ich Ihnen viel Spaß mit den Generälen.

MURPHY Ich bringe Sie noch zur Tür.

TAYLOR Bitte bemühen Sie sich nicht. Sie haben mir sehr geholfen.

Erkennungsmelodie.

CRICK Benjamin Crick, Ihr Wort-Jockey von WNCQ, New York. Wie Sie wissen, sind wir auf die Hilfe unserer Hörer angewiesen. Tippen Sie 22 33 22 WNCQ in Ihren Terminal und dann eine hübsche runde Zahl Dollars, und America's last radio voice wird es Ihnen danken.
Erkennungsmelodie.

TAYLOR Hier Timothy Taylor, Ramstein, Westdeutschland, Europa. Ich bin froh, daß ich Bonn hinter mir habe. Stellen Sie sich Washington im Westentaschenformat vor, ein Kapitol, das wie eine Keksschachtel aussieht, und ein Mikroklima wie in einem Türkischen Bad. Und in unserer Botschaft laufen die Bürokraten herum, als hätte sie jemand mit Schlaftabletten gefüttert. Kein Wunder, daß wir Schwierigkeiten haben, bei solchen Diplomaten ...
Dennoch hat mir dieser Mr. Murphy leid getan, und wie alle Paranoiker hat er letzten Endes nicht ganz unrecht.
Aber ich habe ganz vergessen, Ihnen zu erzählen, wie es mir bei Frau Leininger ergangen ist, der Wirtin vom »Golden Gate«.
LEININGER Ja, Herr Teilohr, mein Lokal hat schon bessere Tage gesehen. Seit die Basis geschlossen ist, könnte ich den Laden ebensogut ganz zumachen, bei dem Umsatz, den ich hier mache. Sie sehen ja selber, was los ist. Sie sind heute der erste Gast. Aber was bleibt mir übrig, in meinem Alter ... Elsie's Schuppen, Sie erinnern sich doch, die nagelneue Diskothek mit der Laser-Sex-Show, die ist auch schon längst pleite. Eine Katastrophe für uns, Herr Teilohr, eine Schande! Der ganze Landkreis ist im Eimer! Hat es Ihnen geschmeckt?

TAYLOR Wenigstens eine, die uns nachtrauert, dachte ich. Dann ließ ich mir ein Zimmer im ersten Stock geben. Es roch muffig, als hätte seit Jahren niemand mehr darin gewohnt.
Am anderen Morgen wanderte ich durch die Ortschaft. Die ausgestorbenen Tankstellen, die zugenagelten Schaufenster erinnerten an eine Geisterstadt. Ich überquerte die leere Autobahn und ging auf einem Trampelpfad in den Wald. Der Maschendraht des Zaunes lag verrostet am Boden. Ich arbeitete mich durch das Unterholz und erreichte den ehemaligen Stützpunkt, ein riesiges Areal. Das Haus, in dem ich gewohnt hatte, war noch da. Unter dem Vordach meterhohes Unkraut, das Treppengeländer zerbrochen. Im Wohnzimmer faulte der Fußboden. Es regnete durch die Decke. In der Küche stand das Skelett eines Kühlschranks. Zwischen dem Munitionsdepot und dem Hubschrauber-Hangar scheuchte ich ein Rudel Rehe auf. Der Kontrollturm des Flugplatzes war eingestürzt. Auf dem Rückweg stolperte ich über ein paar Panzerketten. Ob es hier Blindgänger gab? Vergrabenes Giftgas?
Es war kalt hier draußen. Die Bunkertürme und Panzersperren fielen mir ein, Reste der Befestigungen aus dem Zweiten Weltkrieg, auf die ich vor Jahren gestoßen war, bei unseren Manövern im Gelände. Und ich fragte mich, ob diese Ruinenlandschaft der richtige Ausgangspunkt für meine Europa-Reise war, oder ob ich mich schon beim ersten Schritt im Dickicht der Vergangenheit verirrt hatte.
Timothy Taylor, WNCQ, Ramstein, Westdeutschland, Europa.

SPOT *Orgelmusik.*

PASTORALE BASSSTIMME Warum warten, ehe es zu spät ist? Für jeden von uns kommt der Augenblick, wo

ihm kein Arzt mehr helfen kann, nur der Allmächtige in seiner Güte. Aber muß dieser Moment die Stunde der Qual sein? Wir wissen einen besseren Weg, der Sie sorglos in ein besseres Leben führt. *The Ultimate Clinic*, unser spezielles Angebot für humane Sterbehilfe in Lonsdale, Florida, umgeben von der unberührten Natur Amerikas, umsorgt von unseren geschulten Spezialistinnen und Spezialisten. Fordern Sie unsere Broschüre an über Code 201 201 TUC, New York. The Ultimate Clinic, Ihr sanfter Weg zur ewigen Ruhe.
Orgelmusik.

TAYLOR Hier spricht Timothy Taylor, Ihr Europa-Korrespondent vom WNCQ, aus Den Haag, Niederlande. Nach einer Woche habe ich bereits eine Hornhaut an den Füßen. Am Bahnhof stehen zwar noch ein paar Taxis, aber sie fahren nicht ins Zentrum. Das Zentrum ist, wie fast überall in der Alten Welt, abgeriegelt. Die Europäer hassen den Autoverkehr. Sie fahren überallhin mit dem Zug, eine Manie, die einem ganz schön auf die Nerven gehen kann, zumal hier, in der Hauptstadt der Niederlande, wo der Altweibersommer tropisch ist. Man bleibt mit den Schuhen im heißen Asphalt stecken.
Die Stadt ist halb Slum, halb königliche Residenz, eine sonderbare Mischung. Die Strichjungen tragen grüne Plastikausweise um den Hals, garantiert aidsfrei. In den asiatischen Garküchen brodeln auf offener Straße exotische Ragouts. Dealer, aufdringlich wie Mücken, umschwärmen die Passanten. Gleich daneben alte Damen in altmodischen Kramläden und hausbackenen Cafés, wo sie sich an schweren Sahnetorten laben.
Die Renaissance-Häuser sind perfekt restauriert.

Durch ein Gewühl von Mulatten, Surinamern, Molukkern bahne ich mir meinen Weg.
Endlich, in einer stillen Straße unweit der Parklaan, es ist genau elf Uhr vormittags, erreiche ich mein Ziel: eine kühle, weitläufige klassizistische Villa. Hier hat das Auktionshaus van Rossum sein Domizil.
Hintergrundgeräusche einer Auktion.
Reporter-Tonfall.
Der Saal im ersten Stock ist überfüllt.
Die Versteigerung hat bereits begonnen.
Es geht diskret und lautlos zu. Soeben wird eine Flasche Château Cheval-Blanc ausgelobt, Jahrgang 1981. 3000 Dollar Ausruf. Ich verfolge die Preise auf dem Monitor neben dem Versteigerer, wie sie sprunghaft steigen: 3600, 4000, 5500, 6400 Dollars, das ist der Zuschlag für eine Flasche Bordeaux. Jetzt ist eine Magnum des berühmten Château Pétrus an der Reihe, ein 91er. 12 000, 14 000, 17 000 Dollars, unfaßbar, wer bietet mehr, 19 000 Dollars, reiner Wahnsinn. Jetzt ist das Glanzstück der Auktion dran, ein Château Palmer, der legendäre Jahrgang 1978. Zäher Bieterkampf, die Zahlen schnurren vorbei wie im Computer eines Astronomen. 36, 38, 41 000 zum ersten, zum zweiten, 43 000, atemlose Stille im Saal, ein Greis hebt einen Finger hoch, 44 000 Dollars, der Hammer fällt, die Auktion ist zu Ende, sie hat drei bis vier Millionen Dollars erbracht, das alles für ein paar hundert angestaubte Flaschen aus dem letzten Jahrhundert.
Andere Akustik, intimer Raum.

TAYLOR Der Herr des Hauses, Robert van Rossum, empfängt mich in seinem getäfelten Kontor im ersten Stock. Ich muß in einem riesigen Ohrensessel Platz nehmen. Die grünen gläsernen Lampenschirme verleihen dem Zimmer einen Hauch von altväterlicher Bonhomie. Aber van Rossum sieht nicht wie ein Genießer aus.

VAN ROSSUM Nun, Mr. Taylor, was kann ich für Sie tun? Was wollen Sie wissen?

TAYLOR Bei den Preisen, die hier erzielt werden, könnte einem das Weintrinken vergehen. Sagen Sie mir bitte, wie Sie persönlich damit umgehen. Wie oft kommt bei Ihnen eine Flasche Bordeaux auf den Tisch?

VAN ROSSUM Nie! Wo denken Sie hin? Das könnte ich mir gar nicht leisten. Übrigens werden die meisten dieser Weine heutzutage nicht mehr getrunken, sie werden gesammelt. Es handelt sich um museale Objekte, Zeugnisse einer verschwundenen Kultur. Gewiß gibt es hie und da noch Verschwender, die sie öffnen, besonders unter Ihren Landsleuten. So etwas gilt in Kalifornien als der Gipfel der Extravaganz. Aber im großen und ganzen haben wir es mit einem Kult zu tun. Die Wissenschaftler, habe ich mir sagen lassen, vergleichen ihn mit der Reliquienverehrung des Mittelalters. Nun, davon verstehe ich nichts. Aber ich darf behaupten: Ich habe es kommen sehen.

TAYLOR Ihr Haus kann, wie ich annehme, auf eine lange Tradition zurückblicken?

VAN ROSSUM Die Firma wurde 1878 gegründet, und zwar hier, in diesen Räumen. Sie hat ihre Tätigkeit nur während des Zweiten Weltkriegs unterbrochen, wegen der deutschen Besatzung. Aber die van Rossums hatten nichts mit dem Weinhandel zu tun. Mein Großvater war ein Sammler, Spezialgebiet Radierungen, und er ist gewissermaßen aus Versehen zum Kunsthändler geworden. In den folgenden Generationen hat sich dann unser Tätigkeitsfeld erweitert, zuerst auf alte Meister, dann auch auf Asiatica und antiken Schmuck.

TAYLOR Keine moderne Kunst?

VAN ROSSUM Nie! Dieser Kelch ist Gott sei Dank an uns vorübergegangen. Mein Vater wollte nichts davon wissen. Natürlich hat er auf diese Weise den großen Boom der siebziger und achtziger Jahre versäumt, aber dafür sind wir auch von dem großen Krach verschont geblieben, damals, als der ganze Schwindel aufflog und niemand mehr bereit war, für den gesammelten Pfusch des zwanzigsten Jahrhunderts auch nur ein paar müde Dollars hinzulegen. Als sich der Wind drehte, waren unsere Bestände plötzlich Millionen wert.

Nun, das gehört nicht hierher. Ich jedenfalls hatte den Kunsthandel satt. Vielleicht ist das der Grund, weshalb ich seinerzeit, ich meine, im Juni 1996, sofort erkannt habe, daß sich hier eine einmalige Chance bot. Ich hoffe, Sie halten mich nicht für einen Zyniker?

TAYLOR Keine Angst, ich schreibe keine Leitartikel, ich bin Reporter. Sagen Sie mir lieber: Wie haben Sie damals reagiert? Können Sie sich an die Einzelheiten erinnern?

VAN ROSSUM Natürlich, ganz genau. Die erste Meldung kam an einem Samstag: Explosion in einem der vier Reaktoren von Le Blayais. Kein Grund zur Beunruhigung. Die üblichen Verdunklungsmanöver, wie nach jeder Katastrophe. Es war, wie Sie wissen, schon am Freitag abend passiert, um 22.14 Uhr. Erst am Sonntagmittag begannen die Behörden mit der Evakuierung des Médoc. Am Montagmorgen wurde Bordeaux geräumt. Ich setzte mich sofort ans Telefon und rief meine Partner in Paris, in London, in Deutschland an. Natürlich habe ich auch in den Niederlanden alles aufgekauft, was ich kriegen konnte. Ich bin an sich keine Spielernatur, aber diesmal habe ich alles auf eine Karte gesetzt.

TAYLOR Sie hatten Glück.

VAN ROSSUM Am Mittwoch war klar, daß es in mindestens einem Reaktor zu einer Kernschmelze gekommen war.

TAYLOR Sie haben das zweifellos mit Tränen der Dankbarkeit gehört.

VAN ROSSUM Ihr Sarkasmus ist fehl am Platz. Das Ganze war schließlich kein Scherz. Bald stellte sich heraus, daß auch der zweite Reaktor nicht mehr zu kontrollieren war. Es wundert mich noch heute, daß ich der einzige war, der auf die Idee kam ...

TAYLOR Die Leute hatten in diesem Augenblick vermutlich andere Sorgen.

VAN ROSSUM Allerdings. Wer es miterlebt hat, der wird es so leicht nicht vergessen. Die panische Flucht, die verstopften Straßen, die blockierten Flughäfen, die Schießereien ...

Als schließlich die Armee eingesetzt wurde, desertierten die Soldaten in hellen Haufen. Und dann die Lynchjustiz gegen Wissenschaftler, Ingenieure und Industrielle ... Sie werden das alles nur aus dem Fernsehen kennen.

TAYLOR Und Sie saßen in Ihrem Büro und telefonierten mit den Weinhändlern.

VAN ROSSUM Ich habe die Nerven behalten. Vergessen Sie eines nicht: normalerweise kommt der Wind vom Atlantik her, aus West bis Südwest. Daß ausgerechnet in den Tagen nach der Katastrophe von Le Blayais eine Kaltfront über den Pyrenäen aufkam, die die Wolke vom Südosten her landauswärts trieb, war ein unwahrscheinlicher Glücksfall. Eine Drehung der Windrichtung um neunzig Grad, und ganz Westeuropa, nicht nur das Bordelais, wäre heute unbewohnbar.

TAYLOR Ein paar hunderttausend Tote, aber Sie haben das Geschäft Ihres Lebens gemacht.

VAN ROSSUM Nach einer jahrelangen Zitterpartie!

Vergessen Sie das nicht! Bis der Kundschaft klar wurde, daß im Gebiet von Bordeaux auf Generationen hinaus keine Traube mehr zu ernten sein würde, vergingen Monate. Dann kamen die Energiegesetze, der forcierte Ausbau der Solar- und Wasserstoffwirtschaft, die Krise von 1997 ... Kein Mensch dachte daran, Wein zu kaufen.

TAYLOR Aber dann blühte der Reliquienkult, wie Sie es nennen. Wann hat Ihre erste Auktion eigentlich stattgefunden?

VAN ROSSUM Kurz vor der Jahrtausendwende. Zuerst kam es darauf an, ein gewisses Mißtrauen zu überwinden. Dazu kam die amerikanische Konkurrenz, die wir lange unterschätzt haben. Unter uns gesagt, die besten kalifornischen Weine können es mit dem, was ich zu bieten habe, durchaus aufnehmen, abgesehen vielleicht von bestimmten Spitzen-Domänen ... Auch die Spanier haben Fortschritte gemacht ... Aber wie gesagt, es geht hier letzten Endes nicht ums Trinken.

TAYLOR Hm. Gestatten Sie eine letzte Frage.
Welche Gewähr können Sie Ihren Kunden dafür bieten, daß die Weine, die sie erwerben, einwandfrei sind?

VAN ROSSUM Was mein Lager betrifft, so haben diese Weine Bordeaux lange vor der Katastrophe verlassen. Dennoch versteigern wir grundsätzlich keine einzige Flasche, ohne sie vorher in unserem eigenen Labor zu prüfen. Sie können diesen 1983er Saint-Julien also getrost mit nach Hause nehmen. Vielleicht etwas viel Tannin, aber langlebig und nicht ohne Finesse. Ich hoffe, er wird Ihnen Freude machen.

TAYLOR Danke. Vielen Dank, Herr van Rossum. Aber ich trinke nicht.
Akustikwechsel.

Soweit mein Interview mit dem Inhaber der größten Wein-Auktionsfirma der Welt.
Timothy Taylor, WNCQ, Den Haag, Niederlande, Europa.
Spot.

MÄDCHENSTIMME Eine Frage von Leben und Tod.
Beethoven, Schicksalsmotiv.
12 500 Schadstoffe haben Wissenschaftler in Ihrer Atemluft, in Ihrem Trinkwasser, in Ihrer Nahrung identifiziert.
Musik.
Wollen Sie untätig zusehen, wie Ihr Organismus zugrunde geht? Die Antwort ist einfach: eine Entgiftungskur. Überall in den Vereinigten Staaten stehen insgesamt 360 Life Savers' Action Centers für Sie bereit. Elektronisch gesteuerte Reinigung von Lunge, Leber, Darm und Galle. Ionentauscher-Entschlakkung in Ihrer persönlichen keimfreien Vakuum-Zelle. 24 Stunden am Tag, 365 Tage im Jahr geöffnet. Life Savers' Action Center – Ihr Rettungsring wartet auf Sie!
Musik.
Erkennungsmelodie.
CRICK WNCQ, America's last radio voice mit einem Bericht unseres Reporters Timothy Taylor über seinen Europa-Trip.

TAYLOR Berlin, Deutschland, 6. September 2006.
Viel ist nicht übriggeblieben vom kaputten Reiz dieser Stadt, wie wir ihn aus alten Filmen kennen. Hier kommt kein Spion mehr aus der Kälte. Auch die Bombenwerfer sind längst abgewandert, und mit dem Nachtleben ist es auch nicht weit her. Lust und Schrecken sind der Normalität gewichen, die hier, wie überall, wo die Zeit für sie arbeitet, alles besiegt.

Das heißeste Thema in der Stadt ist zur Zeit der Artenschutz. Ja, Sie haben richtig gehört. Ich war dabei, als einziger Amerikaner und akkreditierter Korrespondent bei der »Ständigen Artenschutz-Konferenz Deutschsprachiger Länder«, die hier in einer Villa am Wannsee tagt.

An diesem See hat übrigens schon einmal eine Konferenz getagt, die historisch geworden ist. Das ist allerdings schon eine Weile her. 1942 haben die Nazis hier die sogenannte Endlösung beschlossen. Seither sind die Deutschen friedfertig, langweilig und reich geworden. Nur ihr Eifer ist geblieben.

Hintergrundgeräusche einer Plenarsitzung.

Die Eröffnungssitzung der Konferenz ist soeben zu Ende gegangen. Sie verlief erstaunlich turbulent. Schon die gutgemeinte Begrüßungsrede des Westberliner Regierenden Bürgermeisters wurde durch Zwischenrufe und Pfiffe unterbrochen. Dann stritten sich die Delegierten eine Stunde lang über die Tagesordnung. Ich bin froh, daß der Vorsitzende endlich die Sitzung für beendet erklärt. Neben mir steht Frau Dr. Sabine Ohlmeyer vom West-Berliner Senat, Abteilung Naturschutz, und auch ihr Kollege, Herr Professor Sturz vom Umweltministerium der DDR, hat sich freundlicherweise bereit erklärt, unsern Hörern ein paar Auskünfte zu geben.

Frau Dr. Ohlmeyer, ich bin mir nicht sicher, ob ich bei dem allgemeinen Tohuwabohu richtig verstanden habe, worum es bei dieser Debatte eigentlich ging.

DR. OHLMEYER Also die wichtigsten Punkte waren wohl die folgenden: der neue Gesetzentwurf zum Schutz des Unkrautes in öffentlichen und privaten Anlagen, Parks und Gärten. Dann das allgemeine Skiverbot im Alpenvorland und die Untertunnelung der Bahnstrecken für das Niederwild.

STURZ Wenn ich das noch ergänzen darf: von unserer

Seite haben wir die Rückzüchtung ausgestorbener Schmetterlingsarten vorgeschlagen, ferner die Herstellung künstlicher Duftstraßen für die Rotbauchunke *(Bombina bombina).*

DR. OHLMEYER Außerdem ging es um die Standortbestimmung für unser Gemeinschaftsprojekt Künstlicher Regenwald. Und dann natürlich um die Frage der Mauer.

STURZ Ja, die Zustände an der Mauer sind derzeit wohl unser Problem Nr. 1.
Waren Sie schon an der Mauer, Mr. Taylor?

TAYLOR An der Mauer? Nein. Wieso denn?
Ich denke, dort gibt es längst nichts mehr zu sehen.

DR. OHLMEYER Ah, da irren Sie sich aber ganz gewaltig! Gerade jetzt haben wir an der Mauer eine sehr brisante Situation.

TAYLOR Wie meinen Sie das, eine sehr brisante Situation?

DR. OHLMEYER Sie werden schon sehen! Wenn Sie wollen, lade ich Sie für heute abend zu einem Spaziergang an der Grenze ein. Vielleicht wird auch mein Kollege eine Stunde für Sie erübrigen können.
Nicht wahr, Professor Sturz?
Veränderte Akustik. Außen.

TAYLOR Checkpoint Charlie: die Älteren unter Ihnen werden sich vielleicht an diesen Namen erinnern. An diesem Grenzübergang zwischen Ost- und West-Berlin haben sich im vergangenen Jahrhundert einige dramatische Konfrontationen ereignet. Amerikanische und sowjetische Panzer sind hier gegeneinander aufmarschiert, es gab Flüchtlingsdramen und Spionageaffären.
Die Gegend hinter den Türmen des neuen Bankenviertels hat einen Rest der alten Kreuzberger Schmuddligkeit bewahrt. Ein Hauch von Nachkriegszeit liegt über den alten Brandmauern.

Türkische Trödler verkaufen hier Pantoffeln und gestohlene Computer. Es gibt streunende Hunde, verwitterte Sex-Shops und altersschwache Würstchenbuden, und in den Hauseingängen schlafen, umgeben von leeren Chianti-Flaschen, die Penner.

Der Verkehr auf der Friedrichstraße ist schläfrig. Ein gelangweilter Polizist thront einsam in seinem Glaskasten und winkt die wenigen Fahrzeuge vorbei. Ich sehe, wie er, den Walkman über den Ohren, im Takt mit der Musik mit dem Kopf wippt.

Zwanzig Meter weiter, von der Straßenfront zurückgesetzt, sehe ich einen silbern schimmernden, nagelneuen, engmaschigen Gitterzaun, mindestens drei Meter hoch. Und vor dem Zaun erwarten mich die beiden Experten.

DR. OHLMEYER Das hätten Sie nicht erwartet, oder? Nun, der Zaun steht auch erst seit knapp drei Wochen. Ja, das war ein langer Weg durch die Instanzen, auf beiden Seiten, bis es uns gelungen ist, die Absperrung durchzusetzen, nicht wahr, Professor Sturz?

TAYLOR Ich verstehe nicht, was dieser Zaun soll. Ich dachte, die Mauer sei schon vor Jahren abgerissen worden. Ich erinnere mich an die Bilder im Fernsehen: die Sprengung der Betonhindernisse, die Demontage der Schranken, die Bulldozer, die abgerissenen Zollbuden.

DR. OHLMEYER Wem sagen Sie das? Kommen Sie! Wir werden Ihnen die ganze Sache erklären. Hier, dieser weiße Strich auf dem Pflaster, das ist die Grenze. Wenn wir dieser Zickzacklinie folgen, kommen wir ans Brandenburger Tor. Da drüben, hinter dem Drahtgitter, können Sie noch die Reste der alten Grenzanlagen sehen. Hier war der sogenannte Todesstreifen. Da hinten, diese Ruine ist einer der

Wachtürme, davor ein Laufgraben. Und dort steht noch ein Rest der Mauer. Sie sehen die Betonplatten, und im Gras kann man die abgestürzten Abdeckrohre erkennen. Hier, nehmen Sie meinen Feldstecher!

TAYLOR Und was ist das für eine Holzkonstruktion? Sieht ja nagelneu aus, wie ein Schutzgang über den Mauerresten, sauber mit Dachpappe abgedeckt?

STURZ Haben Sie die Vegetation bemerkt? Ein einzigartiges Biotop, Mr. Taylor. Wo sonst gibt es eine solche Artenvielfalt mitten im Zentrum einer Metropole?

DR. OHLMEYER Wir haben hier Wildkaninchen, freilebende Igel, Beutelratten, sogar Blindschleichen! Und was die Insekten betrifft, man hat insgesamt sechs verschiedene Schlupfwespenarten gezählt. Wir hoffen, daß sich mit der Zeit auch noch Nachtvögel und Fledermäuse in den Türmen ansiedeln.

TAYLOR Ja, ja. Sehr schön. Aber warum hat man die Mauer nicht abgerissen? Und was sollen diese hölzernen Schutzbauten? Das sieht ja ganz so aus ...

DR. OHLMEYER Das ist es ja, Mr. Taylor! Diese Eingriffe sind ein Hohn auf unsere Bemühungen! Und dabei ist das ganze Gelände als Naturschutzgebiet ausgewiesen. Das sind die Quertreibereien der Denkmalspfleger. Sie behaupten, die Mauer müsse konserviert werden, sie sei historisch wertvoll.

STURZ Sogar aus der DDR sind solche Stimmen zu hören, obwohl diese Frage in den Gremien sehr umstritten ist. Aber mit der provisorischen Verschalung haben die Denkmalschützer immerhin einen Teilsieg errungen.

DR. OHLMEYER Die Kunsthistoriker sind die schlimmsten. Sie betrachten die Mauer als Gesamtkunstwerk, der Graffiti wegen, die allerdings nur auf der westlichen Seite zu finden sind. Der Kunstsenator möchte aus unserm Biotop am liebsten ein Freilichtmuseum von dreißig Kilometer Länge machen. Aber Sie wissen ja, was das heutzutage bedeutet! Unsere Museen sind doch die reinsten Rummelplätze. Wenn sich die Denkmalspflege durchsetzt, dann ist es aus und vorbei mit dieser unberührten Landschaft, dann wird alles, was sich hier im Lauf von Jahrzehnten entwickelt hat, brutal zertrampelt. Wir brauchen die Unterstützung der Medien, auch im Ausland. Wir wären Ihnen sehr dankbar, wenn Sie die amerikanische Öffentlichkeit auf unser Anliegen aufmerksam machen könnten.

TAYLOR Aber gern. Meinetwegen können Sie die ganze Stadt einzäunen. Der Berliner Riesenknöterich hat meine volle Unterstützung.

Pause. Innenraum. Bargeräusche.

TAYLOR Viel ist nicht mehr los im Berliner Club der Auslandspresse. Die Stadt macht keine Schlagzeilen mehr. Ich habe mich mit einem britischen Journalisten verabredet, der hier die Stellung hält, weil er mit einer Deutschen verheiratet ist. Wir kennen uns aus New York.

MAC BURNEY Deine Mauer-Geschichte ist genau das Richtige, alter Junge. Genau, was die Leute in Amerika hören wollen. Sentimental und schwachsinnig. Und wie alle guten *faits divers* ist deine deutschdeutsche Idylle durch und durch verlogen.

TAYLOR Im Gegenteil. Die beiden meinen es durchaus ernst. Das ist ja gerade das Komische. Sie waren ein Herz und eine Seele.

MAC BURNEY Trotzdem bist du mit deiner Story auf dem Holzweg.

TAYLOR Warum?

MAC BURNEY Mein lieber Tim, Tatsache ist, daß die Deutschen einander nicht ausstehen können. Ossies und Wessies – das ist wie Hund und Katze.

TAYLOR Ich dachte, sie hätten sich zusammengerauft.

MAC BURNEY Offiziell schon. Aber wenn du ihre Deklamationen beim Wort nimmst, gerätst du sofort in ein Dickicht von Komplexen, Rivalitäten und Ressentiments. Es ist doch bezeichnend, daß die Zahl der deutsch-deutschen Heiraten, der Mischehen, wenn man es so nennen kann, minimal geblieben ist. Oder nimm den Fußball! Ohne massiven Polizeischutz gäbe es beim Endspiel DDR–Bundesrepublik jedesmal Mord und Totschlag. Ganz zu schweigen von den politischen Apparaten. Ich rede wohlgemerkt von den Parteien gleicher Couleur hüben und drüben. Die sind sich spinnefeind. Wenn ich meine jungen Freunde hier über die jeweils andere Seite reden höre – ich sage dir, die sind geradezu von Ekel geschüttelt!

Der Wessie schwört auf sein Lufthansa-Weltbürgertum. Dafür ist der Ossie allemal moralisch der Größte, so, als wäre er automatisch immun gegen alles, was Dekadenz heißt, Korruption oder Zynismus. Mit einem Wort: jeder der beiden fühlt sich über den andern weit erhaben.

TAYLOR Und die berühmte Wiedervereinigung?

MAC BURNEY Außer Kaffee und Kuchen nichts gewesen.

Ja, mein Lieber, wir haben alle jahrzehntelang den falschen Baum angebellt. Erinnerst du dich noch an die neunziger Jahre, wie damals die nackte Angst vor den Deutschen umging, besonders natürlich bei den Franzosen – aber auch in England erhoben sich besorgte Stimmen, von den Polen ganz zu schweigen, die sahen schon den Dritten Weltkrieg kommen. Und was ist passiert? Gar nichts. Inzwischen wurde der deutsche Popanz still und leise aus dem Verkehr gezogen. Wir sind darauf hereingefallen, weil wir von der deutschen Geschichte keine Ahnung hatten.

TAYLOR Moment mal! Gerade die deutsche Geschichte war es doch, die uns nervös gemacht hat. Dazu hatten wir auch allen Grund.

MAC BURNEY Gewiß! Aber wir haben nicht begriffen, daß die deutsche Einheit nur eine Episode war. Sie hat keine hundert Jahre gedauert, und was hat sie den Deutschen, von Bismarck bis Hitler, eingebracht? Eine Bauchlandung nach der andern. Sie haben sich auf ihre Vergangenheit besonnen: ein Jahrtausend Flickschusterei. Am liebsten hätten sie ihre provinziellen Könige und Fürsten wieder. Die Kleinstaaterei ist die wahre Heimat aller Deutschen! Übrigens gilt das nicht nur für Deutschland. Im Grunde handelt es sich um ein europäisches Phänomen, einmal abgesehen von den Franzosen, die immer noch auf ihren Zentralismus schwören. Aber die andern? Die Spanier? Die Slowaken? Die Jugoslawen? Weißt du, die Europäer verfahren nach einem uralten Motto: Teile, aber herrsche nicht! Im Namen des Heiligen Andreas, ich weiß, wovon ich rede: Nieder mit Großbritannien! Ich bin kein Engländer, lieber Tim. Ich bin Schotte!

Erkennungsmelodie.

CRICK WNCQ, America's last radio voice, Benjamin Crick am Mikrophon. Wir bringen Ihnen die letzten Nachrichten. Washington. Präsident Keeworth hat sich zuversichtlich über die Entwicklung in Chicago geäußert. Die Polizei sei Herr der Lage.

Chicago. Über hundert Löschzüge aus der Umgebung haben die Brände in der Innenstadt unter Kontrolle gebracht. Der Anführer der Aufständischen, Cory Buckminster, hat sich gestern Abend in Aurora, Illinois, zum Gegenpräsidenten der USA ausrufen lassen. Die Nationalgarde hat das Farmgelände, auf dem er sich verschanzt hat, umzingelt.

New York. Ein neuer Fall von Daten-Terrorismus hat sich bei der Chase Manhattan Bank ereignet. Unbekannte Täter haben sämtliche Buchungsunterlagen der letzten sechs Wochen gelöscht. Die Geschäftsführung hat den Anschlag als katastrophal bezeichnet.

Great Falls, Montana. Die Serie von rätselhaften Mißgeburten im Nordwesten reißt nicht ab. In Montana kommt nach Auskunft der Gesundheitsbehörden bereits jedes vierte Kind mißgebildet zur Welt. Die Wissenschaftler stehen vor einem Rätsel. Es wird vermutet, daß es sich um ein unbekanntes Virus handelt.

Tokyo. Aus Nordkorea werden neue sowjetische Raketenangriffe gemeldet. Wie gerüchteweise verlautet, hat die japanische Satellitenaufklärung chinesische Truppenkonzentrationen nahe der koreanischen Grenze beobachtet.

Das Wetter in New York: nach wie vor feucht und schwül, gegen Abend zunehmende Gewitterneigung. An der Börse ist der Dow Jones-Index weiter gefallen, auf 845.

Benjamin Crick, Ihr Wort-Jockey, WNCQ. New York. Bleiben Sie dran, das Beste kommt noch: unser Reporter aus Europa, Timothy Taylor, meldet sich aus Rääkkylämäki. Ja, Sie haben richtig gehört: Rääkkylämäki. Wetten, daß Sie nicht wissen, wo das liegt? Ich wußte es auch nicht. Aber anscheinend ist das ein Kaff in Finnland, ungefähr hundert Meilen weit von der russischen Grenze. Ziemlich exotisch, wenn Sie mich fragen.

TAYLOR Timothy Taylor, Roving Editor, WNCQ, Rääkkylämäki, Finnland, 12. September 2006. Hier gibt es noch keine Fahrverbote, und es ist fast so leicht wie in Amerika, ein Auto zu mieten. Gottseidank. Ich weiß nicht, was ich ohne Wagen getan hätte. Denn der Mann, den ich interviewen wollte, war verschwunden, spurlos verschwunden. Kein Mensch in Helsinki wußte, wo er sich versteckt hat. Dabei kennt ihn in Europa jedes Kind.

Erkki Rintala, der erste Präsident der Europäischen Gemeinschaft, ist vor zwei Monaten zurückgetreten. Ein finnischer Kollege von der führenden Zeitung des Landes, *Helsingin Sanomat*, war meine Rettung.

FINNE Also gut, ich verrate Ihnen, wo er ist.

Sie dürfen ihm auf keinen Fall sagen, daß ich Sie geschickt habe. Erkki will seine Ruhe haben. Sie fahren etwa drei Stunden lang Richtung Norden. An dieser Abzweigung halten Sie sich links. Dann sehen Sie schon die kleine Kirche von Rääkkylämäki. Sie fahren ungefähr zwei Kilometer weiter, bis Sie einen Feldweg sehen, der rechts abgeht, ohne Wegweiser, nur ein Briefkasten steht da. Dieser Feldweg führt direkt zu Erkkis Hütte.

Andere Akustik. Außen.

TAYLOR Die Kartenskizze meines Nothelfers hat sich als recht zuverlässig erwiesen. Ich habe mich nur zweimal verfahren, bis ich an den Ort mit dem unaussprechlichen Namen gelangt bin.

Erkki Rintala, der Mann, den ich suchte, stand im Freien, vor einem großen Schuppen, über einen Tisch gebeugt, an dem er hantierte. Als er mich kommen hörte, warf er mir einen mürrischen Blick zu.

RINTALA Was wollen Sie?

TAYLOR Ich komme aus Helsinki. Es war gar nicht so einfach, Sie zu finden.

RINTALA Amerikaner. Das sieht man. Soziologe vermutlich, oder Zeitungsschreiber.

Also gut, was wollen Sie wissen?

TAYLOR Herr Präsident...

RINTALA Hören Sie auf! Lassen Sie mich mit dem Präsidenten zufrieden! Ich bin froh, daß ich diese vier Jahre hinter mir habe.

TAYLOR Sie sind erst 65, und, wenn man den Medien glauben kann, kerngesund. Warum haben Sie das Handtuch geworfen?

RINTALA Fragen Sie mich lieber, warum ich mich überhaupt auf diesen Mummenschanz eingelassen habe. Brüssel ist doch ein einziges Affenhaus.

Ich verrate Ihnen gewiß kein Geheimnis, wenn ich sage, daß der Präsident der Europäischen Gemeinschaft nichts zu melden hat. Bei uns ist der Präsident nicht, wie in den USA, eine imperiale Figur, sondern ein Herrscher aus Pappmaché. Wir haben eine konstitutionelle Wahlmonarchie auf Zeit. Und meine Kandidatur hatte einen ganz einfachen Grund. Es mußte ein Finne her, um die Russen zu beruhigen. Ich möchte nur wissen, was an mir so beruhigend sein soll.

TAYLOR Naja, vielleicht ist das die berühmte Finnlandisierung.

RINTALA Hören Sie auf mit dem Quatsch! Das hat schon in den siebziger Jahren nicht gestimmt. Heute ist dieser Begriff absolut sinnlos. Seit den zentralasiatischen Bürgerkriegen haben die Sowjets weiß Gott andere Sorgen. Dazu kommt dann noch der Konflikt im Fernen Osten. Ganz abgesehen von ihren internen Problemen.

TAYLOR Die Europäer haben eben Glück gehabt. Mehr Glück als Verstand.

RINTALA Wer hat schon Verstand in der Weltpolitik? Sie als Amerikaner müssen doch wissen, wie rar diese Eigenschaft ist. Verstehen Sie mich bitte nicht falsch! Ich halte die Amerikaner für ein sehr intelligentes Volk. Aber die Verblödung, die ich meine, ist etwas Objektives. Alle Völker, die den Status einer Weltmacht erreichten, haben sich als kollektive Kretins erwiesen, die Römer und die Chinesen, die Briten und die Russen, die Deutschen und die Japaner...

TAYLOR Sie als Finne haben da leicht reden.

RINTALA Eben! Unsere Dummheiten konnten ein gewisses Maß nicht überschreiten. Das war unser Glück. Heute ist es der Vorzug jener kleinen Halbinsel, die wir Europa nennen.

TAYLOR Ein bescheidener Vorzug.

RINTALA Finden Sie? Da bin ich ganz anderer Ansicht. Wir blicken auf einen sechzigjährigen Frieden zurück. So etwas hat es in der dreitausendjährigen Geschichte dieses Kontinents noch nie gegeben. Noch sensationeller als dieses Resultat ist die Tatsache, daß niemand es sensationell findet. Der Krieg ist für uns undenkbar geworden. Wir haben keine offenen Grenzfragen und keine bedrohlichen Minoritätenprobleme mehr.

TAYLOR Und was ist mit den Basken, mit Irland, mit Transsylvanien?

RINTALA Sentimentale Reminiszenzen.

TAYLOR Sie sehen die Supermächte als Störenfriede. Darf ich Sie daran erinnern, daß es die Amerikaner und die Sowjets waren, die nach dem Zweiten Weltkrieg in Europa für Ruhe gesorgt haben, dreißig Jahre lang? Wer hat denn die Deutschen daran gehindert, sich ihre Ostgebiete wiederzuholen, wenn nicht der Große Bruder? Und was den Deutschen Schlesien war, das war den Ungarn ihr Siebenbürgen, den Albanern ihr Kosovo, den Finnen ihr Karelien, und so weiter.

RINTALA Ich bin verblüfft, Mr. Taylor. Ausgerechnet Sie als Amerikaner sehen die Russen als Friedensstifter? Im Kalten Krieg hat sich das ganz anders angehört. Da waren die Sowjets die großen Bösewichter.

TAYLOR Aber von heute aus betrachtet...

RINTALA *Tant mieux*, mein Lieber. Wenn Sie darauf bestehen, bin ich sogar bereit, den Herren Stalin, Roosevelt und Churchill nachträglich für Jalta zu danken, auch wenn diese Danksagung einen leicht ironischen Beigeschmack hat. Heute jedenfalls kommen wir ohne Vormünder aus.

TAYLOR Aber nicht ohne ewigen Zank, kleinlichen Kuhhandel und sinnlose Verschwendung.

RINTALA Wem sagen Sie das, lieber Freund? – Sehen Sie, wir haben jahrzehntelang eine Chimäre verfolgt: die sogenannte europäische Einheit. Diese Idee stammt noch aus den Zeiten, in denen alle Welt an den technischen Fortschritt glaubte, an Wachstum und Rationalisierung. Der Europa-Gedanke, wie es damals hieß, lief auf die Absicht hinaus, den großen Blöcken einen großen Block entgegenzusetzen. Also Big Science, High Tech, Raumfahrt, Plutonium, all diese bösen Scherze.

Die Politiker haben jahrzehntelang auf dieses Europa der Manager, der Rüstungsexperten und der Technokraten gesetzt, und als leuchtendes Beispiel haben sie uns Japan vorgehalten. Nur haben sie ihre Rechnung ohne den Wirt, das heißt, ohne die Bewohner dieses schönen Erdteils gemacht.

TAYLOR Wie meinen Sie das?

RINTALA Nun, die logische Folge war, daß Brüssel zu einem riesigen supranationalen Wasserkopf wurde. Die Kommissionen, die Ausschüsse und Unterausschüsse spielten in ihren Glaskästen ein absurdes Milliarden-Bridge, natürlich ganz ohne demokratische Legitimation. Denn wer dort was zu sagen hatte, war nicht aus freien Wahlen hervorgegangen, und wer aus freien Wahlen hervorgegangen war – ich spreche vom Straßburger Parlament –, der hatte nichts zu sagen.

TAYLOR Also ist das Ganze überflüssig?

RINTALA Nein. Ich will gar nicht bestreiten, daß dabei auch einiges geleistet worden ist. Wir haben es zu einheitlichen Lebensmittelfarben gebracht, und die Zollformulare wurden standardisiert. Aber natürlich mußte der Brüsseler Schwachsinn in einer gigantischen Pleite enden. Wir zahlen heute noch dafür. Nur – wofür zahlt man nicht alles in der Politik?

TAYLOR Sie wollen also, wenn ich Sie richtig verstehe, auf eine europäische Einheit ohne Einheit hinaus?

RINTALA Ausgezeichnet. Besser kann man es gar nicht sagen. Kennen Sie Burckhardt?

TAYLOR Den alten Basler Historiker?

RINTALA Ja. Er hat einmal etwas sehr Gescheites gesagt: Tödlich für Europa war immer nur eines – das erdrückende Machtmonopol eines Staates, möge es von innen oder von außen kommen. Jede nivellierende Tendenz, sei sie politisch, religiös oder sozial, ist für unseren Kontinent lebensgefährlich. Was uns bedroht, ist die Zwangseinheit, die Homogenisierung; was uns rettet, ist unsere Vielfalt. – Ich zitiere aus dem Gedächtnis.

TAYLOR Aber Burckhardt – das ist doch reinstes neunzehntes Jahrhundert!

RINTALA Wenn Sie auf neuere Ideen Wert legen – wie wäre es mit Mandelbrot?

TAYLOR Mandelbrot?

RINTALA Ja. Das ist ein Mathematiker, der übrigens lange Zeit in den USA gearbeitet hat. Er ist berühmt geworden durch seine Erforschung der Fraktale.

TAYLOR Ich verstehe nichts von Mathematik.

RINTALA Ich auch nicht. Aber die Sache ist ganz einfach. Die klassische Geometrie hat sich mit regelmäßigen

Flächen und Körpern beschäftigt. Dreiecke, Kegelschnitte, Riemannsche Flächen und so weiter. Und was ist mit der mathematischen Analyse des Unregelmäßigen? Das hat sich Mandelbrot gefragt. Er ist der Columbus der irreduziblen Mannigfaltigkeit.

TAYLOR Ich begreife nicht, worauf Sie hinauswollen.

RINTALA Dann schauen Sie sich bitte diese Karte von Finnland an, Maßstab 1 : 500 000, und betrachten Sie die Küstenlinie: Sie ist ziemlich wirr, aber wenn Sie näher rangehen, mit der Lupe, vereinfacht sich das Kartenbild, es sieht dann regelmäßiger aus. In der Wirklichkeit verhält es sich genau umgekehrt: Je genauer Sie die Küste betrachten, desto mehr Irregularitäten können Sie feststellen. Dieses Spiel können Sie bis in den Mikrobereich fortsetzen. Mit anderen Worten: Wie lang die finnische Küste ist, läßt sich, strenggenommen, überhaupt nicht angeben.

TAYLOR Na und?

RINTALA Die Implikationen liegen doch auf der Hand! Entschuldigen Sie! Wenn Sie nun eine Karte von Europa nehmen, dann werden Sie auf die gleiche Struktur stoßen: auf Figuren, deren Dimension nicht mehr ganzzahlig ist. Sie läßt sich nur noch durch einen Bruch darstellen ... Kurzum, Europa ist ein fraktales Objekt.

TAYLOR Wenn ich Sie recht verstehe, wollen Sie damit den Föderalismus mathematisch begründen?

RINTALA Ach was! Ich wollte Sie nur aufs Glatteis führen. Aber tatsächlich ist die europäische Gesellschaft bis in ihre Mikrostruktur hinein irregulär. Der Versuch, hier im herkömmlichen Sinn Ordnung zu schaffen, ist aussichtslos. Das gilt auch für die staatsrechtliche Konstruktion der Gemeinschaft. Sie können allenfalls gewisse Grenzwerte festlegen.

TAYLOR Und die Konsequenz daraus?

RINTALA Der Mischmasch ist unsere endgültige Gestalt. Auch in der Ökonomie. Die Konsequenz heißt PoD, *Production on demand*, also die Abkehr von der großen Serie – das, was man früher Maßarbeit nannte. Das machen wir besser als alle anderen. Die Italiener haben das als erste begriffen. Aber wie Sie sehen, funktioniert die Improvisation, die Spezialisierung auch bei uns im Norden.

TAYLOR Mir kommt das alles ziemlich chaotisch vor.

RINTALA Das, was Sie Chaos nennen, ist unsere wichtigste Ressource. Wir leben von der Differenz. Für die Politiker, die das alles unter einen Hut bringen wollen, ist ein solcher Zustand natürlich die Hölle. Und deshalb, Mr. Taylor, finden Sie mich hier, am Ende der Welt, und nicht in Brüssel.

Erkennungsmelodie.

CRICK WNCQ, New York. America's last radio voice. Bleiben Sie dran, solange wir noch auf Sendung sind, und damit uns nicht die Luft ausgeht, vergessen Sie Ihre Spende nicht. Wir sind auf jeden Dollar unserer Hörer angewiesen.

Fanfare.

Spot.

REKLAMESPRECHER Ihre nächste Weltreise wird Sie keine 30 000 Dollars kosten. Mit dreißig Dollars sind Sie dabei. Vergessen Sie überfüllte Flughäfen, Trinkgelder, Paßkontrollen. Nehmen Sie den Neuen Coney-Island-Express. In 15 Minuten sind Sie da. Die berühmtesten Sehenswürdigkeiten des Universums dreidimensional in Originalgröße: Sehen Sie die Sphinx, den Londoner Tower, das Kolosseum, den Eiffelturm, das Taj Mahal, die Chinesische Mauer, alles naturgetreu im Super-Hologramm. Machen Sie eine Weltreise, ohne New York zu verlassen. Das Neue Coney Island. Die größte Show der Welt.

Unser Sonderangebot gilt nur für dreißig Tage: dreißig Dollars einschließlich Hin- und Rückfahrt mit dem neuen Coney-Island-Express! Ein unvergeßliches Erlebnis.
Fanfare.

TAYLOR Hier spricht Timothy Taylor, WNCQ, jetzt aus Bukarest, Rumänien, Europa. Heute ist der 14. September 2006. Ich sitze hier im »Super Nova«, dem brandneuen Luxus-Restaurant, 66 Stockwerke hoch über den Dächern der rumänischen Hauptstadt. Durch die riesige transparente Kuppel ist der ganze Sternhimmel zu sehen. Das Panorama draußen zeigt eine atemberaubende Architektur: alles Hochhäuser aus den letzten paar Jahren, aus Leichtmetall und Karbonfaser, im bizarren gotischen Stil der europäischen Designer. Neben mir sitzt der Geschäftsführer des »Super Nova«, Mickey Woolstone, ein waschechter Amerikaner. Er stammt aus Dayton, Ohio, und er ist stolz auf sein neues Haus.
WOOLSTONE Hier ist alles American Style. Es ist höchste Zeit, daß wir in dieser Ecke der Welt endlich einmal Flagge zeigen. Sie brauchen sich nur mal unsere Speisekarte anzuschauen: Long Island Lobster, Baked Virginia Ham, Truthahn à l'americaine, Lemon Meringue Pie. Sogar die Weine kommen aus San Francisco.
TAYLOR Und wie sieht das Ganze geschäftlich aus?
WOOLSTONE Ein idealer Standort, Bukarest. Das ist der Wilde Osten! Eine Goldgräberstadt! Natürlich hat die europäische Konkurrenz alles versucht, um uns draußen zu halten. Die arbeiten mit den schmutzigsten Tricks, das können Sie mir glauben. Aber diesmal haben wir die Kurve noch rechtzeitig gekriegt. Bauvorschriften sind hier unbekannt. Die Rumänen sind froh, wenn wir ihre alten Bruchbuden

abreißen. Viel war hier sowieso nicht mehr zu retten. Das stimmt doch, Tudor?

Tudor ist mein Stellvertreter, müssen Sie wissen. Ein sehr tüchtiger Junge.

TUDOR Bruchbuden, Mr. Woolstone? Unsere Kirchen sind doch keine Bruchbuden. Stavropoleos zum Beispiel, die Patriarchalkirche und die Curtea Veche ... Das müssen Sie sich unbedingt ansehen, Mr. Taylor!

WOOLSTONE Schon gut, Tudor. Aber eure alten Gangster haben abgeräumt, was sie abräumen konnten, bevor sie endlich von ihren eigenen Leuten abgeknallt wurden. Das müssen Sie zugeben. Und das große Erdbeben hat dann den Rest besorgt. Fünfzig Jahre lang – das darf ich doch sagen, Tudor, nicht wahr? – war Rumänien der Arsch Europas. Das einzige, was funktioniert hat, war die Geheimpolizei. Alles andere war im Eimer. Kein Fleisch, keine Glühbirnen, kein Strom. Im Winter sind die Leute in ihren Wohnungen erfroren. Unvorstellbar ... Und heute ... Sie sehen ja, was hier los ist. Ein Wirtschaftswunder wie in alten Zeiten. Nachholbedarf für zwanzig Jahre! Ein Riesenmarkt! Natürlich haben vor allem die Deutschen abgesahnt. Die Deutschen und die Franzosen.

TAYLOR Was sind denn das für komische Leute in diesen beigefarbenen Freizeitjacken?

TUDOR Das sind ostdeutsche Ingenieure auf Montage. Und die Rumäninnen, die sie aufgabeln, sind auch nicht das Gelbe vom Ei. Am Tisch daneben sitzen die Italiener von der Modewoche. Die da hinten sind ein Konsortium aus Luxemburg. Weiß der Teufel, was sie verhökern, wahrscheinlich neue Kredite. Und dann natürlich die Russen. Da drüben am Fenster. Bis zehn Uhr abends drehen die Russen jeden Pfennig um, aber dann, wenn sie in Fahrt gekommen sind, werfen sie das Geld aus dem Fenster.

TAYLOR Gut für Sie.

WOOLSTONE Es ärgert mich aber trotzdem ... Was wollte ich sagen? Ja ... Wir haben uns von den Europäern überfahren lassen. Eine Schande ist das.

TAYLOR Mein lieber Mickey, das Imperium ist eben nicht mehr ganz, was es einmal war. Daran werden wir uns gewöhnen müssen. Außerdem ist Ihr Lokal, soweit ich das beurteilen kann, eine Goldgrube.

WOOLSTONE Naja, es geht. Ich muß jetzt rüber zu den Gästen, Pfötchen geben. Der Kaffee kommt gleich. Tudor, Sie kümmern sich um Mr. Taylor.

TUDOR Selbstverständlich, Sir.

TAYLOR Nicht ganz leicht hier für einen Amerikaner, wie es scheint. Franzosen, Russen, Italiener, Deutsche, von den Rumänen ganz zu schweigen. Da müßte man ja polyglott sein.

TUDOR Was wollen Sie, das ist der Balkan. Wir sind und bleiben, was wir waren. Die Kulisse da draußen vor dem Fenster können Sie getrost vergessen, Mr. Taylor. Dort, wo ich herkomme, eine Eisenbahnstunde weit von Bukarest, ist alles wie immer.

TAYLOR Ich muß zugeben, Tudor, daß ich Ihr Land nur aus Dracula-Filmen kenne.

TUDOR Wenn es nur die Vampire wären! Nein, für Drehbücher gibt diese Gegend wenig her. Ein paar Polizisten, ein Kazike, der das ganze Dorf unter dem Daumen hält, schlafende Hunde, Kinderkrankheiten, Baracken. Mit einem Wort – Dritte Welt. Das rumänische Wunder ist nur eine andere Form der Pleite.
Aber bitte kein Wort davon zu meinem Chef.
Es würde ihn nur deprimieren.
Wechsel der Akustik. Erzählerton.

TAYLOR Am andern Tag hatte ich Glück. Das Café Alt-Wien am Boulevard der Republik war überfüllt.

Dieses Lokal ist die exakte Nachbildung eines Kaffeehauses aus der Habsburger Zeit, bis zu den Schürzchen und Häubchen der Serviererinnen. Während der Stehgeiger einen Walzer intonierte, ließ sich eine junge Dame an meinem Tisch nieder. Es stellte sich heraus, daß sie Amerikanistik studierte. Ein unwahrscheinlicher Zufall, denn in ganz Bukarest gibt es, wie sie mir versicherte, nur neun Amerikanisten, davon angeblich »sieben Penner, die es nur auf ein Stipendium abgesehen haben«. Ich lud sie zu einer Schale Gold ein. Dann fragte ich sie, ob ich sie nicht als Dolmetscherin engagieren könne.

Caféhaus-Atmosphäre. Walzermusik im Hintergrund.

CAROLA Wer sind Sie überhaupt?

TAYLOR Oh, ich heiße Taylor. Ich bin Reporter. Ich arbeite für eine New Yorker Radiostation. Ich möchte meinen Hörern zuhause etwas über Ihre schöne Stadt erzählen.

CAROLA Das ist völlig überflüssig. In Bukarest gibt es nur eine Sehenswürdigkeit für Ausländer, das sind die Nutten, und bei denen brauchen Sie keine Dolmetscherin.

TAYLOR Das ist keine sehr patriotische Auskunft.

CAROLA Na und? Übrigens, ich heiße Carola.

TAYLOR Sagen Sie mir eines. Wenn Ihnen Bukarest nicht gefällt, warum bleiben Sie dann hier?

CAROLA Warum nicht? Ich habe mir auch Paris und New York angesehen, so ist es ja nicht. Aber wenn schon Korruption, dann lieber die eigene. Ich gebe zu, die rumänische Sorte ist die schlimmste. Aber wir sind eben Spezialisten, verstehen Sie? Und was das Ausland betrifft, na schön, wir liegen ihm zu Füßen, aber wir hassen es auch. Wir hassen die Russen und die Deutschen, und wir hassen unsere Nachbarn, besonders natürlich die Ungarn.

TAYLOR Was habt ihr eigentlich gegen eure Nachbarn?

CAROLA Rumänien ist gar keine richtige Nation. Angeblich können wir auf eine zweitausendjährige Geschichte zurückblicken. So steht es wenigstens in den Schulbüchern. Alles reiner Blödsinn! Ein lächerlicher Trivialroman, den sich irgendwelche Schmierfinken aus den Fingern gesogen haben. Und weil wir nicht wissen, wer wir sind, lassen wir uns jederzeit aufs Kreuz legen. Dazu brauchen wir nicht einmal die Ausländer.

TAYLOR Auch das schlimmste Regime wird eines Tages gestürzt.

CAROLA Zugegeben. Aber was passiert dann? Es gibt zehntausend Tote, ein paar alte Rechnungen werden beglichen, aber drei Tage später geht das ganze Land zur Tagesordnung über. Die Personalakten wandern in den Kanonenofen, die Orden werden auf den Müll geworfen, man macht einen kleinen Laden auf, man geht hamstern und hausieren.

TAYLOR Wie war es denn mit den Ceauşescu-Leuten?

CAROLA Die Gerichtsverfahren sind alle im Sand verlaufen. Ein paar lächerliche Geldstrafen, dann die Amnestie. Und heute werden sie wie rohe Eier behandelt! Wir garantieren ihnen ihre Villen, ihre Pensionen. Nur keinen Ärger! Man darf sie nicht reizen. Im Gegenteil, man muß sie füttern, damit sie Ruhe geben.

Wie Sie sehen, kann man auch mit gebrochenem Rückgrat ganz gut leben. Und wie alle Krüppel sind die Rumänen schlau, stur und unbelehrbar. Fünfzig Jahre lang haben die Kommunisten versucht, uns umzuerziehen. Schauen Sie sich das Resultat an! Zum Beispiel dieses Café. Keine Spur von Sverdlovsk oder Pedrozavodsk. Alles für die Katz! Wir sind und wir bleiben wir selber. Das ist ja das Furchtbare.

FRAUENSTIMME Sind Sie am Ende mit Ihren Nerven? Abgeschlafft? Unkonzentriert? Schlaflos? Ganz egal, was Ihr Problem ist, wir haben die Lösung.

Motiv aus dem Syntheziser.

PharmAmerica, der Welt führender Konzern für Psycho-Design. Wir bieten Ihnen keinen Trip von der Stange an. Die handelsüblichen Präparate wie Morphium, Amphetamin, Koks und Crack sind total veraltet. Sie können sogar gesundheitsschädlich sein. Was Sie brauchen, sind unsere Designer-Drogen, speziell abgestimmt auf Ihre persönlichen Bedürfnisse. Wir laden Sie zu einem kostenlosen Psycho-Test in unseren Filialen ein. Unsere Drogen sind maßgeschneidert. Ganz gleich, was Ihr Problem ist, wir bringen Sie wieder in Form mit einem Drogen-Cocktail aus garantiert reinen Zutaten. Bringen Sie Ihre Seele auf Trab.

Motiv aus dem Syntheziser.

PharmAmerica, der Welt führender Konzern für Psycho-Design, hat die Lösung – auch für Sie.

Motiv aus dem Syntheziser.

TAYLOR Hier meldet sich noch einmal Timothy Taylor, WNCQ, Ihr Spezialreporter aus Europa. Heute ist der 19. September 2006. Die letzte Station meiner Reise ist Prag, Tschechoslowakei. Prag ist die Hauptstadt der Schwärmer, und ich werde versuchen, dieser sonderbaren Gemeinde auf die Schliche zu kommen. Die Schwärmer sind nicht zu übersehen. Sie mischen sich am hellen Tag in ihren langen weißen Gewändern unter die Menge auf dem Wenzelsplatz. Sie bevölkern die Schalterhallen und die Supermärkte. Ein seltsamer Anblick! Man sieht sie sogar in den Vororten und in den Armenvierteln. Ich weiß, ich weiß, die Kommentatoren der großen Networks machen sich lustig über die Schwärmer. Man nennt sie gern »Engel im Nachthemd«. Aber mir sind sie unheimlich, und ich bin regelrecht erschrokken, als drei von ihnen heute früh neben mir in der altertümlichen Trambahn Platz nahmen. Es gibt hier nämlich immer noch eine elektrische Straßenbahn. Es ist ein sonderbares Gefühl, wenn sie neben einem sitzen. Sie sagen kein Wort. Sie summen nur ununterbrochen vor sich hin. Unheimlich! Hören Sie mal zu. *»Engelsgesang«: Improvisiertes, mehrstimmiges Summen mit Anklängen an minimal music und Meditations-Schallplatten.*

TAYLOR Das geht so stundenlang. Unter den Schwärmern soll es übrigens hervorragende Wissenschaftler geben. In Prag munkelt man sogar, daß zwei Mitglieder der tschechischen Regierung Schwärmer sein sollen.

Sie werden sich vielleicht fragen, woher ich meine Informationen habe. Ganz einfach: es ist Frau Grögeróva, die mich nicht nur mit einem ausgiebigen Prager Frühstück versorgt, sondern auch mit den neuesten Gerüchten und Klatschgeschichten. Ich kann ihre Pension auf der Kleinseite wärmstens empfehlen, obwohl das Haus schief und verwinkelt ist und nur drei Gästezimmer hat. Über den Sammeltassen der Kredenz hängen die gerahmten Porträts der Stalinisten, die jahrzehntelang vergeblich versucht haben, die Tschechoslowakei für immer zu ruinieren. Frau Grögeróva ist nämlich die Witwe eines hohen Funktionärs, der sich nach dem Ende der Parteidiktatur eine Kugel durch den Kopf gejagt hat. Ich vermute, daß er ein Killer war, ein Geheimpolizist, und ich frage mich, wie diese gutmütige Frau, die zu jedem Fanatismus unfähig ist, es mit einem solchen Mann ausgehalten hat. Aber es wäre taktlos, sie danach zu fragen. Wir unterhalten uns lieber über die Schwärmer.

GRÖGERÓVA Ja, ich weiß es aus sicherster Quelle, der Handelsminister ist einer, und der Erziehungsminister gehört auch zu denen.

TAYLOR Aber wie verträgt sich das mit ihrem Amt? Ein Erziehungsminister als Sektierer ...

GRÖGERÓVA Oh, das ist halb so schlimm. Wissen Sie, die Regierung spielt bei uns Gott sei Dank keine Rolle. Das ist wie mit der Müllabfuhr. Die meisten Prager wissen heutzutage nicht mal, wie der Präsident der Republik heißt.

TAYLOR Trotzdem, ich begreife das nicht.

GRÖGERÓVA Was begreifen Sie nicht, Herr Taylor?

TAYLOR Die Schwärmer. Wenn ich einen konspirativen Club gründen will, oder eine geheime Loge oder eine Mafia, dann zeige ich doch nicht auf offener Straße, wer dazugehört und wer nicht.

GRÖGERÓVA Ach was! Die Schwärmer sind doch völlig harmlos. Mit der Macht haben die gar nichts im Sinn.

TAYLOR Aber warum ist es dann so schwer, in ihre Versammlungen reinzukommen? Ich habe es dreimal versucht, und jedesmal haben sie mich abgewiesen. Ich hätte doch ein neuer Anhänger sein können!

GRÖGERÓVA Sie haben eben keine Lust zu missionieren. Eher im Gegenteil.

TAYLOR Und trotzdem werden sie immer mehr. In Prag, sagt man, soll es schon fünfzigtausend geben.

GRÖGERÓVA Mindestens. Aber in Ihrem Fall haben sie doch recht gehabt. Sie sind doch nur aus Neugier hingegangen, oder?

TAYLOR Wer ist eigentlich ihr Oberguru? Weiß man das?

GRÖGERÓVA In der Beziehung sind sie wirklich anders als die andern. Sie haben keinen Stifter, keine Hierarchie und keinen Priester. Wenn eine Gemeinde zu groß wird, zieht die eine Hälfte aus und gründet einen neuen Sprengel.

TAYLOR Und warum versammeln sie sich immer unter der Erde?

GRÖGERÓVA Das macht manchen Leuten Angst, aber ich glaube nicht, daß es viel zu bedeuten hat. Ein Kellerlokal kommt eben billiger. Außerdem ist es da unten still.

TAYLOR Und was treiben sie in ihren Löchern? Beten sie? Haben sie ein Ritual?

GRÖGERÓVA Das wissen Sie nicht? Die wahre Religion, sagen die Schwärmer, muß erst noch gefunden werden. Deshalb haben sie keine Lehre und keine Liturgie. Sie singen nur.

TAYLOR Ja, dieses ewige Summen! Man kann es sogar auf der Straße hören. Eine Art leises Wimmern.

GRÖGERÓVA Das machen sie den ganzen Tag. Ohne feste Melodie, und natürlich ohne Text. Immer nur mit der Kopfstimme. Es klingt irgendwie geschlechtslos. Eine Art Engelsgesang, der an- und abschwillt. Angeblich geraten sie mit der Zeit in Ekstase. Sie nennen diesen Zustand die »Eingebung«.

TAYLOR Und warum das alles? Was ist denn mit den Tschechen los?

GRÖGERÓVA Von der Politik haben die Leute die Nase voll. Wundert Sie das?

TAYLOR Aber man kann doch nicht einfach vor sich hin summen, Frau Grögeróva. Oder?

GRÖGERÓVA Mich dürfen Sie nicht fragen, Herr Taylor. Sie und ich, wir lassen die Finger von der Schwärmerei, nicht wahr? Unter uns gesagt, das Höhere liegt mir nicht. Schon damals, als mein seliger Mann noch an die Weltrevolution glaubte, habe ich nur den Kopf geschüttelt und mir mein Teil gedacht. Sie nehmen doch noch ein Gläschen Glühwein? Möchten Sie ein Stück Apfelstrudel dazu?

Studio WNCQ.

CRICK Moment mal, Timothy! Warum sind Sie eigentlich so plötzlich zurückgeflogen? Wir hatten Sie eigentlich erst in vierzehn Tagen erwartet. Haben Sie die Nerven verloren?

TAYLOR Also das war so, Benjamin. Gestern früh in Prag bin ich mit einem schweren Kater aufgewacht. Die Füße taten mir weh. Als Reporter war ich ein Versager. Ich hatte Europa gründlich satt.

CRICK Das kann ich gut verstehen, mein Junge.

TAYLOR Alle Maschinen nach New York waren ausgebucht. Ich habe den Stationschef, einen barmherzigen New Yorker, so lange angefleht, bis er mich auf Platz eins der Warteliste gesetzt hat.
Mit einem Seufzer der Erleichterung sank ich in das Taxi, das mich zum Flughafen bringen sollte. Es war ein klappriger alter Škoda. Der Fahrer war ein teigiger Typ, schätzungsweise 45 Jahre alt, mit einem versonnenen Babygesicht. Auf dem leeren Vordersitz lag ein Stapel von Büchern. Das ist auch so eine Manie der Europäer. Sie lesen immer noch Bücher. Ich habe sofort mein Tonband eingeschaltet.
Wechsel der Akustik. Fahrgeräusche.

TAXIFAHRER Bitte machen Sie das Fenster zu, sonst flattert mir die ganze Literatur davon.

TAYLOR Sind Sie Schriftsteller, oder was?

TAXIFAHRER Student. Allgemeine und vergleichende Literaturwissenschaft.

TAYLOR Was? Gibt's denn das immer noch?

TAXIFAHRER In Prag schon. Ich studiere im Taxi, während der Wartezeiten. Ich bin Österreicher, aber ich lebe seit zehn Jahren in Prag. Ich neige nämlich zu Asthma. Die Seeluft bekommt mir.

TAYLOR Die Seeluft?

TAXIFAHRER Na, Sie wissen doch: Böhmen am Meer.

TAYLOR Ich verstehe kein Wort.

TAXIFAHRER Sehen Sie die Möwen über der Moldau nicht? Gleich fahren wir über die Brücke.
Lesen Sie deutsch?

TAYLOR Ein wenig.

TAXIFAHRER Hier. Das schenke ich Ihnen. Sie können es ja später lesen, im Flugzeug.
Akustikwechsel. Studio.

TAYLOR Damit drückte er mir ein zerknittertes Stück Papier in die Hand, eine Fotokopie. Wir passierten die Vorstädte. Überall waren Schulkinder im weißen Kaftan zu sehen, ein seltsamer Anblick. Auch vor dem Flughafengebäude stand eine Gruppe von Schwärmern.
Gute Reise, sagte der Taxifahrer. Kommen Sie bald wieder!
Vielleicht wäre das eine Art Lösung, dachte ich, nur noch vor sich hin summen, den ganzen Tag lang nur vor sich hin summen. Aber leider habe ich keine Singstimme.

CRICK Ich sehe schon, Tim, alter Junge, bei einem Haar hätte es Sie erwischt. Scheint ja ziemlich ansteckend zu sein, das alte Europa, was?
Übrigens, was stand denn auf dem Zettel, den Ihnen der komische Taxifahrer zugesteckt hat?

TAYLOR Soll ich es unsern Hörern vorlesen, Benjamin?

CRICK Warum nicht?

TAYLOR Also gut.

»Liegt Böhmen noch am Meer, glaub ich den
Meeren wieder.
Und glaub ich noch ans Meer, so hoffe ich auf Land.

Bin ich's, so ist's ein jeder, der ist soviel wie ich.
Ich will nichts mehr für mich. Ich will zugrunde gehn.

Zugrund – das heißt zum Meer, dort find ich Böhmen
wieder.
Zugrund gerichtet, wach ich ruhig auf.
Von Grund auf weiß ich jetzt, und ich bin unverloren.

Kommt her, ihr Böhmen alle, Seefahrer,
Hafenhuren und Schiffe
unverankert. Wollt ihr nicht böhmisch sein, Illyrer,
Veroneser,
und Venezianer alle. Spielt die Komödien, die lachen
machen

Und die zum Weinen sind. Und irrt euch
hundertmal,
wie ich mich irrte und Proben nie bestand,
doch hab ich sie bestanden, ein um das andre Mal.

Wie Böhmen sie bestand und eines schönen Tags
ans Meer begnadigt wurde und jetzt am Wasser
liegt.

Ich grenz noch an ein Wort und an ein andres Land,
ich grenz, wie wenig auch, an alles immer mehr,

ein Böhme, ein Vagant, der nichts hat, den nichts
hält,
begabt nur noch, vom Meer, das strittig ist, Land
meiner Wahl zu sehen.«
Ingeborg Bachmann.

CRICK Ingeborg Bachmann? Nie gehört. Ist das alles?
TAYLOR Ja.
CRICK Aber das ist doch Nonsense. Böhmen am Meer!
TAYLOR Das hab ich ihm auch gesagt, diesem Fettkloß am Steuer. Nonsense nennen Sie das? hat er zurückgerufen. Sehen Sie sich doch um! Wahnsinn! – Und

dabei machte er eine vage Geste, und es kam mir vor, als schlösse diese kleine Geste die ganze Stadt Prag mit ihren Schwärmern ein, Böhmen, ja ganz Europa. Der helle Wahnsinn, schrie er. Auch wenn Sie kein Wort davon verstehen: lernen Sie's auswendig: »Zugrund gerichtet, wach ich ruhig auf.«

CRICK Vielen Dank, Tim, und bis zum nächsten Mal. Ja, liebe Hörerinnen und Hörer, das war's für diesmal. Hier spricht Benjamin Crick, Ihr Wort-Jockey von WNCQ, America's last radio voice, coming to you from New York City round the clock on Channel 99 FM. Sie hörten Timothy Taylors Europa-Bericht *Böhmen am Meer*, und sollten Sie nicht alles verstanden haben, machen Sie sich nichts draus. Ehrlich gesagt, mir ging's genauso. Aber das liegt nicht an Ihnen und auch nicht an mir, es liegt ganz einfach an Europa.

Benjamin Crick am Mikrophon.

Auf Wiederhören morgen um die gleiche Zeit. Und noch eins: Wenn Sie wollen, daß wir weitersenden, vergessen Sie bitte nicht, uns Ihren Scheck zu senden. Unser Code ist 22 33 22 WNCQ, New York, America's last radio voice. Guten Abend.

Erkennungsmelodie.

IV
Die Macht der Gewohnheit

Das Einverständnis

Der Mann, der es gut meint, ist unter uns.
Er bemüht sich. Alle sind wütend,
wütend auf ihn. Er ist einverstanden
mit den Wütenden, völlig einverstanden.
Aber das ist es ja eben. Also gut,
wenn es nicht anders geht, sagen wir,
sei mit uns einverstanden,
aber bitte nicht restlos, bitte nicht
jedesmal, bitte nicht augenblicklich.

Der Mann, der es gut meint, zögert
einen Moment und sagt: Ihr habt recht.
Entschuldigt, sagt er, ich habe gezögert.
Das war vielleicht falsch. Er bittet uns
um Verständnis. Er macht uns wahnsinnig.
Er sieht ein, daß er es ist,
der uns wahnsinnig macht. Hau ab,
sagen wir. Unter der Tür bleibt er stehen
und keucht: Ich bin einverstanden.

Zur Verteidigung der Normalität

Normalerweise hätte ich mich nie auf eine solche Sache eingelassen, aber ... Andererseits finde ich es ganz normal, daß er sich das auf die Dauer nicht gefallen läßt ... Normalnull, -spur, -schall, -uhr, -wald, -kurs, -druck, -film ... Unter normalen Umständen wäre der Leitantrag glatt durchgegangen ... Ein normales Kind fängt in diesem Alter zu sprechen an ... Die Lage in Nicaragua hat sich normalisiert ... Ich habe dir immer gesagt, daß Gudrun nicht mehr ganz normal ist.

»*Normal/abnorm:* an diese beiden Termini kann man kaum denken, ohne sich sogleich vom einen auf den andern verwiesen zu sehen, und zwar dergestalt, als schlössen die beiden einander einfach aus. Eingeklemmt zwischen dem Freudschen Unbewußten, der Marxschen Ökonomie und Nietzsches Willen zur Macht, hat die Normalität in der zeitgenössischen Philosophie keinen guten Ruf. Man zieht das Perverse dem Heiligen, das Abnorme dem Normalen, den Wahnsinn der Banalität vor.

Die Normalität scheint ihren Bezugspunkt stets in den herrschenden Verhältnissen zu finden; insofern verfügt sie weder über den Charme des Ungehorsams noch über die kreativen Tugenden der Innovation. Aber eine derartige Dichotomie macht sich die Sache zu leicht; dann ganz egal, ob man nun zum Bundestagsabgeordneten oder zum Wolfsmenschen wird, man kann zum einen oder zum andern nur werden, indem man eine Norm durchschreitet; auch Victor d'Aveyron, das ›wilde Kind‹, auch Einstein sind zu dem, was sie sind, nur dadurch geworden, daß sie sich einem bestimmten gesellschaftlichen Medium anheimgaben, das sie verschluckt, dressiert, abgerichtet, erzogen hat ...«

Enciclopedia Einaudi. Band IX. Artikel *normale/anormale.* Turin 1979.

Frau Gretel S., siebzig, geschieden, zwei erwachsene Söhne, einen jüngeren Bruder, von Beruf »Raumpflegerin«, ihr Rentenanspruch beläuft sich auf DM 384 pro Monat, sagt: »Ich könnte überall leben, wenn es sein muß.« Politische Einstellung: »Immer dieselbe Scheiße.« Arbeitet grundsätzlich schwarz; »Steuern kann ich mir keine leisten, muß mich um meine Kinder kümmern« (Schulden Ratenzahlungen Alimente usw.).
Verfügt über eine hervorragende Kenntnis der bürgerlichen Gesellschaft, diagnostiziert auf den ersten Blick Ehekrisen, Geiz, Alkoholismus, Unzucht, Opportunismus, Besitzverhältnisse usw. Fürchtet sich in keiner Weise vor Katastrophen, rechnet aber jederzeit mit dem Ausbruch eines Krieges. »Hatte immer alles, was ich brauchte, auch nach der Bombardierung, Butter, französischen Cognac, Bettwäsche, alles.«
Neigt zur Umverteilung: Wenn Kleiderbügel fehlen, bringt sie stillschweigend Kleiderbügel mit, aus Häusern, in denen zu viele Kleiderbügel vorhanden sind. Äußerst ordentlich, betrachtet den Schmutz als persönlichen Feind, insofern ideale Voraussetzungen für ihren Beruf. Ideologisch unberechenbar, wiederholt gelegentlich Phrasen aus der Weimarer Republik, aus dem Dritten Reich, aus der Nachkriegszeit, aus der *Bild-Zeitung*; doch verwendet sie dieses Material rücksichtslos für ihre eigenen Zwecke, so daß ihre Konstruktionen einer Reihe von ad hoc errichteten Bretterbuden gleichen, die über Nacht aus gestohlenen Trümmern errichtet und am Morgen wieder abgerissen werden. Gesamteindruck: Anarchische Selbsttätigkeit.
Schläft von abends sieben bis morgens vier Uhr, hört dann im Bett Radio. »Wenn es Krieg gibt, gehe ich ins

Stubai-Tal, zu Fuß. Ein alter Bekannter, Hotelbesitzer, hat immer ein Bett für mich. Ich rate Ihnen, legen Sie sich ein Kilo Pfeffer hin, das kann ich Ihnen günstig besorgen. Pfeffer ist immer das erste, was fehlt, den tauschen Sie dann beim Metzger oder beim Bauern gegen Fleisch, Butter. Mit einem Kilo können Sie ein ganzes Jahr lang durchkommen.«

Der Begriff der Normalität ist ein terminologischer Pudding, eine breiförmige Masse, die unter der Hand erstarrt, aber schwabbelig bleibt und zerfällt, sobald man sich ihr mit einem harten Instrument nähert. Ein definierender Zugriff hat keine Chancen. Normalität wird einem eingebrockt, man kann sie nur auslöffeln.

Das begriffliche ABC, das wir in einschlägigen Fibeln finden, primäre und sekundäre Sozialisation, Unterdrückung, frühkindliche Prägung, weiße Pädagogik, schwarze Pädagogik, Dressur, gesellschaftliche Vermittlung, ist inzwischen selber schon puddingförmig, selber schon Normalität.

Kleines Historisches Wörterbuch zur Beschreibung des Normalen Menschen:

Kleiner Moritz, Otto Normalverbraucher, Lieschen Müller

Stinknormal, spießig, passiv, stumpf, stumpfsinnig

Jasager, Philister, Herdenmensch, Hinterwäldler, Spießer

Platter Materialismus, Kirchturmhorizont, Banausentum

Massenmenschen, Konsumidioten, Konformisten

Selbstverschuldete Unmündigkeit, niedrige Instinkte

Hefe des Volkes, Hammelherde, träge Masse

Verhetzt, vulgär, borniert, manipuliert

Leute, die nicht über den Tag hinausdenken

Mitläufer, Stimmvieh, Menschenmaterial, Krankengut

Beschäftigte, Arbeitskräfte, werktätige Massen, Arbeiter der Stirn und der Faust
Volksgenossen und Volksgenossinnen
Muff, Mief, Kleinbürgertum, Schweigende Mehrheit
Durchschnittstyp, Dutzendmensch, Kleiner Mann, Mann von der Straße
Einfache Leute, Kleine Leute, gemeines Volk, Pöbel, Mob

Die Umkehrung dieser Bezeichnungen liefert ein Selbstporträt dessen, der sie erfunden hat. Derjenige, der den Normalen Menschen designiert, der darüber entscheidet, wer ein Normaler Mensch ist und wer nicht, wäre mithin (in Auswahl) aktiv, sensibel, mündig, selbständig, kompliziert; er dächte weit über den Tag hinaus, ließe sich von hochherzigen Motiven leiten, lebte fern von der Welt des Konsums in einer Sphäre der Muße, der Kontemplation; eine gewisse Größe wäre ihm nicht abzusprechen; er käme nicht in großen Mengen, nicht einmal im Dutzend, sondern immer nur ganz vereinzelt vor, und über seinen Namen könnte man sich gar nicht erlauben, etwas Bestimmtes zu sagen; nur eines stünde fest: er hieße auf keinen Fall Moritz, Lieschen oder Otto.

Selbstzitat I: An einen Mann in der Trambahn
(Aus: *Verteidigung der Wölfe.* Frankfurt 1957)
Wozu? Ich mag nichts wissen von dir, Mann
mit dem Wasseraug, mit dem Scheitel
aus Fett und Stroh, der Aktentasche voll Käse.
Nein. Du bist mir egal. Du riechst nicht gut.
Dich gibts zu oft. Im Treppenhaus dein Blick
hinter den Schaltern ist überall vor den Kinos,
ein Spiegel, mit gieriger Seife verschmiert.
Und auch du (nicht einmal Haß) drehst dich
zu den Nußbaumkommoden fort, zu Sophia Loren,

gehst heim voller Schweiß, voller Alpen-
veilchen und Windeln.

Ich habe nicht die geringste Ahnung, wer sie als erster verflucht hat, die Normalität; aber es sollte mich nicht wundern, wenn es ein Dichter gewesen wäre. (»Odi profanum vulgus et arceo« – das ist immerhin schon zweitausend Jahre her.) In diesem Fall war das, was er seinen Mitmenschen zu verstehen geben wollte, vermutlich das folgende.

Mich mit euch und euresgleichen in einem Atemzug zu nennen, fällt mir gar nicht ein. Bitte betrachtet mich in Zukunft als Außenseiter. Vornehm wie ich nun einmal bin, möchte ich die Frage offenlassen, ob ich nur außerhalb der Normalität stehe, oder ob ich über sie erhaben bin. Jedenfalls möchte ich euch bitten, der Tatsache Rechnung zu tragen, daß ich eine gefährliche, heilige, subversive Person bin, die keinesfalls bereit ist, sich an eure Gewohnheiten, Regeln, Abmachungen zu halten. Ihr liebt die Sicherheit, ich liebe das Risiko; ihr gebt euch zufrieden mit dem *common sense*, mir ist nach einem weit, weit höheren Sinn zumute. Und bitte, wenn euch das nicht paßt, so könnt ihr mich ja mit eurer niedrigen Rachsucht, euerm heimlichen Neid verfolgen, ihr könnt mich steinigen oder vergiften. Tut euch in dieser Hinsicht nur keinen Zwang an. Indem ihr mich anders behandelt als die andern, und wäre es auch schlimmer, liefert ihr selbst den Beweis – falls es eines Beweises noch bedurft hätte –, daß ich nicht zu euch, den gewöhnlichen Leuten, gehöre.

Soweit die Rede des hypothetischen, unbekannten Autors, der das Außenseiter-Spiel erfunden hat. Wie alle guten Erfindungen, so hat sich auch die seinige rasch herumgesprochen, und es ist, wenn ich mir diesen Ausdruck erlauben darf, normal, daß der Einzigartige mit seinem Eigentum nicht lange allein blieb. Schüler hef-

teten sich an seine Fersen, Nachahmer, Fans, die es alle miteinander ablehnten, zum profanen Volk zu gehören, und die es für eine Beleidigung hielten, wenn ihnen jemand auf den Kopf zusagte, daß sie Ganz Normale Leute seien.
Im Lauf der Zeit wurde die Situation immer kritischer. Es bildeten sich nämlich ganze Schulen, Cliquen, Fraktionen und Parteien, die für sich in Anspruch nahmen, daß sie außerhalb jeder Normalität stünden. Eigene Kneipen mußten her, eigene Klubs, Verlage, Ausstellungen, Zeitschriften, Museen, Feriendörfer, Kleiderläden, Restaurants. Ganze Pulks von Bohemiens, Décadents und Dadaisten bevölkerten die Boulevards. Bei diesem Gedrängel konnte es naturgemäß nicht immer friedlich zugehen. Es kam zu erbitterten Streitereien über die Frage, wer sich am eifrigsten von der Normalität losgesagt hatte, wer den anderen unähnlicher wäre als alle anderen. Mit zunehmender Konkurrenz stiegen die Ansprüche. Der Zwang zur Übertreibung brachte leider Gottes eine gewisse Hysterie mit sich. Der Kampf der Einzigartigen wurde dadurch verschärft, daß die Schiedsrichter mit der Stoppuhr auftraten. Es ging jetzt nicht mehr bloß um die Frage, wer einzigartiger, militanter, extremer war als die andern, sondern auch darum, wer schneller war in seiner Abweichung, in seiner Differenz. Nicht *daß* einer einen ganzen Roman schrieb, ohne den Buchstaben *e* zu verwenden; nicht *daß* einer in eine Dose schiß und sein Werk in die führenden Museen der Welt brachte, war ausschlaggebend, sondern ob er diese Leistung früher erbrachte als die Konkurrenz. Da ging es natürlich nicht ohne Rippenstöße ab. Immer mehr Teilnehmer fanden sich auf der Aschenbahn der Avantgarde ein, und der Lärm nahm zu. Gleichzeitig wurden die Verfolgungen immer knapper; der Welt auf den Wecker zu gehen wurde zunehmend schwieriger; immer mehr Zuschauer

wandten sich achselzuckend von den Wettkämpfen ab.
»Dieser Roman ist eine Provokation!« – »Diese Inszenierung ist ein radikaler Versuch, mit eingefahrenen Verhaltensmustern zu brechen.« – »Diese Ausstellung ist ein Verstoß gegen die Sehgewohnheiten des Publikums.« Das Publikum nimmt all diese Provokationen, Brüche und Verstöße mit unerschütterlicher Gelassenheit hin, ebenso wie die Werbespots, die ein völlig neues Duschgefühl, Fahrgefühl, Zahnputzgefühl verheißen.

Aber auch abgesehen von solchen Paradoxien, in die sie ihr eigener Erfolg verwickelte – für sich allein hätten es die Künstler nie geschafft, die Normalität in die Ecke zu treiben und ihren Ruf so nachhaltig zu schädigen, daß sie für Millionen von Menschen, als eine Art von sozialem Mundgeruch, zum Stigma wurde. Aber inzwischen waren ganz andere Leute auf den Geschmack gekommen, Leute, denen weniger harmlose Mittel zur Verfügung standen als Pinsel oder Schreibmaschinen. Auch in der Politik tauchten im neunzehnten Jahrhundert Leute auf, die ganz vorne dran sein wollten, die das Risiko liebten, die das Bedürfnis hatten, den anderen, den normalen Dutzendmenschen zu zeigen, was eine Harke, was der Fortschritt, was die Befreiung ist, das wahre Deutschland, der historische Augenblick, die große Zukunft, die klassenlose Gesellschaft, die Mission des Weißen Mannes, das Reich der Freiheit usw. usw. Dazu war es nun allerdings nötig, den Dutzendmenschen, dieses Gewohnheitstier, diesen trägen, stumpfen, stinknormalen Jedermann aus seinem Trott zu reißen, und das war keine Kleinigkeit. Dazu waren eben Leute nötig, die keine Konformisten waren, Außenseiter, Ausnahme-, um nicht zu sagen, Übermenschen. Denn so wie die Dinge lagen, konnte die Idee

des Sozialismus beispielsweise nur von außen in die Arbeiterklasse hineingetragen werden (Lenin), und auch wenn es um das Schicksal Deutschlands oder darum ging, die Segnungen der Zivilisation und des technischen Fortschritts in irgendeinen dunklen Erdteil zu bringen, mußten Führernaturen her; von sich aus wäre der Herdenmensch, der Kleine Moritz, der normale Mensch nie auf eine solche Idee gekommen.
Ohne Erziehungsdiktatur war nichts zu machen, ohne einen gewissen Apparat waren so enorme Projekte aussichtslos. Es kam darauf an, dem Sinn der Geschichte nachzuhelfen, und in der Wahl ihrer Mittel durften die Wenigen, die über den Tag hinaus dachten, keinesfalls zimperlich sein. Allerdings zeigte sich auch hier, daß das Außenseitertum zu einer sonderbaren Dynamik neigt. In kurzer Zeit wimmelte es in ganz Europa von Übermenschen. Millionen von Führernaturen und Extremisten machten sich gegenseitig den Platz an der Spitze der historischen Kohorten streitig, lieferten sich Propaganda- und Straßenschlachten, und versuchten, die schweigende Mehrheit zum Mitbrüllen zu veranlassen, letzten Endes mit abnehmendem Erfolg.

Der Obergefreite Mollenhauer aus Bad Schwalbach, erlernter Zivilberuf: Heimarbeiter, außergewöhnlich schlechter Schütze und wegen Asthma-Neigung nur bedingt fronttauglich, lernte während des Zweiten Weltkrieges in der Etappe Haare zu schneiden, führte stets Scheren, Kämme, Rasierseifen, Messer, Kölnisch Wasser bei sich. Allseitig geschätzt, auch beim Regimentsstab. Wurde Juni 1942 mit der 29. Infanterie-Division in den Raum Charkow verlegt, später Stalingrad. Nach dem Ableben des Uffz. Schäufele aus Eßlingen (Steckschuß) der einzige Friseur im Kessel. Letzter Haarschnitt: Generalfeldmarschall von Paulus am 22. Januar 1943. Im Befehlsbunker minus acht Grad

Kälte (Brennstoffmangel). Heimkehr 1956 nach dreizehn Jahren Kriegsgefangenschaft in verschiedenen Lagern, zuletzt bei Ufa (Baschkirische Sowjetrepublik), wo ihm seine handwerklichen Fähigkeiten zugute kamen.
1956-1959 »Wiederaufbau«. Heute besitzt Mollenhauer in Bad Schwalbach einen Frisiersalon, geführt von seinem Schwiegersohn, eine Drogerie und ein Einfamilienhaus mit Einliegerwohnung im Verkehrswert von DM 645 000 (Belastungen in Abt. I des Grundbuches: Keine). Mollenhauer ist CDU/CSU-Wähler. Auf die Frage nach dem wichtigsten Erlebnis in seinem Leben antwortet er: »In meinem Leben gab es keine wichtigen Erlebnisse, ich hatte Glück, das ist alles.«

Der »normale Mensch« ist kaum wichtig für uns; ich möchte fast sagen, man kann ihn streichen ... Der »normale Mensch« (das Wort macht mich rasend), das ist jener Rückstand, jener Urstoff, der nach dem Schmelzvorgang, wenn das Besondere sich verflüchtigt hat, auf dem Boden der Retorten zurückbleibt. (André Gide, *Paludes*, Paris 1895.)

Selbstzitat II: Über die Schwierigkeiten der Umerziehung
(Aus: *Gedichte 1955-1970*. Frankfurt 1971)

Wenn es um die Befreiung der Menschheit geht
laufen sie zum Friseur.
Statt begeistert hinter der Vorhut herzutrippeln
sagen sie: jetzt wär ein Bier gut.
Statt um die gerechte Sache
kämpfen sie mit Krampfadern und mit Masern.
Im entscheidenden Augenblick
suchen sie einen Briefkasten oder ein Bett.
Kurz bevor das Millennium ausbricht
kochen sie Windeln.

An den Leuten scheitert eben alles.
Mit denen ist kein Staat zu machen.
Ein Sack Flöhe ist nichts dagegen.
Kleinbürgerliches Schwanken!
Konsum-Idioten!
Überreste der Vergangenheit!
Man kann sie doch nicht alle umbringen!
Man kann doch nicht jeden Tag auf sie einreden!
Ja wenn die Leute nicht wären
dann sähe die Sache schon anders aus.
Ja wenn die Leute nicht wären
dann gings ruckzuck.
Ja wenn die Leute nicht wären
ja dann!

Wenn es etwas Armseligeres gibt als die Verachtung der Normalität, dann ist es ihre Anbetung. Da die eine dieser Attitüden nur die Kehrseite der andern ist, nimmt es nicht wunder, daß sie meistens auf demselben Mist wachsen. Der Versuch, die Normalität zu glorifizieren, ist nicht nur ein logischer Nonsense, weil jeder Heiligenschein seinen Sinn verliert, wenn er zur normalen Kopfbedeckung wird; er ist auch eine politische Lüge mit ungewöhnlich kurzen Beinen. Demagogen, Populisten, Besserwisser haben stets behauptet, das einfache Volk sei edel, der Mensch gut, der biedere Landmann unverdorben, und was dergleichen Albernheiten mehr sind.
Der normale Mensch fällt auf solche Anbiederungsversuche selten herein, und die wohlfeile Ironie, mit der ein Geistesfürst von den Wonnen der Gewöhnlichkeit spricht, durchschaut er auf Anhieb. Ein ähnliches Los ist dem Proletkult beschieden gewesen, der keimfreien »Arbeiterliteratur« und den Öldrucken, die der Sozialistische Realismus hervorgebracht hat. Normal ist nicht nur die Frühstückssemmel, sondern auch der

Ehekrieg; nicht nur der Hausschuh, sondern auch das Massaker in der Tagesschau; nicht nur die Gesundheit, sondern auch der Tod im Krankenhaus; nicht nur der Gummibaum, sondern auch das Fließband; nicht nur die Gemütlichkeit, sondern auch Furcht und Zittern.

Oberpostrat Thalmayrs Projekt.
Im Jahre 1923 sind in Deutschland mehrere tausend Frauen damit beschäftigt, telephonische Fernverbindungen zu vermitteln. Der Ortsverkehr ist zu diesem Zeitpunkt bereits zu einem erheblichen Teil automatisiert (Drehwähler System Strowger). Dipl. Ing. Thalmayr, damals Telegraphen-Direktor, einunddreißigjährig, ledig, Monatsgehalt Rentenmark 414 plus Ortszuschlag, wird mit einer Untersuchung beauftragt, die zum Ziel hat, die technischen Möglichkeiten und Probleme der automatischen Fernwahl zu erkunden. Ende 1924 installiert er im Fernsprechamt Freising (Obb.) die erste Versuchsschaltung Süddeutschlands zwischen zwei Knotenamtsbereichen, damals allerdings noch mit verdeckter Kennziffer.
1957, einen Tag vor seiner Pensionierung – seine zwei Söhne aus zweiter Ehe haben inzwischen ihr Hochschulstudium abgeschlossen, und er verdient nun als Oberpostdirektor laut Besoldungsordnung DM 1720 –, eröffnet Thalmayr die Netzgruppe Cham (Oberpfalz). Zur Anwendung kommen die neuesten EMD-Aggregate der Firma Siemens. Damit ist das letzte bayerische Ortsnetz an den Selbstwählverkehr angeschlossen.
Thalmayrs Lebenswerk, auf dem Höhepunkt der Inflation begonnen, wurde durch vier politische Systeme hindurch vorangetrieben: Weimarer Republik, Drittes Reich, US Military Government, Bundesrepublik Deutschland. Seine Gesamtkosten, zu Preisen von 1981, lassen sich grob auf 28 Milliarden DM schätzen.

Behinderungen ergaben sich aus der Finanzkrise von 1923/24, aus der Weltwirtschaftskrise von 1929/31 (Notverordnungen), aus den Rüstungsprioritäten des Vierjahresplans 1936 und der Kriegswirtschaft 1939/45. Störend wirkten sich auf Thalmayrs Arbeit ferner aus: der Bombenkrieg (1942/45) und die Produktionsbeschränkungen in der elektrotechnischen Industrie (1945/49, Materialmangel, Demontagen).
Thalmayr trat 1934 der NSDAP bei. Politische Aktivitäten: keine. 1941 uk. gestellt. Einen Führerbefehl vom Februar 1945, sein eigenes Lebenswerk in die Luft zu sprengen, hat Thalmayr sabotiert. Er wurde am 3. März 1945 von der Gestapo verhaftet und am 21. April 1945 von amerikanischen Truppen befreit. Im Juni desselben Jahres wegen seiner Mitgliedschaft in der NSDAP zum Telegraphenarbeiter degradiert, konnte Thalmayr seine Arbeit gleichwohl fortsetzen. Er wurde 1946 als Mitläufer eingestuft und 1952 zum Oberpostrat befördert.
Nach der Einweihung des Knotenamts Cham, die Feier fand in Anwesenheit des zuständigen Staatssekretärs im »Randsberger Hof« statt, gewährte Thalmayr einem Mitarbeiter des *Oberpfälzer Boten* ein Interview. Das Gespräch wandte sich auch den historischen Bedingungen seiner Arbeit zu. Auf die Frage, wie er die gesellschaftliche Bedeutung seines Projekts einschätze, antwortete Thalmayr: »Telephonieren wollen sie alle.«

Jede gesellschaftliche Norm – claro! – hat einen sozialen Ort, der sich bestimmen läßt. Aber für Normalität überhaupt – darauf möchten wir Gift nehmen – läßt sich ein solcher Ort nicht angeben. Sie ist zwar immer schon vorgeprägt – wovon wohl? Von Klassenvorurteilen, Minderwertigkeitsgefühlen, Projektionen, Ressentiments. Na also! Ohne diese Eselsbrücken wüßten wir ja nicht einmal zu sagen, was wir normal finden und was nicht. Aber Moment mal! Das bedeutet noch lange nicht, daß sich die Kategorie der Normalität auf das Klassenverhältnis reduzieren ließe. Naja, Kategorie ist vielleicht zuviel gesagt. Jedenfalls, daß der Hochadel sich prügelte, besoff und um Spielschulden stritt; daß sich unsere Original- und Kraftgenies nach getaner Arbeit die Strümpfe stopften; daß sich die bayerischen Bauern strenger an ihre Etikette hielten als ihr König; und daß die revolutionäre Arbeiterbewegung Deutschlands auf den vorehelichen Geschlechtsverkehr gar nicht gut zu sprechen war: bitte sehr, das war doch alles ganz normal. Es hilft alles nichts, Normalität kommt in den besten Kreisen vor. Und daß die Intelligenz der gewöhnlichen Leute nur durch die Gewöhnlichkeit der Intellektuellen übertroffen wird, das dürfte sich doch auch in Akademikerkreisen herumgesprochen haben. Ebenso klar ist es zumindest den Eingeweihten, wo sich die Normalität in ihrer nacktesten, schamlosesten Form studieren läßt: bei denen, die sich für Außenseiter halten.

Deshalb erheben wir uns jetzt von den Stühlen und verkünden in erster Instanz das folgende Urteil: Jeder, der die Rätsel der Normalität erforschen will, wird dazu verurteilt, in den Spiegel zu blicken. Aus der Urteilsbegründung zitieren wir: Der Grundsatz, dem zufolge die Normalität stets in der Mehrheit ist, gilt nicht nur im objektiven, sondern auch im subjektiven Sinn. Nach der allgemeinen Lebenserfahrung kann dabei von der Gültigkeit der 95 %-Klausel ausgegangen werden. Ein Zwanzigstel Abweichung, meine Lieben, ist bereits das Höchste der Gefühle. In eurer eigenen Brust sollt ihr, je nach Klassenlage, Beruf, Alter, Herkunft, Geschlecht, Status und Milieu wiederfinden, was ihr vergeblich versucht zu ignorieren, zu verleugnen, von euch abzuspalten: Vorräte an Normalität, die unermeßlich, unerschöpflich, unentrinnbar sind. Seid doch froh! möchten wir hinzufügen, bevor ihr nun eine beleidigte Miene aufsetzt, ihr Einzigartigen. Solange noch ein Rest von *common sense* in euch glüht, solange ihr ganz gewöhnlich als träge Masse durch den Alltag stolpert, seid ihr nicht ganz verloren. Alles in allem ist euch eine gewisse Menschenähnlichkeit nicht abzusprechen.

RA Weinert, in Strafsachen ein Anfänger, stellt bald nach seiner Zulassung fest, daß seine Mandanten, Zuhälter, Einbrecher, Trickbetrüger, großenteils vorbestraft, einer ganzen Reihe von Vorrechten ungeachtet, die die Strafprozeßordnung jedem Untersuchungshäftling einräumt, darauf bedacht sind, das Verfahren auf jede mögliche Weise abzukürzen. »Nichts wie raus hier!« – dies, obwohl die U-Haft automatisch auf die Freiheitsstrafe angerechnet wird.
Weinert kann sich das nicht erklären und fragt den Kollegen Bachmann, einen alten Hasen. »Stellen Sie sich vor, Weinert, Sie ziehen in ein Mietshaus ein und stellen fest, daß die Parteien alle paar Tage wechseln. Ständige Unruhe im Haus, keine Ahnung, wer nebenan wohnt und wen Sie im Aufzug treffen, außerdem dauernde Schnüffeleien von seiten des Hausbesitzers, der Nachbarn, der Hausmeistersfrau usw.«
Weinert erwidert, das sei doch kein Vergleich. »Wieso nicht? Der Knast ist für unsere Klientel eine Art Zuhause. Es gibt dort alte Bekannte, feste Regeln für alles, der Handel blüht, es entwickeln sich Feindschaften, Freundschaften, Hackordnungen, Gegengeschäfte, liebe Gewohnheiten, bewegliche Feste ... In gewisser Weise kann Ihnen, wenn die Sache erst mal rechtskräftig ist, nichts mehr passieren: keine Verhöre mehr, keine Ungewißheit, kein Richter, kein Staatsanwalt, keine Polizisten. Mit einem Wort, man weiß, wie man dran ist.

Immerhin etwas! Mehr als Sie glauben, Herr Kollege!«

Drei Strategien der Normalität.

1. Das Schweigen. Es sind immer nur Minderheiten, die sich öffentlich äußern. Die Mehrheit, jede Mehrheit, schweigt. Es ist schwer, es ist strenggenommen unmöglich zu sagen, inwiefern sie von dem, was die Minderheit sagt, überhaupt Notiz nimmt. Lehnt sie alles ab, was sie hört, sieht und liest? Ablehnung wäre schon zuviel gesagt. Es handelt sich eher um eine spezielle, hochtrainierte Form des Ignorierens, um eine Wahrnehmung Als Ob, um ein beinah ironisches Ein- und Ausklammern, einen stillschweigenden Vorbehalt, der letzten Endes unzerbrechlich ist.

Das schmerzt natürlich alle, die »etwas zu sagen haben«, die Politiker und die Meinungsmacher, die Erzieher und Werber, die Künstler und Prediger. Obwohl die Mehrheit sie im großen und ganzen duldet, sie sogar, ohne zu rebellieren, füttert, um nicht zu sagen mästet, finden sie es doch störend, daß die Mehrheit ihre Äußerungen überhört, an sich abgleiten läßt. Die »träge Masse« winkt einfach ab. Sie hört zum Beispiel: »Seite an Seite mit der ruhmreichen Sowjetunion«, oder: »Der Volks-Computer ist da« – und antwortet, wenn überhaupt: »Entschuldigen Sie bitte, aber erst muß ich die Flasche für meinen kleinen Tommy heiß machen.« Auf das Stichwort Menschheitstraum kriegt man zu hören: »Schon möglich, aber meine Rente ...« Sagt man »No future« oder »Apokalypse«, so muß man damit rechnen, daß die Mehrheit, nach einem höflichen Kopfnicken, das Thema wechselt und sich der Frage zuwendet, was in letzter Zeit mit Borussia Mönchengladbach los ist.

Weil das verdammt ärgerlich ist, werden massenhaft Fragebogen ausgeteilt, Versammlungen einberufen,

Umfragen veranstaltet: »Wären Sie bereit, Opfer für künftige Generationen zu bringen? Würden Sie eine blaue Zahnpasta kaufen? Wie viele Bücher haben Sie im letzten Jahr gelesen? Welche Stellung bevorzugen Sie beim Koitus? Wen würden Sie wählen, wenn am kommenden Sonntag Bundestagswahlen stattfänden?« Ausweichende Redensarten, maulfaule Lügen, raffinierte Formen des Schweigens sind die Antwort. (Ein Drittel aller Befragten bestätigte im vergangenen Jahr einem demoskopischen Institut bereitwillig die Popularität und den hohen Bekanntheitsgrad eines namentlich genannten Bonner Ministers, der nie existiert hat.)

Sie können einem schon leid tun, die eifrigen opinion makers, die tagaus tagein den Trend ansagen, Parolen ausgeben, die Neueste Stimmung beschwören, Überzeugungen verkaufen, Mode machen, Appelle richten, verkünden was Sache ist. Fünfundsechzig Jahre Manipulation, Schulung, Zensur, Informationsmonopol in der Sowjetunion, der Traum aller Erziehungsdiktatoren, und was ist das Resultat? Ein unmerkliches Achselzucken, ein resignierter Zug um die Mundwinkel, ein unüberwindliches Schweigen. Dieses silentium populi ist die Grenze aller Bewußtseinsindustrie, aller Medien, aller Propaganda.

2. Die Regression. Die Vorliebe für den Gartenzwerg und für den Flipper, für die Kegelbahn und das Haschischpfeifchen, für Disco, Horoskop und Suzuki ist nicht, wie die Aufklärer glaubten, selbstverschuldete Unmündigkeit oder planmäßige Verblödung wehrloser Massen. Hier schreit kein historischer Rückstand danach, aufgeholt zu werden. Sondern die armen Opfer der Manipulation verbitten sich stumm aber energisch jede Belehrung. Um keinen Preis wollen sie sich emporziehen lassen auf eine höhere Stufe der Bil-

dung, des Geschmacks, des politischen Bewußtseins, d.h. dorthin, wo der jeweilige Sprecher vom Dienst steht.
Nicht aus Versehen, weil sie es nicht besser wüßte, wendet sich die Mehrheit dem Aberglauben, dem Sport und der Unterhaltung zu, sondern mit voller Absicht. Der Eskapismus ist eine wohldefinierte Strategie. Das Illusorische wird planmäßig und vorsätzlich aufgesucht. Die Regression ist ein Grundnahrungsmittel. Nicht obwohl, sondern weil sie nichts bedeutet, ist die *Bild-Zeitung* unentbehrlich; denn das Bedeutende, das, was wir Geschichte nennen, ist uns, in unserer Eigenschaft als Mehrheit, immer nur in einer Form entgegengetreten: als Zumutung.

3. Die Beharrlichkeit. Die guten und die schlechten Gewohnheiten der Normalität sind nur zum geringsten Teil ein Produkt jenes »Systems«, das auf der historischen Tagesordnung steht. Sie sind vor allem Sedimente, in denen sich eine unermeßlich alte Lebenserfahrung niedergeschlagen hat, im Guten und im Bösen. Die Normalität ist das kollektive Gedächtnis in seiner massivsten Form, und insofern ist sie immer veraltet. Darin liegt etwas Störendes, ein Skandal, der jeden zutiefst erbittern muß, der es darauf abgesehen hat, die Welt zu verändern. Im Munde derer, die etwas zu sagen haben, hat das Wort »Veränderung« im Lauf der letzten hundert Jahre ein eigentümliches Pathos angenommen, so, als wäre damit von vornherein etwas Wünschenswertes gemeint. Die Mehrheit ist sich da nicht so sicher; vermutlich hat sie sich, mit ihrem Elefantengedächtnis, wohl gemerkt, daß der Inhalt der rasenden Verwandlungen, die sie erlebt hat, oft genug katastrophal war.
Ihr Schweigen läßt sich auch als hinhaltender Widerstand gegen das schwindelerregende Tempo deuten,

in dem sich die sogenannte Lebenswelt verändert. Für alle, denen die durchgreifende Modernisierung ein inneres Bedürfnis ist, kann sich die Normalität des Alltags nur als überständiger Rest, als Hindernis darstellen, das so schnell wie möglich abgehobelt werden muß.

Dem steht die Renitenz der Mehrheit entgegen, eine Renitenz, die um so schwerer zu besiegen ist, da sie nicht in irgendeiner Idee wurzelt, sondern durchaus materiell, um nicht zu sagen materialistisch operiert. Wie beharrlich die Normalität ihre Ziele verfolgt, das kann man ziemlich gut an einem naheliegenden Beispiel zeigen. Der deutsche Faschismus läßt sich als ein großangelegter Versuch verstehen, reinen Tisch zu machen. Am Ende des Zweiten Weltkriegs schien dieses Experiment gelungen: das ganze Land war eine tabula rasa. Daß die Rechnung Hitlers (und Morgenthaus) dennoch nicht aufgegangen ist, daran sind die Trümmerfrauen, Heimkehrer, Ami-Fräuleins, Kellerkinder, Schwarzhändler, Persilscheinbesitzer, Kohlenklaus, Bastler, Schrebergärtner und Häuslebauer schuld, eine schweigende Mehrheit, die darauf bestand, Deutschland wiederherzustellen.

Unseren Gesellschaftswissenschaften, die an ihrer Kolonisierung bisher noch immer gescheitert sind, muß die Normalität als ein dunkler Kontinent erscheinen, als ein unerforschlicher Schwarzer Körper, der das Licht der Neugier, der Kritik und der herrschenden Vernunft verschluckt. Die Normalität ist eine defensive Kraft, aber sie ist unfähig, zu resignieren. Mit Meinungen, Weltanschauungen, Ideologien ist ihr nicht beizukommen.

In ihrem kleinen Leben – aber kann Leben etwas Kleines sein? – stecken enorme Reserven an Arbeitskraft, Schlauheit, Hilfsbereitschaft, Rachsucht, Widerspenstigkeit, Energie, Umsicht, Mut und Wildheit. Die Angst vor der Zukunft ist nicht ihre Stärke. Sofern die Gattung fähig ist zu überleben, wird sie ihre Fortdauer vermutlich nicht irgendwelchen Außenseitern verdanken, sondern ganz gewöhnlichen Leuten.

Middle Class Blues

Wir können nicht klagen.
Wir haben zu tun.
Wir sind satt.
Wir essen.

Das Gras wächst,
das Sozialprodukt,
der Fingernagel,
die Vergangenheit.

Die Straßen sind leer.
Die Abschlüsse sind perfekt.
Die Sirenen schweigen.
Das geht vorüber.

Die Toten haben ihr Testament gemacht.
Der Regen hat nachgelassen.
Der Krieg ist noch nicht erklärt.
Das hat keine Eile.

Wir essen das Gras.
Wir essen das Sozialprodukt.
Wir essen die Fingernägel.
Wir essen die Vergangenheit.

Wir haben nichts zu verheimlichen.
Wir haben nichts zu versäumen.
Wir haben nichts zu sagen.
Wir haben.

Die Uhr ist aufgezogen.
Die Verhältnisse sind geordnet.

Die Teller sind abgespült.
Der letzte Autobus fährt vorbei.

Er ist leer.

Wir können nicht klagen.

Worauf warten wir noch?

Der Angestellte

Nie hat er jemanden umgebracht. Nein,
er wirft aus Versehen Flaschen um.
Er möchte gern, schwitzt, verliert
seinen liebsten Schlüssel. Immerzu
erkältet er sich. Er weiß, daß er muß.
Er mutet sich Mut zu, er gähnt,
er tupft seinen Gram auf den Putz.
Er denkt, lieber nicht. Eingezwängt
in zwei Schuhe, beteuert er bleich
das Gegenteil. Ja, er meldet sich an
und ab. Das Gegenteil sagt er von dem,
was er sagen wollte. Eigentlich, sagt er,
eigentlich nicht. Der Anzug ist ihm zu eng,
zu weit. Seine Stelle schmerzt. Nein,
seine eigene Handschrift kann er schon längst
nicht mehr lesen. Er hat sich scheiden lassen,
vergebens. Kein Mensch ruft ihn an. Überall
juckt es ihn. Sein Kugelschreiber läuft aus,
beim besten Willen. Er ist öfters vorhanden,
in jedem Zimmer einmal, immer allein.
Er schneidet sich beim Rasieren. Ja,
er paßt nämlich immer auf, sonst
kann er nicht schlafen. Er schläft.
Alles meckert, alles was recht ist,
alles lacht über ihn. Er merkt nicht,
was los ist. Das merkt er. Sein Kopfweh
ist unpolitisch. Er stellt sich an,
er stottert schon wieder, verschluckt sich.
Was er vorhin hat sagen wollen, das hat er
vorhin vergessen. Er hat vergessen,
sich umzubringen. Beim besten Willen.
Heimlich lebt er. Nein, er darf nicht,
aber er müßte. Er hat keinen Krebs,

aber das weiß er nicht. Sein Hut schwitzt.
Es ist ihm noch nie so gut gegangen
wie jetzt. Eigentlich möchte er nicht,
aber er muß. Er weint beim Friseur. Ja,
er ist anstellig, er entschuldigt sich.
Ja, er schreibt, ja, er kratzt sich,
ja, er müßte, aber er darf nicht,
nein, seinen Jammer hat niemand bemerkt.

Lob des Analphabetentums

Sind geschriebene Wörter entbehrlich? Das ist die Frage. Wer sie aufwirft, muß über das Analphabetentum sprechen. Die Sache hat nur einen kleinen Haken. Der Analphabet ist nie zur Stelle, wenn von ihm die Rede ist. Er taucht einfach nicht auf, er nimmt unsere Behauptungen überhaupt nicht zur Kenntnis, er schweigt. Ich möchte deshalb seine Verteidigung übernehmen, auch wenn er mich damit keineswegs beauftragt hat.
Jeder dritte Bewohner unseres Planeten kommt ohne die Kunst zu lesen und ohne die Kunst zu schreiben aus. Rund gerechnet 850 Millionen befinden sich in diesem Fall, und ihre Zahl wird mit Sicherheit zunehmen. Sie ist eindrucksvoll, aber irreführend. Denn zum Menschengeschlecht gehören nicht nur die Lebenden und die Ungeborenen, sondern auch die Toten. Wer sie nicht vergißt, muß zu dem Schluß kommen, daß der Alphabetismus nicht die Regel, sondern die Ausnahme ist.
Nur uns, das heißt, einer winzigen Minderheit von Leuten, die lesen und schreiben, konnte es einfallen, Leute, die das nicht zu tun pflegen, für eine winzige Minderheit zu halten. In dieser Vorstellung zeigt sich eine Ignoranz, mit der ich mich nicht abfinden will.
Im Gegenteil: wenn ich sie in Betracht ziehe, so erscheint mir der Analphabet nachgerade als eine ehrwürdige Gestalt. Ich beneide ihn um sein Gedächtnis, um seine Fähigkeit, sich zu konzentrieren, um seine List, seine Erfindungsgabe, seine Zähigkeit, und um sein feines Ohr. Bitte unterstellen Sie mir nicht, daß ich vom guten Wilden träume. Ich spreche nicht von einem romantischen Phantom, sondern von Menschen, denen ich begegnet bin. Es liegt mir fern, sie zu idealisieren. Ich sehe auch die Enge ihres Gesichtskreises, ihren Wahn, ihren Starrsinn, ihre Eigenbrödelei.

Sie werden sich vielleicht fragen, wie ausgerechnet ein Schriftsteller dazu kommt, die Partei derer zu ergreifen, die nicht lesen können ... Aber das liegt doch auf der Hand! Weil es die Analphabeten waren, die die Literatur erfunden haben. Ihre elementaren Formen, vom Mythos bis zum Kinderreim, vom Märchen bis zum Lied, vom Gebet bis zum Rätsel, sind allesamt älter als die Schrift. Ohne mündliche Überlieferung gäbe es keine Poesie und ohne die Analphabeten keine Bücher.

Aber die Aufklärung, werden Sie mir entgegenhalten ... Einverstanden! ... Die Dumpfheit einer Tradition, welche die Armen von jedem Fortschritt ausschloß! ... Wem sagen Sie das? Das gesellschaftliche Unglück beruht nicht nur auf den materiellen, sondern auch auf den immateriellen Privilegien der Herrschenden. Es waren die großen Intellektuellen des Dixhuitième, die diesen Sachverhalt entdeckt haben. Daß das Volk unmündig sei, dachten sie, liege nicht nur an seiner politischen Unterdrückung und an seiner ökonomischen Ausbeutung, sondern auch an seiner Unwissenheit. Spätere Generationen haben aus diesen Prämissen den Schluß gezogen, daß die Fähigkeit, zu lesen und zu schreiben, zu einem menschenwürdigen Dasein gehört.

Diese folgenreiche Idee erfuhr freilich im Lauf der Zeit eine Reihe von bemerkenswerten Umdeutungen. Fast im Handumdrehen wurde der Begriff der Aufklärung durch den der Bildung ersetzt. »Für die Volksbildung«, so heißt es bei einem deutschen Pädagogen der napoleonischen Zeit, »macht die zweyte Hälfte des Achtzehnten Jahrhunderts Epoche. Die Kenntniß dessen, was dafür geleistet wurde, ist erfreulich dem Menschenfreund, ermunternd dem Priester der Kultur, und für den Geschäftsführer des Gemeinwesens höchst lehrreich.«[1]

Nicht alle Zeitgenossen waren mit ihm einverstanden. Ein anderer Volkserzieher schrieb über das Bücherlesen: »Entsteht nun daraus gerade nicht immer Aufstand und Revolution, so machts doch Unzufriedene und Mißvergnügte, die zu den Unternehmungen der gesetzgebenden und exekutiven Gewalt immer scheel sehen, und ihrer Landesverfassung nicht hold sind.«[2]
Das kommt uns bekannt vor. Die Angst vor der Aufklärung hat diese überlebt. Sie überwintert nicht nur in den Diktaturen des zwanzigsten Jahrhunderts, sondern auch in der westdeutschen Demokratie. Irgendein gesetzgebender oder exekutiver Trottel hat sich jedenfalls bei uns noch immer gefunden, der die Landesverfassung am liebsten außer Kraft setzen möchte, um sie vor den verderblichen Wirkungen gewisser Druckschriften zu schützen.
Aber auch die konservative Kulturkritik hat in den letzten zwei Jahrhunderten wenig dazugelernt. Sie läßt und läßt ihren warnenden Zeigefinger nicht sinken. »Warum«, so fragte sie sich schon zu Goethes Zeiten, »warum [soll] gerade für die verdorbenere Menschengattung vorzüglich geschrieben und gedruckt werden, die ewig belustiget, ewig geschmeichelt, ewig getäuscht sein will?«[3] »Die Folgen einer solchen geschmack- und gedankenlosen Lektüre sind ... unsinnige Verschwendung, unüberwindliche Scheu vor jeder Anstrengung, grenzenloser Hang zum Luxus, Unterdrückung der Stimme des Gewissens, Lebensüberdruß, und ein früher Tod.«[4] Ich zitiere aus diesen längst verschollenen Schriften, weil ihre Thesen bis auf den heutigen Tag herumspuken. Wer sich unsere kulturpolitischen Sonntagsreden und Podiumsdiskussionen anhört, muß den Eindruck gewinnen, daß uns im Lauf von zweihundert Jahren kaum ein neues Argument eingefallen ist.

Was allerdings das Projekt der Alphabetisierung betrifft, sind wir damit kräftig vorangekommen. Hier haben die Menschenfreunde, die Priester der Kultur und die Geschäftsführer des Gemeinwesens, so scheint es, durchschlagende Erfolge erzielt. Wer möchte Joseph Meyer widersprechen, einem der tüchtigsten Verleger des neunzehnten Jahrhunderts, der die Parole erfunden hat: Bildung macht frei! Die Sozialdemokratie erhob diese Losung zur politischen Forderung. Wissen ist Macht! Kultur für alle! Bis auf den heutigen Tag kämpft sie unverdrossen gegen das Bildungsprivileg und für die Chancengleichheit. Seit Bebel und Bismarck folgt eine Freudenbotschaft der andern. Die Analphabetenrate war in Deutschland schon 1880 auf unter ein Prozent gesunken. In manchen andern europäischen Ländern hat es etwas länger gedauert. Doch auch der Rest der Welt macht enorme Fortschritte, seitdem die UNESCO 1951 die Bekämpfung des Analphabetentums auf ihre Fahnen geschrieben hat. Mit einem Wort: Das Licht hat über die Finsternis gesiegt.

Unsere Freude über diesen Triumph hält sich in Grenzen. Die Botschaft ist zu schön, um wahr zu sein. Nicht weil ihnen danach zumute war, haben die Völker lesen und schreiben gelernt, sondern weil sie dazu gezwungen worden sind. Ihre Emanzipation war zugleich eine Entmündigung. Von nun an unterlag das Lernen der Kontrolle des Staates und seiner Agenturen: der Schule, der Armee und der Justiz. Als die Kinder von Ravensburg anno 1811 zu einer Preisverleihung antraten, wußten sie bereits ein Lied davon zu singen:

»Fleiß, Gehorsam sind die Pflichten,
Welche redlich zu entrichten
Gute Bürger sich bestreben:
Aber so nach Pflicht zu leben,

Prägen Schulen nur allein
In das Herz der Jugend ein.

Daß wir uns der Tugend weih'n,
Und so mancher Kenntniß freu'n,
Danken wir der Schul' allein;
Laßt uns ewig dankbar seyn.
Heil dem König, Heil dem Staat,
Wo man gute Schulen hat!«[5]

Der Zweck, den die Alphabetisierung der Bevölkerung verfolgte, hatte nichts mit Aufklärung zu tun. Die Menschenfreunde und die Priester der Kultur, die für sie eintraten, waren nur die Handlanger der kapitalistischen Industrie, die vom Staat verlangte, daß er ihr qualifizierte Arbeitskräfte zur Verfügung stellte. Um das Gute Wahre Schöne, von dem die patriarchalischen Verleger des Biedermeier sprachen und das ihre heutigen Nachfahren immer noch gern zitieren, ist es nie gegangen. Es handelte sich nicht darum, der »Schriftkultur« den Weg zu bahnen, geschweige denn, die Menschen aus ihrer Unmündigkeit zu befreien. Von einem ganz anderen Fortschritt war die Rede. Er bestand darin, die Analphabeten, diese »allerniedrigste Menschenklasse«, zu zähmen, ihnen ihre Phantasie und ihren Eigensinn auszutreiben und fortan nicht nur ihre Muskelkraft und ihr handwerkliches Geschick, sondern auch ihre Gehirne auszubeuten.[6]

Um den schriftlosen Menschen abzuschaffen, mußte man ihn jedoch erst einmal definieren, aufspüren und entlarven. Der Begriff des Analphabetentums ist nicht alt. Seine Erfindung läßt sich ziemlich genau datieren. Das Wort erscheint zum ersten Mal in einer englischen Schrift aus dem Jahre 1876 und breitet sich dann rasch über ganz Europa aus. Gleichzeitig erfindet Edison die Glühbirne und den Phonographen, Siemens die elek-

trische Lokomotive, Linde die Kältemaschine, Bell das Telefon und Otto den Benzinmotor. Der Zusammenhang liegt auf der Hand.
Im übrigen fällt der Triumph der Volksbildung in Europa mit der maximalen Entfaltung des Kolonialismus zusammen. Auch das ist kein Zufall. In den Lexika der Zeit ist die Behauptung nachzulesen, die Zahl der Analphabeten sei, »verglichen mit der Gesamtbevölkerung eines Landes, bezeichnend für den Kulturzustand eines Volkes«. »Derselbe [ist] am geringsten in den slaw. Ländern und bei den Schwarzen der Vereinigten Staaten von Amerika... Auf der höchsten Stufe stehen die... germ. Länder, die Weißen der Vereinigten Staaten von Amerika und der finn. Stamm.« Da darf auch der Hinweis nicht fehlen, daß »die Männer... durchschnittlich höher als die Frauen« stehen.[7]
Hier geht es nicht mehr um Statistik, sondern um Ausgliederung und Stigmatisierung. Hinter der Figur des Analphabeten zeichnet sich bereits die des Untermenschen ab. Eine kleine radikale Minderheit hat die Zivilisation für sich gepachtet und diskriminiert alle, die nicht nach ihrer Pfeife tanzen. Diese Minderheit läßt sich exakt bestimmen: die Männer herrschen über die Frauen, die Weißen über die Farbigen, die Reichen über die Armen, die Lebendigen über die Toten. Was die wilhelminischen »Geschäftsführer des Gemeinwesens« nicht ahnten, ihren Urenkeln, uns gebrannten Kindern müßte es klar sein: daß Aufklärung in Hetze münden, Kultur in Barbarei umschlagen kann.

Sie werden sich fragen, warum ich Sie hier mit Problemen beschäftige, die nur noch von historischem Interesse sind. Nun, diese Vorgeschichte hat uns inzwischen eingeholt. Die Rache der Ausgegrenzten entbehrt nicht einer schwarzen Ironie. Der Analphabetismus, den wir ausgeräuchert haben, ist, wie Sie alle wissen, zurückgekehrt, in einer Gestalt, der allerdings nichts Ehrwürdiges mehr anhaftet. Diese Figur, die längst die gesellschaftliche Bühne beherrscht, ist der sekundäre Analphabet.

Er hat es gut; denn er leidet nicht unter dem Gedächtnisschwund, an dem er leidet; daß er über keinen Eigensinn verfügt, erleichtert ihn; daß er sich auf nichts konzentrieren kann, weiß er zu schätzen; daß er nicht weiß und nicht versteht, was mit ihm geschieht, hält er für einen Vorzug. Er ist mobil. Er ist anpassungsfähig. Er verfügt über ein beträchtliches Durchsetzungsvermögen. Wir brauchen uns also keine Sorgen um ihn zu machen. Zu seinem Wohlbefinden trägt bei, daß der sekundäre Analphabet keine Ahnung davon hat, daß er ein sekundärer Analphabet ist. Er hält sich für wohlinformiert, kann Gebrauchsanweisungen, Piktogramme und Schecks entziffern und bewegt sich in einer Umwelt, die ihn hermetisch gegen jede Anfechtung seines Bewußtseins abschottet. Daß er an seiner Umgebung scheitert, ist undenkbar. Sie hat ihn ja hervorgebracht und ausgebildet, um ihren störungsfreien Fortbestand zu garantieren.

Der sekundäre Analphabet ist das Produkt einer neuen Phase der Industrialisierung. Eine Wirtschaft, deren Problem nicht mehr die Produktion, sondern der Absatz ist, kann keine disziplinierte Reservearmee mehr brauchen. Sie benötigt qualifizierte Konsumenten. Mit dem klassischen Produktionsarbeiter und Büroangestellten wird auch das rigide Training überflüssig, dem sie unterworfen waren, und das Alphabetentum wird zu einer Fessel, die es möglichst rasch abzustreifen gilt. Gleichzeitig mit dieser Problemstellung hat unsere Technologie auch die adäquate Lösung entwickelt. Das ideale Medium für den sekundären Analphabeten ist das Fernsehen.

Wahrscheinlich sind die meisten Theorien, die über diese Erscheinung aufgestellt worden sind, falsch. Ich weiß, wovon ich rede; denn es ist noch keine zwanzig Jahre her, daß ich den elektronischen Medien wunderbare emanzipatorische Möglichkeiten zuschrieb. Immerhin hatte eine solche Hoffnung, auch wenn sie unbegründet war, den Vorzug der Verwegenheit. Von den Betrachtungen eines amerikanischen Soziologen, die heute von sich reden machen, kann man das nicht behaupten: »Wenn ein Volk sich von Trivialitäten ablenken läßt, wenn das kulturelle Leben neu bestimmt wird als eine endlose Reihe von Unterhaltungsveranstaltungen, als gigantischer Amüsierbetrieb, wenn der öffentliche Diskurs zum unterschiedslosen Geplapper wird, kurz, wenn aus Bürgern Zuschauer werden und ihre öffentlichen Angelegenheiten zur Varieté-Nummer herunterkommen, dann ist die Nation in Gefahr – das Absterben der Kultur wird zur realen Bedrohung.«[8]

Nur die Terminologie hat sich verändert; ansonsten ist die Argumentation des Amerikaners von 1985 identisch mit der des braven Schweizers, der im Jahre 1795 einen *Appell an seine Nation* richtete, um sie vor dem drohenden Zusammenbruch der Kultur zu warnen. Selbstverständlich hat Mr. Postman mit seiner zentralen Behauptung recht, die da lautet: Fernsehen ist Quatsch mit Soße. Merkwürdig ist nur, daß er hierin einen Einwand zu sehen scheint. Der Tatsache, daß es schwachsinnig ist, verdankt das Fernsehen ja gerade seinen Charme, seine Unwiderstehlichkeit, seinen Erfolg. Noch sonderbarer ist ein anderer Tick, der an den Apologeten der Lesekultur zu beobachten ist. Es scheint ihnen im höchsten Grade darauf anzukommen, mit welchen Mitteln der Schwachsinn produziert wird. Erscheint er nämlich schwarz auf weiß gedruckt, so handelt es sich offensichtlich um ein Kulturgut; wird er dagegen über Antenne oder Kabel verbreitet, so ist die »Nation in Gefahr«. Tja, wer Kulturkritik für bare Münze nimmt, ist selber schuld.

Mir jedenfalls fällt es schwer, einer Kassandra zu glauben, deren Unkenrufe dazu dienen, ihren eigenen Umsatz zu verteidigen, noch dazu, wenn sie zugleich und blindlings nach neuen Absatzmärkten greift. Erinnern wir uns: es war ein Druckerzeugnis, die *Bild*-Zeitung, ein prophetisches Produkt, mit dem bewiesen worden ist, daß man die Abschaffung der Lektüre als Lektüre verkaufen und ein Print-Medium für sekundäre Analphabeten herstellen kann. Und natürlich sind es Verleger, die sich darum reißen, die Nation zu verkabeln, Satellitenkeulen zu schwingen und den Kontinent mit Programmen zu überziehen, aus denen jede Spur von Programm getilgt ist. Genau wie vor hundert Jahren, als es um die Alphabetisierung der Bevölkerung ging, können sie sich heute, wo es sich darum handelt, diese rückgängig zu machen, auf die Unterstützung des Staates verlassen. Dabei entspricht das Projekt der Zwangsverkabelung exakt dem »Schulzwang«, von dem damals die einschlägigen Gesetze sprachen. Es trifft sich gut, daß der Industrie als Gesprächspartner ein Minister zur Verfügung steht, der den Typus des sekundären Analphabeten selbst in wünschenswerter Deutlichkeit verkörpert.

Auch die staatliche Bildungspolitik wird sich auf die neuen Prioritäten einrichten müssen. Mit der Kürzung der Bibliotheksetats ist bereits ein erster Schritt getan worden. Auch im Schulwesen sind Neuerungen zu verzeichnen. Bekanntlich kann man heute acht Jahre lang in die Schule gehen, ohne Deutsch zu lernen, und auch an den Universitäten wird dieser germanische Dialekt allmählich zu einer nur mangelhaft beherrschten Fremdsprache.

Bitte glauben Sie nicht, daß mir daran gelegen wäre, gegen einen Zustand zu polemisieren, dessen Unvermeidlichkeit mir einleuchtet; ich gedenke ihn auch nicht zu bejammern; ich möchte ihn nur darstellen und, soweit mir das vergönnt ist, erklären. Die *raison d'être* des sekundären Analphabeten zu bestreiten wäre töricht, und es liegt mir fern, ihm seinen Platz an der Sonne und seine Belustigungen zu mißgönnen.

Dagegen ist es wohl erlaubt festzustellen, daß das historische Projekt der Aufklärung in dieser Hinsicht gescheitert ist. Was die Losung »Kultur für alle« betrifft, so nimmt sie sich nachgerade komisch aus. Noch weniger ist eine klassenlose Kultur in Sicht. Ganz im Gegenteil ist ein Zustand absehbar, in dem immer schärfer voneinander abgegrenzte kulturelle Milieus ausbilden, die keine gemeinsame Öffentlichkeit mehr kennen. Ich möchte sogar die Behauptung riskieren, daß sich die Bevölkerung immer deutlicher in kulturelle Kasten aufspalten wird. (Natürlich verwende ich diesen Terminus in deskriptiver Absicht, ohne systematischen Anspruch.) Diese Kasten lassen sich nicht mehr mit Hilfe des überlieferten marxistischen Modells beschreiben, dem zufolge die herrschende Kultur die Kultur der Herrschenden ist. Ökonomische Klassenlage und Bewußtsein treten immer mehr auseinander.

Dabei wird es in der Regel so sein, daß sekundäre Analphabeten die Spitzenpositionen in Politik und Wirtschaft besetzen. Es genügt in diesem Zusammenhang, auf den amtierenden Präsidenten der Vereinigten Staaten und auf den amtierenden Bundeskanzler zu verweisen. Umgekehrt kann man hierzulande, ebenso wie in den USA, mühelos ganze Scharen von Taxifahrern, Hilfsarbeitern, Zeitungsverkäufern und Sozialhilfeempfängern finden, die es mit ihrem überlegenen Problembewußtsein, ihren kulturellen Stan-

dards und ihren weitreichenden Kenntnissen in jeder anderen Gesellschaft weit gebracht hätten. Aber selbst eine solche Gegenüberstellung verfehlt noch den wirklichen Sachverhalt, der keine eindeutigen Zuordnungen mehr erlaubt; denn auch unter arbeitslosen Lehrern kann man Zombies, auch im Bundespräsidialamt Leute treffen, die nicht nur lesen und schreiben, sondern sogar produktiv denken können.
Das heißt aber auch, daß der soziale Determinismus in Fragen der Kultur ausgedient hat. Das sogenannte Bildungsprivileg hat seinen Schrecken verloren. Wenn die Eltern in beiden Fällen sekundäre Analphabeten sind, hat das Prominentenkind dem Arbeitersohn nichts mehr voraus. Welcher kulturellen Kaste einer angehört, hängt fortan eher von der eigenen Option als von der Herkunft ab.
Ich schließe aus alledem, daß sich die Kultur in unserem Land in einer völlig neuen Lage befindet. Den Anspruch auf Allgemeinverbindlichkeit, den sie stets erhoben, aber nie eingelöst hat, können wir vergessen. Die Herrschenden, in ihrer Mehrheit sekundäre Analphabeten, haben jedes Interesse an ihr verloren. Das hat zur Folge, daß sie keinem herrschenden Interesse mehr dienen muß und dienen kann. Die Kultur legitimiert nichts mehr. Sie ist vogelfrei, das ist immerhin auch eine Art von Freiheit. Eine solche Kultur ist auf ihre eigenen Kräfte angewiesen, und je eher sie das einsieht, desto besser.

Ach ja, die Frage, ob Sie einen Anachronismus ausgezeichnet haben – fast hätten wir sie vergessen! Nun, was die Literatur angeht, so ist sie, glaube ich, von den Veränderungen, die ich angedeutet habe, weniger betroffen, als es scheinen könnte. Sie war im Grunde immer eine minoritäre Angelegenheit. Wahrscheinlich ist sich die Zahl derjenigen, die mit ihr leben, im Lauf der letzten zwei Jahrhunderte relativ gleichgeblieben. Nur ihre Zusammensetzung hat sich verändert. Es ist längst kein Standesprivileg, aber auch kein Standeszwang mehr, sich mit ihr zu befassen. Der Sieg des sekundären Analphabetismus kann die Literatur nur radikalisieren: er führt einen Zustand herbei, in dem nur noch freiwillig gelesen wird. Wenn sie aufgehört hat, als Statussymbol, als sozialer Code, als Erziehungsprogramm zu gelten, dann werden nur noch diejenigen die Literatur zur Kenntnis nehmen, die es nicht lassen können. Das mag beklagen, wer will. Ich habe keine Lust dazu. Auch das Unkraut ist schließlich eine Minderheit, und jeder Stadtgärtner weiß, wie schwer es auszurotten ist. Die Literatur wird weiterwuchern, solange sie über eine gewisse Zähigkeit, eine gewisse List, die Fähigkeit, sich zu konzentrieren, einen gewissen Eigensinn und ein gutes Gedächtnis verfügt. Sie erinnern sich: Es sind dies die Eigenschaften des wahren Analphabeten. Vielleicht ist er es, der das letzte Wort behalten wird, denn er braucht kein anderes Medium als eine Stimme und ein Ohr.

Die Macht der Gewohnheit

Gewohnheit macht den Fehler schön.
Christian Fürchtegott Gellert

I

Gewöhnliche Menschen haben für gewöhnlich
für gewöhnliche Menschen nichts übrig.
Und umgekehrt.
Gewöhnliche Menschen finden es ungewöhnlich,
daß man sie ungewöhnlich findet.
Schon sind sie keine gewöhnlichen Menschen mehr.
Und umgekehrt.

II

Daß man sich an alles gewöhnt,
daran gewöhnt man sich.
Man nennt das gewöhnlich
einen Lernprozeß.

III

Es ist schmerzlich,
wenn der gewohnte Schmerz ausbleibt.
Wie müde ist das aufgeweckte Gemüt
seiner Aufgewecktheit!
Der einfache Mensch da z. B. findet es schwierig,
ein einfacher Mensch zu sein,
während jene komplexe Persönlichkeit
ihre Schwierigkeiten herleiert
wie die Betschwester den Rosenkranz.
Überall diese ewigen Anfänger,
die längst am Ende sind.
Auch der Haß ist eine liebe Gewohnheit.

IV

Das noch nie Dagewesene
sind wir gewohnt.
Das noch nie Dagewesene
ist ein Gewohnheitsrecht.
Ein Gewohnheitstier
trifft an der gewohnten Ecke
einen Gewohnheitsverbrecher.
Eine unerhörte Begebenheit.
Die gewöhnliche Scheiße.
Die Klassiker waren gewöhnt,
Novellen daraus zu machen.

V

Sanft ruhet die Gewohnheit der Macht
auf der Macht der Gewohnheit.

V
Das Falsche

Nicht Zutreffendes streichen

Was deine Stimme so flach macht
so dünn und so blechern
das ist die Angst
etwas Falsches zu sagen

oder immer dasselbe
oder das zu sagen was alle sagen
oder etwas Unwichtiges
oder Wehrloses
oder etwas das mißverstanden werden könnte
oder den falschen Leuten gefiele
oder etwas Dummes
oder etwas schon Dagewesenes
etwas Altes

Hast du es denn nicht satt
aus lauter Angst
aus lauter Angst vor der Angst
etwas Falsches zu sagen

immer das Falsche zu sagen?

Der Tote Mann und der Philosoph
Szenen nach dem Chinesischen des Lu Xun

Stimmen:
Zhuangzi, der Philosoph
Der Gott des Schicksals
Ein Toter Mann
Gendarm
Geisterstimmen

Man hört einen Reiter, der sich nähert. Das Pferd verlangsamt seinen Gang und bleibt stehen.

ZHUANGZI Hü, mein Alter! Vorwärts!

Das Pferd rührt sich nicht.

Kein Wunder, er will nicht mehr, der alte Klepper. Seitdem ich mein Haus verlassen habe, nirgends einen Tropfen Wasser. Wenn das so weitergeht, verdursten wir beide noch.

Pause.

He! Hilfe! Ist hier niemand?

Pause.

Weit und breit kein Mensch. Vielleicht hört mich jemand, dort hinten, wenn ich meine Pfeife hervorhole.

Er pfeift auf einer Trillerpfeife. Keine Antwort.

Wieder nichts! Also weiter!

Das Pferd setzt sich in Bewegung.

Allmählich habe ich es satt, Zhuangzi zu sein, der große Philosoph, denn das ist kein Vergnügen. Ohne Wasser, ohne Proviant nützt mir meine ganze Weisheit nichts in dieser wüsten Gegend. Ein Schmetterling müßte man sein.

Er reitet weiter.

Hier, eine Pfütze, ein Sumpf! Besser als gar nichts.

Er steigt vom Pferd. Er trinkt.

Das schmeckt ja miserabel. Heute abend wollte ich am Hof des Königs von Shi tafeln, bei Wein, Spanferkeln und frischen Melonen. Ich darf gar nicht daran denken. Und was ist das hier? Ein Schädel. Wie kommt der hierher?

Er trinkt.

Was für eine Brühe! Wie blank und sauber du aussiehst, alter Totenkopf! Was dich wohl hierher gebracht hat? War es die Habgier, war es die Feigheit, oder war es die Verachtung aller irdischen Dinge?

Er klopft an den Schädel.

Oder hast du dich ruiniert und konntest dich nirgends mehr sehen lassen, nicht einmal bei deinen Eltern, deiner Frau und deinen Kindern?

Er klopft.

Hast du dich am Ende selber umgebracht, alter Feigling?

Er klopft.

Oder bist du verhungert oder erfroren?

Er klopft.

Klingt hohl. Keine Antwort. Natürlich. Ein Totenkopf kann nicht reden. Ich glaube, ich bin hier der Dumme. Macht nichts. Das Königreich Shi ist weit, ich bin müde, mein Gaul will nicht mehr weiter. Ein kleiner Aufenthalt könnte nicht schaden. Außerdem bin ich neugierig, das ist mein Beruf. Ich glaube, ich werde den Gott des Schicksals rufen und ihn um einen Gefallen bitten. Er könnte diesen Unbekannten hier von den Toten auferstehen lassen. Das wäre eine kleine Unterhaltung in dieser Einöde. Wir könnten ein wenig plaudern, der Tote und ich, und dann könnte jeder seines Weges ziehen. Wer weiß, was dabei herauskommt. Probieren kostet nichts.

Das Pferd wiehert.

Ruhig, alte Kanaille! Ich spreche mit dem Gott des Schicksals. Paß auf!

Sei gegrüßt, o Gott des Schicksals! Zhuangzi ruft dich, der Philosoph, der Patriarch von Yuan!
Wind und fernes Heulen, das immer näher kommt. Das Pferd wiehert.

GEISTERSTIMMEN Zhuangzi, du elender Wurm! Was fällt dir ein! Dein Bart ist schon ganz eisengrau, und du bist immer noch voller kindischer Einfälle! Du solltest dich schämen. Nach dem Tod gibt es keine Jahreszeiten mehr, keine Herren und Diener, weder Zeit noch Raum. Nach dem Tod ist alles eins. Die Toten sind frei, freier als der Kaiser von China. Nicht einmal das hast du kapiert? Und so etwas will ein Philosoph sein! Du kannst froh sein, daß wir dir erscheinen, wir, die Geister, um dir einen guten Rat zu geben. Misch dich nicht in Dinge ein, die dich nichts angehen und die du nicht verstehst. Das ist unser guter Rat. Verschwinde! Geh nach Shi, wo du hingehörst, an den Hof des Königs. Laß dich füttern und halte den Mund.

ZHUANGZI Liebe Geister! Wenn hier jemand kindisch ist und sich einmischt in Dinge, die ihn nichts angehen und die er nicht versteht, dann seid ihr es! Obwohl ihr zu den Toten gehört, seid ihr voller Eigensinn und voller Launen. Ihr solltet es besser wissen. Denn der Tod ist das Leben, und das Leben ist der Tod. Die Herren sind Diener, und die Diener sind Herren. Ich bin zu den Quellen der Weisheit gewandert, denn ich bin ein Weiser, ein Philosoph. Also erzählt mir keine Märchen, denn das schickt sich nicht. Ihr seid schließlich Geister und keine alten Weiber.

GEISTERSTIMMEN Hüte dich, Zhuangzi! Wenn du so weitermachst, werden wir dich schön blamieren! Ganz China wird über deine Philosophie lachen, und der König von Shi wird dich von seiner Tafel jagen.

ZHUANGZI Ha! Ihr könnt mir gar nichts anhaben mit euern albernen Scherzen und teuflischen Grimassen! Seht ihr nicht, was ich mir an meinen Hut geheftet habe? Das ist ein Edikt des Königs von Shi. Er hat mich persönlich eingeladen. Ich pfeife auf eure Ratschläge! Was wollt ihr überhaupt von mir? Ich habe nicht euch gerufen, sondern den Gott des Schicksals. Das könnt ihr euch merken.

Heulen. Wind. Die Geister entfernen sich.

ZHUANGZI Sei gegrüßt, o Gott des Schicksals! Ich rufe und beschwöre dich!

Der Himmel ist blau, die Erde ist gelb,
die Welt ist wüst und durcheinander,
auf und unter gehn Sonne und Mond,
nur die Sterne rühren sich nicht.

Zhuangzi, der Patriarch von Yuan, ruft dich, o Gott des Schicksals. Erscheine!

Donner. Das Pferd wiehert. Musik.

SCHICKSALSGOTT Zhuangzi, was fällt dir ein! Warum rufst du mich? Hast du nicht Wasser gefunden für deinen Durst? Was willst du mehr? Bist du nie zufrieden?

ZHUANGZI Der König von Shi hat mich rufen lassen, deshalb mache ich diese weite Reise.

SCHICKSALSGOTT Das ist mir einerlei.

ZHUANGZI Aber unterwegs habe ich, hier, in dieser öden Gegend, einen Totenkopf gefunden, und weil das mein Beruf ist, habe ich über ihn nachgedacht. Vielleicht haben ihn seine Eltern zuhaus erwartet, oder seine Frau, oder seine Kinder. Er aber ist hier zugrunde gegangen, der Ärmste. Ich fragte ihn, was ihm zugestoßen sei, doch er wollte nicht antworten. Weil ich es aber über die Maßen gern wüßte, darum bitte ich dich, o Gott des Schicksals, gib ihm sein Fleisch und seine Haut zurück und laß ihn von den

Toten auferstehen, damit er mir sagen kann, was ihm passiert ist. Und wenn wir uns eine Weile unterhalten und ausgeruht haben, dann kann er meinetwegen nach Hause gehen.

SCHICKSALSGOTT Das ist ein starkes Stück. So etwas muß ich mir anhören von einem hergelaufenen Philosophen, der vorn und hinten nichts zu beißen hat und auf einem alten Karrengaul durch die Gegend reitet, damit ihm der König von Shi ein paar Brösel hinwirft. Und nur zum Zeitvertreib möchte er sich mit einem toten Mann unterhalten. Willst du dich über mich lustig machen? Ich bin immerhin der Gott des Schicksals. Bedenk: Leben und Tod liegen in meiner Hand, nämlich in der Hand des Schicksals. Und das Schicksal ist schließlich nicht dein Hampelmann.

ZHUANGZI Du irrst dich, ehrwürdigster aller Götter. Denn das Leben ist nicht das Leben, und der Tod ist nicht der Tod.

SCHICKSALSGOTT Was soll das heißen?

ZHUANGZI Ich will es dir erklären.

SCHICKSALSGOTT Du willst es mir erklären? Mir?

ZHUANGZI Hör zu. Eines Tages träumte mir, ich sei ein Schmetterling, und ich schwebte hierhin und dorthin, wo es mir gefiel. Doch als ich erwachte, war ich wieder Zhuangzi, der Weise, und ich hatte eine Unmenge von Sorgen und Schulden am Hals. Und nun frage ich dich, wer ich eigentlich gewesen bin: Zhuangzi, dem es träumte, er sei ein Schmetterling, oder ein Schmetterling, dem es träumte, er sei Zhuangzi?

SCHICKSALSGOTT Ein schönes Durcheinander!

ZHUANGZI Verstehst du jetzt, was ich meine? Wie können wir wissen, ob dieser Totenkopf hier tot oder lebendig ist? Vielleicht bin ich, Zhuangzi, der Tote, und dieser hier reitet munter durch die Gegend, unterwegs zu irgendeinem König, der ihn zu sich gerufen hat.

SCHICKSALSGOTT Und wie willst du das herausfinden?

ZHUANGZI Es käme auf einen Versuch an.

SCHICKSALSGOTT Was für ein wirres Zeug du redest.

ZHUANGZI Wenn du versuchst, ihn zum Leben zu erwecken, dann kann zweierlei passieren, je nachdem.

SCHICKSALSGOTT Je nach wem?

ZHUANGZI Entweder er war lebendig, dann wird er sterben, oder er war tot, dann wird er lebendig werden. Ehrwürdigster aller Götter, warum tust du mir nicht den Gefallen und versuchst es? In den alten Schriften heißt es, der Mensch solle Verständnis und guten Willen zeigen. Wenn man das aber schon von gewöhnlichen Sterblichen verlangt, sollte es da nicht erst recht für die Götter gelten?

SCHICKSALSGOTT Ja, wenn es darum geht, das Blaue vom Himmel herunter zu schwätzen und aus der Weisheit einen Risotto zu machen, da bist du der Größte. Doch einen Toten wieder lebendig machen, das kannst du nicht. Du bist eben ein Mensch und kein Gott. Aber dafür hast du mich zum Lachen gebracht, und deshalb ... Also gut. Meinetwegen!
Donner. Der Gott entfernt sich. Musik.

TOTER MANN Was ist passiert? Wo bin ich?

ZHUANGZI Sei gegrüßt, mein Lieber.

TOTER MANN Was ist los? Und wer bist du?

ZHUANGZI Ganz einfach. Du bist ein toter Mann. Das heißt, du warst ein toter Mann. Und jetzt werden wir ein bißchen plaudern. Ich bin neugierig, woran du gestorben bist.

TOTER MANN Was soll denn das heißen, gestorben? Eingeschlafen bin ich. Und jetzt bin ich aufgewacht. Aber was willst du eigentlich? Und wo sind meine Kleider? Meine Kleider sind weg!

ZHUANGZI Vor allem darfst du deine Gelassenheit nicht verlieren. Das ist das Allerwichtigste. Denn ohne Gelassenheit kannst du den Pfad der Weisheit nicht finden.

TOTER MANN Ich will meine Kleider wieder haben! Meinen Schirm!

ZHUANGZI Was für einen Schirm?

TOTER MANN Es war ein brauner Schirm aus Baumwolle.

ZHUANGZI Immer mit der Ruhe. Alles der Reihe nach. Kaum bist du von den Toten auferstanden, da schreist du schon nach deinem Schirm. Der ist gewiß längst zu Staub zerfallen, dein Schirm, oder es hat ihn jemand mitgenommen.

TOTER MANN Aber ich bin splitterfasernackt, und du willst mit mir plaudern! Wer bist du überhaupt?

ZHUANGZI Solange es nicht regnet, brauchst du keinen Schirm. Sag mir lieber, wo du herkommst, und wie du heißt.

TOTER MANN Ich heiße Yang der Schuster, und ich komme aus dem Dorf Yang.

ZHUANGZI Und wie bist du in diese öde Gegend gekommen?

TOTER MANN Meine Verwandten wollte ich besuchen. Ich bin den ganzen Tag lang unterwegs gewesen. Und dann muß ich ein Nickerchen gemacht haben. Ich versteh das nicht. Was ist aus meinen Sachen geworden? Wo ist mein Bündel?

ZHUANGZI Du darfst dich nicht aufregen, mein Lieber. Sonst kommen wir keinen Schritt weiter. Vor allem möchte ich eines wissen: aus welchem Jahrhundert stammst du?

TOTER MANN Aus welchem Jahrhundert? Ich glaube, du spinnst! Du hast einen Vogel!

ZHUANGZI Es gehört sich nicht, einen Fremden zu beschimpfen, dem man auf der Reise begegnet. Aber ich verzeihe dir, denn du weißt nicht, mit wem du es zu tun hast. Ich bin nämlich Zhuangzi, der Weise. Ich nehme an, du wirst von mir gehört haben.

TOTER MANN Wer Ihr seid, ist mir gleich, aber gebt mir meine Kleider wieder.

ZHUANGZI Wie kannst du nur in einem solchen Augenblick an deine lächerlichen Lumpen denken! Hier geht es weiß Gott um wichtigere Dinge. So ein Rüpel! So ein Egoist! Schreit hier herum, noch bevor er sich vorgestellt hat! Mein Schirm, mein Bündel! Was geht mich dein Bündel an! Dabei weiß der Kerl noch nicht einmal, in welchem Jahrhundert er gelebt hat.

TOTER MANN Ich verstehe kein Wort.

ZHUANGZI Das ist doch ganz einfach. Du brauchst mir nur zu sagen, was sich zu deinen Lebzeiten ereignet hat.

TOTER MANN Wo?

ZHUANGZI In der Welt. In der Hauptstadt. Im Königreich von Shan.

TOTER MANN Woher soll ich das wissen?

ZHUANGZI Und in deinem Dorf? Das wirst du mir doch sagen können.

TOTER MANN Was soll da schon passiert sein? Na ja. Bei uns kommt allerhand vor, das ist wahr. Gestern zum Beispiel hat es einen großen Krach gegeben. Die zweite Schwägerin hat sich mit der Großmutter gestritten.

ZHUANGZI Wenn das alles ist! Fällt dir nichts Wichtigeres ein, ein Unglück, ein Krieg, irgendwas, das einen großen Aufruhr hervorgerufen hat?

TOTER MANN Einen großen Aufruhr?

ZHUANGZI Ja.

TOTER MANN Vor drei oder vier Monaten, da hat es einen Aufruhr gegeben, weil die Geister der Verhungerten uns heimgesucht haben. Ihr wißt ja, wie viele bei der großen Hungersnot im letzten Jahr umgekommen sind. Und auf einmal waren sie wieder da. Sie sind um den Kornspeicher herumgeflogen, den Rabenturm. War das ein Schrecken! Wir sind in unsere Hütten geflohen und haben uns versteckt. Und den Kindern haben wir Amulette um den Hals gehängt, damit sie nicht gefressen werden.

ZHUANGZI Was sagst du da von einem Kornspeicher?

TOTER MANN Wir nennen ihn den Rabenturm. So heißt er. Und er steht erst seit ein paar Jahren.

ZHUANGZI Das ist ja kaum zu glauben! Der Rabenturm ist unter den Shang-Kaisern erbaut worden. Das ist mehr als fünfhundert Jahre her! Ich finde das äußerst interessant. Du bist also schon fünfhundert Jahre lang tot.

TOTER MANN Herr, ich weiß nicht, wer Ihr seid und was Ihr wollt. Wir sind uns erst vor einer kurzen Weile begegnet. Aber eins will ich Euch sagen: Ihr habt kein Recht, Euch über mich lustig zu machen. Nur weil mir eine Viertelstunde lang die Augen zugefallen sind, soll ich jetzt tot und begraben sein, und noch dazu seit fünfhundert Jahren? Das geht zu weit. Ich bin ein unbescholtener Mann, von Beruf Schuster, und unterwegs zu meinen Verwandten. Für Eure närrischen Reden ist mir meine Zeit zu schade. Also gut. Ich habe Euch gesagt, was Ihr wissen wolltet, und Ihr gebt mir gefälligst meine Kleider zurück, und mein Bündel, und meinen Schirm. Ja, auch meinen Schirm!

ZHUANGZI Na schön, wenn du nicht kapieren willst, auch gut. Dann lassen wir es eben. Nur noch eine Frage, sei so gut. Wie bist du eigentlich eingeschlafen? Weißt du noch, wie das zugegangen ist?

TOTER MANN Ja, das muß heute früh gewesen sein. Ich komme hier an ... Ich setze mich hin ... Habe ich mich hingesetzt? Ich weiß nicht mehr. Ich erinnere mich dunkel. Ich glaube, ich habe einen Schlag über den Schädel bekommen. Auf einmal wurde es mir schwarz vor den Augen. Und dann bin ich eingeschlafen.

ZHUANGZI Hat es weh getan?

TOTER MANN Ich glaube nicht.

ZHUANGZI Fabelhaft! Allmählich verstehe ich, wie es zugegangen sein muß. Du bist ganz allein durch diese öde Gegend gewandert. Es war zur Regierungszeit der Shang-Kaiser, vor fünfhundert Jahren. Plötzlich hat dich ein Bandit überfallen. Er muß dir von hinten aufgelauert haben. Erst hat er dich umgebracht, und dann hat er deine Sachen mitgenommen. Jetzt aber leben wir unter der Zhou-Dynastie, verstehst du? Du kannst wirklich nicht erwarten, daß deine Kleider fünfhundert Jahre lang hier im Sand herumliegen. Verstehst du mich jetzt?

TOTER MANN Ich verstehe nur eins, daß Ihr Eure blöden Witze auf meine Kosten macht, und daß ich es satt habe, mir auf der Nase herumtanzen zu lassen. Ich bin ein unbescholtener Mann, bin Schuster von Beruf, und zu meinen Verwandten unterwegs, und meine Kleider will ich wiederhaben.

ZHUANGZI Er sagt immer dasselbe. Es ist wirklich unbegreiflich, was für Spatzengehirne die Leute haben.

TOTER MANN Wer hat hier ein Spatzenhirn? Ich schlage die Augen auf, und wen sehe ich? Euch. Sonst niemanden auf weiter Flur. Und dann stelle ich fest, daß meine Sachen weg sind. Wenn du es nicht gewesen sein willst, dann erkläre mir gefälligst, wer sie mir gestohlen hat.

ZHUANGZI So kommen wir nicht weiter, mein Freund. Ich will dir erklären, was sich zugetragen hat. Auf meiner weiten Reise kam ich hier vorbei und sah einen Totenkopf im Sande liegen. Dieser Totenkopf warst du. Wie ich dich da so liegen sah, hat mich dein Los gedauert. Und so habe ich den Schicksalsgott angerufen und ihn gebeten, dir das Leben zu schenken. Er hat mich erhört und hat dich wiederauferstehen lassen. Das ist alles.

TOTER MANN Ihr redet wie ein Betrunkener.

ZHUANGZI Ich habe den Eindruck, daß du mir nicht glaubst. Das ist bedauerlich. Wenn du wüßtest, wer ich bin ... Ich bin nämlich Zhuangzi, der berühmte Weise aus Yuan ...

TOTER MANN Und wann habt Ihr gelebt, wenn ich fragen darf?

ZHUANGZI Ich? Ich lebe jetzt.

TOTER MANN So? Und ich?

ZHUANGZI Das habe ich dir doch erklärt: vor fünfhundert Jahren.

TOTER MANN Wie soll ich dann von Euch gehört haben?

ZHUANGZI Du hast recht. Aber ich versichere dir, daß ich übernatürliche Kräfte habe.

TOTER MANN Ich pfeife auf Eure übernatürlichen Kräfte! Ich bin kein Philosoph, sondern ein gewöhnlicher Flickschuster, aber wenn ich Euch so reden höre, dann scheint es mir, als wenn Ihr ungereimtes Zeug von Euch gäbt, wie einer, der im Traume redet. Oder bin ich es, der träumt? Natürlich, das ist des Rätsels Lösung. Ich bin gar nicht aufgewacht, ich schlafe immer noch, und es träumt mir, ich hätte einen Idioten getroffen, der sich für einen Philosophen hielt.

ZHUANGZI Was erlaubst du dir da? Ich werde dir Respekt beibringen! Hier hast du eine Ohrfeige, damit du siehst, daß ich kein Idiot bin, von dem ein Schuster träumt, sondern Zhuangzi, der Philosoph!

TOTER MANN Und hier hast du ebenfalls eine Ohrfeige, damit du siehst, daß ich kein toter Mann bin, sondern ganz lebendig!

ZHUANGZI Das ist nun der Dank dafür, daß ich deinetwegen den Gott des Schicksals angerufen habe. Du verdankst mir dein Leben, und statt daß du mir nun erzählst, wie es sich unter den Kaisern der Shang-Dynastie gelebt hat, was für die Wissenschaft von der größten Wichtigkeit wäre, bietest du mir Ohrfeigen an. Leute wie dich sollte man gar nicht erst auferstehen lassen.

TOTER MANN Was nützt mir meine Auferstehung, wenn ich keinen Faden am Leib habe? Soll ich vielleicht so vor meine Verwandten treten, nackt wie ich bin? Außerdem ist mein Bündel verschwunden. Ich glaube dir kein Wort. Wenn du ein Weiser bist, dann bin ich ein Schmetterling! Du mit deinen übernatürlichen Kräften! Ein Strauchdieb bist du. Entweder du gibst mir mein Zeug zurück, oder ich schleppe dich ins nächste Dorf vor den Richter!

ZHUANGZI Laß mich los! Du wirst mir meinen Rock zerreißen. Siehst du nicht, wie alt und dünn er ist? Wenn du nicht von allen guten Geistern verlassen bist, dann höre auf das, was ich dir jetzt erklären werde. Du solltest wirklich nicht unaufhörlich an deine Kleider denken. Die Kleider sind nicht das Wichtigste im Leben. Manchmal kommt es auf die Kleider an, manchmal sind sie überflüssig. Die Vögel haben ihre Federn, die Tiere haben ihr Fell, aber die Gurken und die Melonen kommen splitternackt zur Welt. Und wie ist es mit dem Menschen? Urteile selbst! Deshalb sagt der Weise: »Eins ist das Richtige, aber das heißt nicht, daß das andere falsch sein muß.« Stellen wir uns zum Beispiel einen vor, der behauptet, man dürfe nie, unter keinen Umständen, Kleider tragen. Ohne Zweifel hätte, wer eine solche Ansicht vertritt, Unrecht. Aber auch wenn man einen Satz umkehrt, wird er nicht richtig. Ein Mensch ist also auch dann ein Mensch, wenn er keine trägt. Daraus kannst du zweierlei lernen. Erstens, daß dein Problem kein prinzipielles Problem ist, und zweitens den Unterschied zwischen der unbestimmten und der bestimmten Negation.

TOTER MANN Geh zur Hölle, du Schwätzer! Her mit dem Zeug, oder ich schlag dich tot!

Kurzer Kampf.

ZHUANGZI Loslassen! Loslassen, sage ich! Wenn du es wagst, mich noch einmal anzurühren, weißt du, was ich dann mache? Dann rufe ich den Höchsten Gott des Schicksals an, und du stirbst auf der Stelle, zum zweiten und zum letzten Mal.

TOTER MANN Tu's doch!

ZHUANGZI Ich habe dich gewarnt.

TOTER MANN Um so besser, wenn ich tot bin. Tot oder lebendig, was macht das schon für einen Unterschied! Wenn ich tot bin, brauche ich wenigstens keine Kleider mehr.

ZHUANGZI Hinterher wird es dir leid tun.

TOTER MANN Ach was! Ohne meine Sachen ist mir alles gleich. Ohne Schirm im Regen herumlaufen, wozu denn? Und mein Bündel ist auch verloren. Sieben Lot Zucker waren drin, und zwei Pfund Datteln ...

ZHUANGZI Gut. Du hast es nicht anders gewollt. Wenn dir deine Datteln wichtiger sind als das eigene Leben, dann fort mit Schaden.

TOTER MANN Alles Schwindel.

ZHUANGZI Ruhe! Ich muß mich konzentrieren.

Der Himmel ist blau, die Erde ist gelb,
die Welt ist wüst und durcheinander,
auf und unter gehn Sonne und Mond,
nur die Sterne rühren sich nicht.
Zhuangzi, der Patriarch von Yuan, beschwört dich,
zu erscheinen, Großer Gott des Schicksals!

Lange Stille.

ZHUANGZI Der Himmel ist blau, die Erde gelb ... Der Patriarch beschwört dich ... Himmeldonnerwetter! ... Großer Gott! ...

Pause.

Er will nicht.

Das Pferd wiehert.

Ich begreife nicht, warum es diesmal nicht klappt. Habe ich etwas falsch gemacht? Vorhin ist er doch auch erschienen.

TOTER MANN Weißt du, warum ich dir so lange zugehört habe? Weil ich eine Vorliebe für die Verrückten habe. Manchmal unterhalte ich mich stundenlang mit ihnen. Sie kommen zu mir in meine Werkstatt, und während ich ein Paar Schuhe sohle, höre ich ihnen zu. Aber jetzt ist es genug. Die Sonne sinkt schon, es wird kühler, und ich habe keinen Fetzen am Leib. Du willst mit meinen Sachen nicht herausrücken, weil du ein Dieb bist, und weil du spinnst. Gut. Ich will dir sagen, was ich mache. Ich nehme dir deinen Rock ab, und das Pferd dazu. Dann reite ich zu meinen Verwandten, und du kannst meinetwegen meine Datteln aufessen und dir einbilden, du wärst ein Weiser. Ich zähle bis drei, dann gehe ich dir an die Gurgel. Hast du mich verstanden?

ZHUANGZI Das ist doch nicht dein Ernst?

TOTER MANN Eins.

ZHUANGZI Weißt du, was ich hier habe?

TOTER MANN Zwei.

ZHUANGZI Das ist eine Trillerpfeife.

TOTER MANN Drei.

ZHUANGZI Au!

Er röchelt. Pfeift dreimal.

TOTER MANN Was soll das?

ZHUANGZI Gleich wird ein Gendarm hier sein.

TOTER MANN Ein Gendarm? Hier? Mitten in der Wildnis?

Man hört von weitem her Rufe. Das Pferd wiehert.

GENDARM Halt! Keine Bewegung! Stehenbleiben! Haltet den Dieb!

TOTER MANN Ich habe ihn schon!

GENDARM Nicht lockerlassen! Ich komme.

TOTER MANN Siehst du! Das hast du davon.

GENDARM Sehr gut. Hände her!

ZHUANGZI Was?

GENDARM Du sollst deine Hände ausstrecken, damit ich dich fesseln kann, du Lumpenhund.

ZHUANGZI Was soll das heißen?

GENDARM Was das heißen soll? Das soll heißen, daß wir dich erwischt haben, mein Bester.

ZHUANGZI Erst rufe ich Euch zu Hilfe, und dann wollt Ihr mich festnehmen?

GENDARM Was sagst du da?

ZHUANGZI Ich bin es, der Euch gerufen hat. Hier, bitte sehr, das ist mein Trillerpfeifchen.

GENDARM Das versteh ich nicht. Erst stiehlt er diesem armen Teufel seine Kleider, und dann pfeift er dem Gendarmen? Schön blöde.

TOTER MANN Nicht nur die Kleider hat er mir geklaut. Auch meinen Schirm. Und mein Bündel. Es waren sieben Lot Zucker darin ...

GENDARM Alles der Reihe nach. Erst der Verhaftete, dann der Zeuge.

ZHUANGZI Ich will Euch alles erklären. Also, ich komme hier vorbeigeritten und finde diesen Toten hier im Sand.

GENDARM Was für einen Toten?

TOTER MANN Er bildet sich ein, ich wäre gestorben, und zwar vor fünfhundert Jahren.

GENDARM Sehr verdächtig.

ZHUANGZI Als ich vorbeikam, war er jedenfalls tot. Ich sah seinen Schädel im Sand, und ich habe ihm das Leben gerettet.

GENDARM Einem Toten das Leben gerettet? Wie denn?

ZHUANGZI Ich habe den großen Gott des Schicksals angerufen, und auf meine Bitten hin hat er diesen da von den Toten auferstehen lassen.

GENDARM Ach so, und dann?

ZHUANGZI Kaum war er wieder lebendig, da ist er über mich hergefallen und hat mich beschimpft und hat behauptet, ich hätte ihm seinen Lumpenkram gestohlen.

TOTER MANN Was heißt hier Lumpenkram? Sieben Lot Zucker, zwei Pfund Datteln und einen Schirm! Von meinen Kleidern ganz zu schweigen!

ZHUANGZI Schaut mich an, Wachtmeister! Sehe ich aus wie ein Dieb?

GENDARM Man kann dem Menschen ins Gesicht sehen, aber nicht ins Herz. Irgendwie kommt Ihr mir bekannt vor. Aber woher soll ich wissen, wer hier lügt, und wer die Wahrheit sagt? Das Beste wird sein, wir gehen alle miteinander auf die Wache.

ZHUANGZI Ausgeschlossen. Das kommt gar nicht in Frage. Ich befinde mich auf dem Weg zum König von Shi. Ich habe keine Zeit zu verlieren.

TOTER MANN Jetzt auf einmal hat er es eilig.

GENDARM Erlaubt mir eine Frage. Seid Ihr nicht Zhuangzi, der Weise?

ZHUANGZI Jawohl, der bin ich. Zhuangzi, der Patriarch aus Yuan.

GENDARM Ich habe nie die Ehre gehabt, Euch zu begegnen. Aber mein früherer Hauptmann hat sehr oft von Euch gesprochen, Meister. Ich gebe zu, nicht alle Gendarmen sind Weise, und nicht alle Weisen sind Gendarmen. Aber es kommt vor, daß sich das eine zum andern fügt, vielleicht öfter als Ihr denkt. Jedenfalls war mein früherer Hauptmann ein großer Bewunderer Eurer Lehren. Wie oft hat er abends auf der Wache Eure Schrift *Über das Verschwinden des Unterschieds* zitiert! Einige Stellen weiß ich auswendig, weil sie mir so gut gefallen. Zum Beispiel: »Wo Leben ist, da ist auch Tod, und wo Tod ist, da ist auch Leben. Der Schritt vom Möglichen zum Unmöglichen ist unmerklich klein, und unmerklich klein ist der Schritt vom Unmöglichen zum Möglichen.« Und so weiter. Was für ein glänzender Stil! Was für ein wunderbares Werk! Jeder Gendarm sollte es lesen, pflegte mein früherer Hauptmann zu sagen.

TOTER MANN Philosoph müßte man sein.

GENDARM Wieso?

TOTER MANN Ein Philosoph braucht nur den Mund aufzutun, und wenn man ihm zuhört, weiß man nach einer Weile nicht mehr, ob man tot oder lebendig ist. Am Schluß steht man da wie ich, ohne Datteln, ohne Kleider, ohne Schirm. Und wenn ein Gendarm kommt, verbeugt er sich. Meister vorn und Meister hinten, heißt es dann. Statt daß der Halunke eingesperrt wird, läßt man ihn laufen. »Was für ein glänzender Stil!« Und ich, der Schuster Yang, bin der Dumme.

ZHUANGZI Es ist spät geworden, Wachtmeister, und ich muß sehen, wie ich weiterkomme.

TOTER MANN Das könnte dir so passen! Du reitest fort, und ich bleibe hier, ohne Hemd und ohne Schirm. Das kann er mir nicht antun. Seht mich doch an, Herr Gendarm!

GENDARM Allerdings ... Unter diesen Umständen ... Das ist eine schwierige Sache ... Sagt selber, Meister ... Das geht nicht ... Wie soll ich sagen? Ihr seid doch mit allem versehen, was zu einer weiten Reise nötig ist. Nicht gerade reichlich, aber besser als er. Vielleicht möchtet Ihr ihm etwas abgeben, damit er sich bedecken kann?

ZHUANGZI Nichts würde ich lieber tun; denn es war nicht die Natur, die mich mit diesen Kleidern ausgestattet hat. Daher könnte ich sie ohne weiteres ablegen. Doch bin ich, wie bereits erwähnt, auf dem Wege zum Hof des Königs von Shi. Dort aber kann ich nicht ohne Kleider erscheinen, und ebensowenig kann ich diesem da einen Teil davon geben, denn wie sähe es aus, wenn ich dem König im Rock, aber ohne Hemd, oder im Hemd, aber ohne Rock unter die Augen träte?

GENDARM Ihr habt recht.

Man hört das Pferd wiehern. Dann das Geräusch galoppierender Hufe, die sich entfernen.

ZHUANGZI Halt! Halt! Haltet den Dieb!

Er pfeift auf seiner Trillerpfeife.

Er ist auf und davon mit meinem Pferd. Seht Ihr jetzt, wer hier der Strauchdieb ist?

GENDARM Jedenfalls sind wir ihn los.

ZHUANGZI Aber ohne mein Pferd bin ich verloren! Wie soll ich zu Fuß in das Königreich Shi kommen? Ich will mein Pferd wiederhaben!

GENDARM Vor allem dürft Ihr die Gelassenheit nicht verlieren. Die Gelassenheit ist wichtiger als das Pferd. Denn ohne Gelassenheit könnt Ihr den Pfad der Weisheit nicht finden.

ZHUANGZI Geh zum Henker mit deiner Gelassenheit!

GENDARM Ein Schmetterling müßte man sein! Eines Tages träumte mir, ich sei ein Schmetterling, und ich schwebte hierhin und dorthin, wie es mir gefiel ...

ZHUANGZI Ihr seid kein Schmetterling, sondern ein Gendarm. Und ein Gendarm hat nicht zu träumen, er hat die Diebe zu verfolgen und zu fangen, verstanden?

GENDARM Das ist leicht gesagt. Aber wie soll ich ihn einholen, da er ein Pferd hat, und ich nicht?

ZHUANGZI Dann sagt mir wenigstens, wie ich zur nächsten Herberge komme. Es wird schon dunkel.

GENDARM Das beste ist, Ihr wandert die Nacht durch:

denn es gibt hier in unserer Gegend weit und breit keine Herberge.

ZHUANGZI Dann verlange ich, zu Eurer Wache geführt zu werden.

GENDARM Das ist unmöglich.

ZHUANGZI Warum soll das unmöglich sein?

GENDARM Ich kann Euch nicht auf die Wache bringen, denn Ihr habt Euch nichts zuschulden kommen lassen.

ZHUANGZI Ich werde mich bei deinem Hauptmann beschweren.

GENDARM Das würde ich Euch nicht raten.

ZHUANGZI Er kennt mich und weiß meine Werke zu schätzen. Ihr habt es selber gesagt.

GENDARM Das war mein früherer Hauptmann. Der hatte viel für die Weisheit übrig. Aber er ist schon lange nicht mehr hier. Ein Posten auf dem Lande, das ist nichts für einen gelehrten Mann. Er ist befördert worden und in die Hauptstadt gezogen.

ZHUANGZI Und wer ist an seine Stelle getreten?

GENDARM Mein jetziger Hauptmann liest keine weisen Schriften. Er sagt, man sollte alle Philosophen aufhängen. Deshalb rate ich Euch, zieht Eures Weges.

ZHUANGZI Aber vorhin hast du meine Schrift zitiert. »Ein wunderbares Werk!« Und jetzt willst du mir nicht einmal ein Nachtquartier verschaffen.

GENDARM Unter uns gesagt, ich neige den Ansichten meines früheren Hauptmanns zu. Aber mein früherer Hauptmann ist mein früherer Hauptmann, und mein jetziger Hauptmann ist mein jetziger Hauptmann. Versteht Ihr? Und somit wünsche ich Euch gute Nacht, und gute Reise!

Musik.

ZHUANGZI Er hat mich im Stich gelassen! Es ist schon ganz finster! Ich kann nicht mehr. Großer Gott des Schicksals, womit habe ich das verdient?

Donner.

SCHICKSALSGOTT Wird man nie seine Ruhe haben? Wie oft wirst du mich noch rufen, Zhuangzi, elender Wurm? Glaubst du, ich habe nichts anderes zu tun, als mich mit deinem kümmerlichen Los zu beschäftigen?

ZHUANGZI Diesmal, erhabener Gott des Schicksals, habe ich dich aus Versehen gerufen. Aber sei so gut und höre mich an. Hier sitze ich im Dunkeln und kann nicht weiter, denn der Schuster Yang, den du heute mittag von den Toten hast auferstehen lassen, hat mir mein Pferd gestohlen. Bitte, gib mir mein Pferd zurück!

SCHICKSALSGOTT So ein Rüpel! So ein Egoist! Schreit hier herum und ruft den Gott des Schicksals an, und worum handelt es sich? Um einen alten Karrengaul! Was geht mich dein Pferd an! Das ist die Höhe!

ZHUANGZI Und außerdem fehlt mir mein Ranzen!

SCHICKSALSGOTT Wenn du nicht von allen guten Geistern verlassen bist, Zhuangzi, dann hör mir jetzt gut zu. Du solltest wirklich nicht so viel Aufhebens machen. Ein Ranzen ist schließlich nur ein Ranzen, aber das Schicksal ist das Schicksal, damit ist nicht zu spaßen.

ZHUANGZI Aber in meinem Ranzen waren alle meine Schriften! Unersetzliche Handschriften! *Über die Weisheit des Verschwindens. Über den Unterschied. Über die Lehre von der Einheit des Verschiedenen.* Ich will meine Handschriften wiederhaben!

SCHICKSALSGOTT Die Bücher sind nicht das Wichtigste im Leben. Manchmal kommt es auf die Bücher an, manchmal sind sie überflüssig. Die Ameisen haben ihren Ameisenhaufen, die Bäume ihr Laub, aber die Wüste und der Schnee sind wie unbeschriebene Blätter. Und wie ist es mit den Menschen? Urteile selbst!

ZHUANGZI Großer Gott, ich habe es satt. Die Weisheit hängt mir zum Halse heraus. Ich wollte, ich wäre tot, dann säße ich nicht hier in der Dunkelheit, ohne Pferd und ohne Ranzen.

SCHICKSALSGOTT Also gut, ich will dir deine Bitte gewähren, schon damit ich endlich meine Ruhe habe.

ZHUANGZI Du gibst mir mein Pferd und meinen Ranzen wieder?

SCHICKSALSGOTT Nein. Ich werde dich von deinen Sorgen erlösen, damit du endlich den Mund hältst.

ZHUANGZI Was?

SCHICKSALSGOTT Du hast selber gesagt: »Ich wollte, ich wäre tot.«

ZHUANGZI So habe ich es nicht gemeint. Ich flehe dich an, erhabener Gott des Schicksals, verschone mich!

SCHICKSALSGOTT Du brauchst keine Angst zu haben. Es tut nicht weh.

ZHUANGZI Nein! Ich will nicht! Die Würmer werden mich fressen!

SCHICKSALSGOTT Wo Leben ist, da ist auch Tod, und wo Tod ist, da ist auch Leben. Aber weil du es bist, will ich eine Ausnahme machen. Damit dich die Würmer nicht kriegen, sollst du blank und sauber aussehen, als wärst du schon fünfhundert Jahre lang tot.

ZHUANGZI Ich will nicht! Ich will nicht!

SCHICKSALSGOTT Fürchte dich nicht! Du bist müde. Du wirst einschlafen und träumen, du seist ein Schuster, oder ein Schmetterling.

Donner. Musik. Schweigen. In der Ferne hört man ein Pferd wiehern. Hufgeklapper, das allmählich näher kommt. Das Pferd verlangsamt seinen Gang und bleibt stehen.

TOTER MANN Wo bin ich? Es ist stockfinster. Manchmal glaube ich fast, der verdammte Klepper führt mich im Kreis herum. Diese Kälte dringt einem durch Mark und Bein. Wenn das so weitergeht, werde ich erfrieren. Wenn ich wenigstens eine Decke hätte! Ich kann nicht mehr, ich bin todmüde. Ich werde ein wenig ausruhen, das kann nicht schaden.

Pause.

He! Ist hier jemand?

Pause.

Weit und breit kein Mensch. Allmählich habe ich es satt, der Schuster Yang zu sein und splitternackt durch diese wüste Gegend zu reiten, auf einem gestohlenen Pferd, unterwegs zu meinen Verwandten. Gendarm müßte man sein. Bei einem schönen Feuerchen in der Wachstube sitzen und träumen, das wäre jetzt das Richtige.

Pause.

Was ist denn das? Ein Haufen Kleider! Ein altes Hemd! Ein Rock. Dünn und abgeschabt, aber besser als nichts. Glück muß der Mensch haben. Jaja, der Schritt vom Unmöglichen zum Möglichen ist unmerklich klein. Hier liegt noch etwas herum, etwas Hartes. Ein Schädel! Ein Totenschädel. Wie der wohl hierherkommt? Er ist ganz blank und sauber. Sicher ist er schon lange tot, der arme Teufel. Was den wohl hierhergebracht hat?

Er klopft an den Schädel.

Bist du verhungert und erfroren?

Er klopft.

Hast dich am Ende selber umgebracht, alter Feigling?

Er klopft.

Oder bist du an der Dummheit zugrunde gegangen?

Er klopft.

Klingt hohl. Keine Antwort. Ich glaube, ich bin hier der Dumme. Wer denn sonst? Ein toter Mann ist ein toter Mann. Ein toter Mann kann nicht reden. *Das Pferd wiehert. Musik.*

Fachschaft Philosophie

Daß wir gescheit sind, ist wahr. Aber weit entfernt,
die Welt zu verändern, ziehen wir auf dem Podium
Kaninchen aus unserm Gehirn, Kaninchen und Tauben,
Schwärme von schneeweißen Tauben, die unverwandt
auf die Bücher kacken. Daß Vernunft Vernunft ist
und nicht Vernunft, um das zu kapieren,
braucht man nicht Hegel zu sein, dazu genügt
ein Blick in den Taschenspiegel. Er zeigt uns
in wallenden blauen Mäntelchen, bestickt
mit silbernen Sternen, und auf dem Kopf
einen spitzen Hut. Im Keller versammeln wir uns,
wo die Karteileichen liegen, zum Hegelkongreß,
packen unsre Kristallkugeln und Horoskope aus
und machen uns an die Arbeit. Gutachten
schwenken wir, Pendel, Forschungsberichte,
wir lassen die Tische rücken, wir fragen:
Wie wirklich ist das, was wirklich ist? Schadenfroh
lächelt Hegel. Wir malen ihm einen Schnurrbart an.
Schon sieht er wie Stalin aus. Der Kongreß
tanzt. Weit und breit kein Vulkan. Unauffällig
stehen die Posten Posten. In aller Ruhe wirft,
Knüppel aus dem Sack, unser psychischer Apparat
treffende Sätze aus, und wir sagen uns:
In jedem brutalen Bullen steckt doch
ein verständnisvoller Helfer und Freund,
in dem ein brutaler Bulle steckt. Simsalabim!
Wie ein enormes Taschentuch entfalten wir
die Theorie, während vor dem verbunkerten Seminar
bescheiden die Herren im Trenchcoat warten.
Sie rauchen, machen kaum Gebrauch von der
Dienstwaffe,
und bewachen die Planstellen, die Papierblumen
und den schneeweiß alles bedeckenden Taubendreck.

– Püree, sagte der kleine Mann mit dem blonden Schnurrbart und der altmodischen Hornbrille. Er machte eine ausladende Handbewegung, die nicht nur das riesige Studio und die bunten Fachwerk-Attrappen zu umfassen schien, aus denen eigens für diese Sendung eine altdeutsche Kneipe aufgebaut worden war.

– Alles Püree.

Ich war in eine jener Veranstaltungen geraten, für die unser Land berüchtigt ist und die, offenbar in Unkenntnis dessen, was dieses Wort bedeutet, als »Diskussion« bezeichnet werden. Wie die Sendung hieß, habe ich vergessen: Kultur-Klappe? Denk-Disco? Sozio-Flipper? Auch weiß ich nicht mehr, worum es an diesem Abend ging. Sicher bin ich nur, daß es eine jener Bangen Fragen war, die jedem Moderator zwischen Kiel und Konstanz auf der Seele brennen. Sind wir eine verspätete Nation? Stehen wir vor einer neuen Jugendrevolte? Brauchen wir mehr (oder weniger) Staat? Sind unsere Universitäten noch zu retten? Haben die Rebellen resigniert?

Bange Fragen lassen im allgemeinen keine bündige Antwort zu. Das ist ja gerade das Wertvolle an ihnen: sie fördern die Meinungsvielfalt. Das offenbar hartnäckige Problem zum Beispiel, wie viele deutsche Literaturen es gebe, eine oder zwei, ist immer für Überraschungen gut; gelegentlich findet sich ein Experte, der bis neun zählen kann, inklusive Liechtenstein und Siebenbürgen – dann geht ein Raunen durchs Publikum.

Irgend etwas in dieser Art wird es wohl gewesen sein: jedenfalls ein voller Erfolg. Kaum waren die Kameras abgeschaltet, folgte ein kleiner Empfang, zwanglos, wie üblich; man aß im Stehen, wie üblich; und es wurden die üblichen abscheulichen Getränke angeboten.

Der kleine Mann mit der Hornbrille hatte mich in eine Ecke gedrängt. Er kam mir vage bekannt vor, und ich fragte mich vergeblich, ob er etwas mit dem Fernsehen zu tun habe, oder mit der SPD, oder mit der Werbung, oder mit der Stadtverwaltung, oder vielleicht mit dem Theater. Am Ende war er auch nur ein meinungsbildender Kritiker. Ihn einfach danach zu fragen war ausgeschlossen; denn es gehört zu den eisernen Regeln der Podiums-Branche, daß jeder jeden kennt. Obwohl der Mann sich ausführlich zu der bewußten Bangen Frage geäußert hatte, wirkte er keineswegs erschöpft. Während er ein Stück kalter Pizza verzehrte, redete er mit großer Energie auf mich ein.
– Alles Quatsch! sagte er. Ich begreife beim besten Willen nicht, wie Sie sich auf eine solche Sache haben einlassen können – ein Mann wie Sie!
Zu meiner Verteidigung wußte ich wenig vorzubringen.
– Immerhin habe ich kein einziges Mal den Mund aufgetan.
– Das ist es ja eben, rief er. Gerade von Ihnen hätte ich erwartet, daß Sie einen eindeutigen Standpunkt beziehen. Ein klares Wort hätte doch genügt, um diesem lächerlichen Geschwafel ein Ende zu machen. Ich muß sagen, ich bin enttäuscht.
Ich erkundigte mich schüchtern, was ihn, den Herrn mit dem blonden Schnurrbart, dazu veranlaßt habe, an der Veranstaltung teilzunehmen.
– Das will ich Ihnen sagen. Ich fehle nie. Ich bin gewissermaßen Fachmann auf diesem Gebiet, und da zählt für mich nur eines: Überblick. Überblick über das geistige Leben. Ich will Ihnen auch gerne sagen, woraus dieses geistige Leben besteht, nämlich aus Püree.
Ich sah mich außerstande, ihm zu widersprechen.
Seitdem habe ich öfters an diesen harmlosen, wenn auch etwas lästigen Herrn gedacht; ja, er wurde mir, kaum

daß ich ihn losgeworden war, beinahe sympathisch. Ich bin sogar so weit gegangen, mich nach ihm zu erkundigen. Es stellte sich heraus, daß er sowohl mit der SPD, als auch mit dem Fernsehen, als auch mit der Werbung zu tun hatte. Er war nämlich »Kommunikationsexperte«, was immer das sein mag; im übrigen besaß er eine Villa in der Nähe von Köln, ein pied-à-terre in Paris und eine tadellos restaurierte Windmühle in Holland. Außerdem hatte er drei Scheidungen und einen Selbstmordversuch hinter sich. Die Leute, die mir diese Auskünfte gaben, schienen ihn kurioserweise zu beneiden.

Seine Tirade ging mir nicht aus dem Kopf. Der Mann hatte ohne Zweifel recht. Das allgemeine Gebrabbel, das bei uns die Stelle einer demokratischen Öffentlichkeit vertritt, ist in der Tat schwer zu ertragen. Schranzen, Parteibuchbesitzer, Mafiosi, dummdreiste Besserwisser geben in diesem Milieu den Ton an. Es herrscht ein militantes Mittelmaß, das beliebige Ansichten über beliebige Gegenstände vervielfältigt. Durch Urteilsvermögen oder qualitative Unterscheidungen wird diese Diskussion im großen und ganzen nicht getrübt.

Bis dahin konnte ich meinem Gewährsmann, Herrn G. (denn so hieß er), mühelos folgen. Merkwürdig war nur, daß er unter diesem Zustand aufrichtig zu leiden schien.

– Manchmal weiß ich selbst nicht mehr, was ich denke, hatte er zum Schluß gesagt, und der ratlose Blick aus seinen braunen, leicht hervorquellenden Augen war der Beweis dafür, daß er nicht übertrieb.

Herr G. hatte wohl verstanden, daß das Märchen vom Schlaraffenland mit einer frommen Lüge beginnt. Der Brei, dessen man ansichtig wird, sobald man sich dieser fabelhaften Region nähert, ist nämlich gar keine Grenzbarriere. Er bedeckt das ganze Territorium, und wer dort Einlaß begehrt, der wiegt sich in einer trügerischen Hoffnung, wenn er glaubt, es genüge, sich durch den Brei hindurchzufressen, um, am andern Ende der Grenzbefestigung, wieder an die frische Luft zu gelangen. Es war also offenbar die Angst des Essers, von seiner Speise verschlungen zu werden, die Herrn G. zum Moralisten gemacht hatte.

Ich verstand seine Sehnsucht nach einer Art Schneepflug, der alles, was ihn störte, sozusagen über Nacht beiseite räumen sollte: das amorphe Durcheinander, den Opportunismus, die schiere Anpassung an das Püree. Dennoch verblüffte mich der schneidende Ton, in dem er seine Forderungen vortrug. Er verlangte – es war nicht ganz klar, von wem, aber vermutlich wandte er sich an die Intelligenz des Landes – Prinzipienfestigkeit, Radikalität, Unbestechlichkeit, kompromißlose Klarheit, unerbittliche Konsequenz. Ja, die Konsequenz hatte es ihm besonders angetan. Er hatte eine schmerzliche Art, das Wort auszusprechen, als bezeichne es ein heiliges Bedürfnis.

Die niederschmetternde, ihm selber gänzlich unbekannte Komik des Herrn G. lag natürlich darin, daß sein bloßes Dasein jede einzelne der zahlreichen Silben, die er in einem feuchten, aufgebrachten Stakkato hervorstieß, dementierte. Der Inbegriff des Opportunisten hielt eine Predigt gegen den Opportunismus, der perfekte Anpasser wütete gegen die Anpassung, der versierte Quatschkopf verwahrte sich gegen den Quatsch.

An diesem Punkt können wir darauf verzichten, unsere Bekanntschaft mit Herrn G. zu vertiefen; denn seine persönlichen Eigenschaften spielen keine Rolle, und seine Komik ist nicht sein Privatbesitz. Es gibt in unserm Land Hunderttausende, wenn nicht Millionen seinesgleichen. Er gehört zu einem Typus, der für den Zustand dieser eigentümlichen Republik bezeichnend ist. Wer behauptet, er könne zwischen ihm und sich keinerlei Ähnlichkeit erblicken, der tut das auf eigene Gefahr. Auch Herr G. kann nämlich keine Ähnlichkeit zwischen sich und sich erblicken. Das gehört zu seinem inneren Haushalt, zur Struktur seines Bewußtseins oder, wenn man will, seiner Bewußtlosigkeit.

Von Eldridge Cleaver, einem schwarzen Revolutionär aus den USA, der seither als Hosenfabrikant Schiffbruch erlitten hat, stammt ein Satz, der in den sechziger Jahren zum geflügelten Wort wurde: »Baby«, sagte der Schwarze Panther damals, »you're either part of the problem, or you're part of the solution.« – Inzwischen hat sich herausgestellt, daß das nicht zutrifft. Je weniger eine »Lösung« in Sicht ist, desto offenkundiger dürfte die Tatsache geworden sein, daß es niemanden gibt, der nicht ein Teil des Problems wäre. Es ist bemerkenswert, mit welcher Vehemenz sich die Intelligenz unseres Landes gegen diese schlichte Einsicht sträubt. So wird die Verdrängung zur Hauptaufgabe der kritischen Kritik.

Jeder, der sich die Mühe macht, den Jahrmarkt des Bewußtseins eine Zeitlang zu beobachten, kann sich ohne weiteres von der Gültigkeit der folgenden Faustregeln überzeugen:

Je mürber die eigne Identität, desto dringender das Verlangen nach Eindeutigkeit. Je serviler die Abhängigkeit von der Mode, desto lauter der Ruf nach grundsätzlichen Überzeugungen. Je frenetischer die Spesenjägerei, desto heroischer das Ringen um Integrität. Je schicker das Ambiente, desto inniger der Hang zum »Subversiven«. Je größer die Bestechlichkeit, desto ärger die Angst davor, »integriert« zu werden. Je weicher der Brei, desto fester die Prinzipien, und je hilfloser das Gezappel, desto inständiger die Liebe zur Konsequenz.

Das Resultat ist eine Verfassung, die ziemlich schwer

zu begreifen ist. Man könnte versucht sein, auf den altväterlichen Begriff der Doppelmoral zurückzugreifen; aber das wäre eine Verharmlosung. Überhaupt gleiten die überlieferten Kennzeichnungen, so treffend sie auf den ersten Blick anmuten mögen, an der undurchdringlichen Haut des Phänomens ab: Selbstbetrug, Hypokrisie, Maulhurerei, Pharisäertum – das alles kommt der Sache nahe und verfehlt doch ihren Kern. Solche Diagnosen aus der Überlieferung setzen nämlich beim Subjekt an und zielen auf Charaktere, wo gar keine vorauszusetzen sind. Im Aggregatzustand des Pürees ist die Heuchelei sozusagen objektiv geworden, die Lebenslüge zur baren, unzerbrechlichen Selbstverständlichkeit.

Der Umstürzler, der, ganz in Leder, um seine Planstelle kämpft, als wäre der Menschheitstraum des Kommunismus die Pensionsberechtigung; der Kritiker, der, unerbittlich wie ein zweiter Robespierre, darüber wacht, daß kein Theaterautor sich mit den Mächtigen arrangiert, während er selber, zäh wie Filz, den Traumposten eines Museumsdirektors anstrebt; der Aussteiger, der seine Alternative lückenlos auf Video dokumentiert; der hakenkreuzgeschmückte Punker, der Spesenquittungen sammelt; der Konfliktforscher, der auf den Sekretärinnen seines Instituts herumhackt – das alles sind ja keineswegs Einzelerscheinungen. Jede Kritik, die sich ans scheinbar Individuelle heften wollte, liefe Gefahr, dem anheimzufallen, was sie kritisiert. Der moralische Schizo ist die Norm.

So erklärt sich auch das leise, aber unaufhörliche Pochen, das landauf, landab bei uns zu vernehmen ist, als wären die Heinzelmännchen am Werk. Worauf dabei gepocht wird, ist völlig nebensächlich: auf linke oder rechte Grundsätze, Standpunkte, Prinzipien. Hauptsache, ein anderer, immer ein anderer ist es, den man ertappen, denunzieren, dingfest machen, überführen kann. So ruft einer dem andern zu: Ausverkauf! Renegatentum! Anpasserei! Karrierismus! Jeder ist verdächtig, nur der nicht, der im Moment das Mikrophon ergriffen und sich zum Aufpasser, zum Sheriff der Moral, zum Guru der Konsequenz aufgeschwungen hat.

Freilich, nach dem Gesetz von Angebot und Nachfrage wächst das Rettende auch. Die Sehnsucht nach dem Eindeutigen schafft sich ihre kulturellen Helden. Wer den eigenen Forderungen nicht mehr gewachsen ist, der delegiert sie an eine buntscheckige Schar von Philosophen, Therapeuten, Künstlern, Mystikern, Ideologen, Terroristen, Sektierern und Verbrechern. Ihnen schreibt man zu, was einem selber fehlt: eine Integrität, an der kein Zweifel erlaubt ist. So entsteht eine wunderliche Walhalla der Kompromißlosigkeit, in der man Sid Vicious und Mutter Teresa, Castañeda und Einstein, Samuel Beckett und Josef Stalin, Charles Manson und Erich Fromm, John Cage und Ulrike Meinhof, Chiang Ch'ing und Arno Schmidt, den Reverend Moon und den Professor Beuys bewundern kann.

Die Delegierten, die in diese Ruhmeshalle der Eindeutigkeit abgeordnet werden, hat allerdings kein Mensch gefragt, ob sie sich als Kandidaten zur Verfügung stellen und ob sie Lust haben, die Wahl anzunehmen. Zu beneiden sind sie nicht. Wehe ihnen, wenn sie sich einer Regung überführen lassen, die sie ihren Fans kommensurabel macht; dann nämlich brächen diejenigen, die mit dem Idol ihre T-Shirts schmücken, am liebsten in den Ruf aus: Steinigt ihn! Der Säulenheilige ist einer von uns! Nichts Schlimmeres kann man offenbar einem Menschen nachsagen.

»Er jagte« – dies konnte man schon vor hundertfünfzig Jahren lesen – »mit rasender Schnelligkeit sein Leben durch und dann sagte er: ›konsequent, konsequent‹ –, wenn Jemand was sprach: ›inkonsequent, inkonsequent‹; es war die Kluft unrettbaren Wahnsinns.«

Diese berühmte Passage läßt sich schwer in andere Sprachen übersetzen. Die unglückliche Liebe zur Konsequenz scheint eine deutsche Obsession zu sein; wenigstens von unsern Nachbarn wird sie nicht ohne weiteres geteilt. *A man of consequence* kann allenfalls bedeuten, daß es sich um jemanden handelt, der über Macht oder Einfluß verfügt; *un homme de conséquence* ist eine wichtige Person; *un uomo conseguente* ist eine Wendung, die überhaupt keinen Sinn ergibt.

Wo die historischen Wurzeln dieser eigentümlichen Vorliebe liegen, weiß ich nicht. Hat sie etwas mit dem Protestantismus, mit der Reformation zu tun? Handelt es sich um den traurigen Überrest einer längst abgestorbenen philosophischen Tradition? War es nicht der begabteste Politiker der deutschen Geschichte, der stolz verkündet hat: »Deutsch sein heißt, eine Sache um ihrer selbst willen tun«? Das ferne Echo dieses Satzes ist im deutschen Einzelhandel heute noch zu vernehmen, wenn die Verkäuferin, ebenfalls mit einer gewissen Befriedigung, den Kunden wissen läßt: »Wir führen *prinzipiell* keine Massenware.« Tönt einem hier, im Fachgeschäft, nicht in lächerlicher Verdünnung ein Widerhall jener autoritären Entschlossenheit entgegen, die der Belesene aus den Schriften Carl Schmitts, Ernst Jüngers und Martin Heideggers kennt? Ich frage ja nur. Und ich möchte wahrhaftig nicht behaupten, daß die Deutschen Prinzipienreiterei und Unerbittlichkeits-Rhetorik für sich gepachtet hätten. Die italienischen Utopisten, die spanischen Theologen und die französischen Jakobiner haben sich, auch wenn ihnen das *mot juste* fehlte, auf die blutige Konsequenz sehr wohl verstanden.

Die nationalen Vorlieben, Traditionen und Talente

haben ohnehin an Gewicht verloren, seitdem sich die Freunde der kompromißlosen Entschiedenheit von Korea bis Haiti und von Bissau bis Bukarest massenhaft organisiert haben – auch wenn es vielleicht kein Zufall ist, daß die historischen Vorbilder der jeweiligen Einheitsparteien unstreitig auf deutschem Mist gewachsen sind.

Der Jargon der Eindeutigkeit dröhnt von den Tribünen ganzer Kontinente und verpestet alle Kanäle der öffentlichen Rede: die Gesetze der Geschichte sind »ehern«, die Beschlüsse »unumstößlich«, die Entschlossenheit ist »fanatisch«, »eisern«, »unbeirrbar«, und so weiter und so immer fort. Menschen, die das tiefe Bedürfnis haben, konsequent zu sein, lassen sich mühelos in Vereinen organisieren. Die Konsequenz der Konsequenz heißt meistens: Schule, Gruppe, Kirche, Kaserne oder Partei. Wer das Pathos der Entschlossenheit sucht, der irrt, wenn er damit seine *eigene* Existenz ins Spiel zu bringen, sich selbst zu »verwirklichen« meint. Nichts ist schematischer als der Amoklauf der Unbeirrbaren. Etwas Vorschriftsmäßiges, ja Bürokratisches haftet jeder Radikalität an, die sich auf nichts weiter beruft als auf Grundsätze. Wer von Prinzipientreue spricht, der hat bereits vergessen, daß man nur Menschen verraten kann, Ideen nicht.

Das Konsequenz-Gebot verwechselt eine logische Kategorie mit einem moralischen Postulat. Weit entfernt davon, Klarheit zu schaffen, richtet es infolgedessen ein krausemauses Durcheinander in den Köpfen an. Zum ersten kann das Pathos der Entschiedenheit nicht darüber hinwegtäuschen, daß die bloße Konsequenz, wie jede logische Bestimmung, leer ist; ich kann ebensogut ein konsequenter Vegetarier sein wie ein konsequenter Faschist, Zechpreller, Atomkraftgegner, Trotzkist, Heiratsschwindler oder Anthroposoph.

Zum andern bleibt meistens undeutlich, welche Art von Deckungsgleichheit es ist, die da eingeklagt werden soll. Geht es um das Denken? Darum, daß es hübsch bei sich selber bleibt und nicht von dem abweicht, was es zuvor gedacht hat? Oder will die Forderung nach Konsequenz darauf hinaus, daß Denken und Handeln miteinander übereinstimmen müssen?
Vielleicht kann uns eine Begegnung mit Herbert Wehner als Beispiel und als Warnung dienen. W. hält keinen Vortrag, er ist kurz angebunden, er wirft dem Publikum ein paar Knochen hin. In der »anschließenden Diskussion«, die, wie gewohnt, an nichts anschließt, steht, bleich vor seiner eignen Entschlossenheit, ein Junglehrer auf. Er heißt Bernhard, zart gebaut ist er, lieb, wir kennen doch unsern Bernhard, eine von diesen olivgrünen Uniformjacken hat er an, obwohl er die Bundeswehr nicht ausstehen kann, mit den Farben des Landes, das er konsequent BRD nennt, am Ärmel, und sein langes braunes Haar ist sorgfältig gekrusselt, wie der Tabak, aus dem er seine Selbstgedrehten herstellt – wie macht er das nur, fragt man sich, diese Tausenden von kleinen Löckchen, das sieht ja zauberhaft aus, ob es wohl eine Dauerwelle ist?
Jedenfalls, Bernhard zieht einen vergilbten Zeitungsausschnitt aus der Tasche und liest ihn vor. Tatsächlich! Es geht daraus hervor, schwarz auf weiß, daß Wehner im Jahre 1926 öffentlich zum Bombenwerfen aufgefordert hat. Und heute ist er gegen den Terrorismus! Jetzt blickt sich Bernhard einen Moment lang beinahe triumphierend um. Er findet Herbert Wehner »unglaubwürdig«. Er hat den Eindruck, als hätte er soeben etwas bewiesen. Aber was eigentlich? Daß der alte Mann besser daran täte, Bomben zu werfen? Daß er nur so tut, als hätte er etwas gegen den Terrorismus, aus Gründen der Opportunität? Oder daß er eine Wetterfahne ist, einer, der nicht weiß, was er will?

Wehner scheint seine Entlarvung mühelos zu überleben. Nicht einmal wütend wird er, sondern er geht einfach zur Tagesordnung über. Bernhard kann das gar nicht fassen. Er macht einen geradezu hilfsbedürftigen Eindruck, und nur zögernd setzt er sich wieder hin. Ja, lieber Bernhard, stell dir vor: Der Mann hat sich die Sache mit dem Bombenwerfen im Laufe eines halben Jahrhunderts einfach anders überlegt. Der Mann lebt nämlich, d. h., er bewegt sich, in seinem Gehirn herrscht ein ständiges Kommen und Gehen, er ist noch lange nicht tot. Ist es das, was Bernhard so unverzeihlich findet? Ist er wirklich ein Liebhaber der Zwangsjacke, oder redet er sich das bloß ein? Das wäre schade, schade um ihn und schade um seine Schüler. Aber auch er bewegt sich immerhin, wenngleich ungelenk; nur Mut, auch für ihn ist noch nicht aller Tage Abend.
Weniger lieb, weniger treuherzig, weniger verzweifelt als die unseres Freundes Bernhard klingt eine andere Stimme, die sich gern in solche Gespräche mischt, nämlich ölig, geübt und hämisch; sie könnte einem Anwalt gehören oder einem aufstrebenden Politiker. Auch er bringt Unbedingtheitsforderungen vor. Und zwar will er Taten sehen. Wem es nicht passe hier, der solle doch mal ausprobieren, wohin es führe, wenn einer mit dem Kopf durch die Wand will. Bitte sehr! Aber einfach aufstehen und bloße Reden halten gegen alles und jedes, ungestraft natürlich – wer sich damit begnüge, der mache sichs zu leicht. Wer etwa zugibt, er habe etwas mit dem Christentum zu tun, von dem werde man doch verlangen dürfen, daß er sein Leben in einem Lepra-Krankenhaus zubringe, statt seinen Mitmenschen auf die Nerven zu gehen. Und dann gar noch Brötchen fordern, jene Brötchen, die man schließlich eben jenem System verdanke, gegen das hier dauernd gestänkert werde. Nein, wer mit dem Kapitalismus nicht einverstanden ist, der soll auch nicht essen, und wer ißt, der

hat kein Recht, an etwas anderes auch nur zu denken. Alles andere sei schlicht und einfach – inkonsequent. Gegen solche bauernfängerischen, heimtückischen Tricks hat Adorno einmal, höflich wie er war, eingewandt, die Trennung von Theorie und Praxis sei ein großer zivilisatorischer Fortschritt. Das hat man ihm ziemlich übelgenommen. Die sadistische Version des Konsequenz-Gebotes hat er am eigenen Leib erfahren. Sie erinnert an den Schrei des Mobs, der dem hoch oben auf dem Dach kauernden Selbstmörder zuruft: Nun spring doch endlich runter!

Liebe Landsleute! In Anbetracht dieser historischen Voraussetzungen und Umstände möchte ich euch mit den Vorzügen, was sage ich, mit den Freuden der Inkonsequenz bekanntmachen. Ich weiß, daß ihr das nicht gerne hört, und ich rechne damit, daß ihr mir diese Wohltat übel vergelten werdet. Ein liebgewordenes Spielzeug gibt man ungern aus der Hand, auch wenn es sich dabei um ein Schlachtermesser handelt, mit dem man Gefahr läuft, sich und andern weh zu tun.
Vor allem bitte ich euch zu bedenken, daß ihr euer Leben dem Wankelmut, der Unentschlossenheit, dem Kompromißlertum zu verdanken habt. Überlegt einmal, es kostet ja nichts, ob ihr noch in der Lage wärt, euch über meine bescheidenen Sätze zu ärgern, wenn Nikita Chruschtschow, dieser prinzipienlose Opportunist, nicht seinerzeit den Rückzug angetreten hätte, damals, 1962, mit seinen Raketen – ihr wißt schon, was ich meine. Nichts als Zaudern, langes Hin und Her, feige Bedenklichkeiten! Und im ganzen Kreml fand sich keiner, der im entscheidenden Moment die Sache einmal auf den Punkt gebracht und radikal durchgegriffen hätte, ohne Rücksicht auf Verluste. Statt dessen: Anpassung, Zurückweichen, Sorge um die eigene Haut, ums eigene Wohlergehen.

Dabei wissen wir doch, wie weit man es bringen kann, wenn man nur folgerichtig vorgeht:
Jede beliebige ökonomische Doktrin hat, wenn sie rücksichtslos angewandt wird, den Zusammenbruch des Wirtschaftssystems zur Folge, das mit ihrer Hilfe kuriert werden soll.
Der konsequente Kapitalismus bringt faschistische Diktaturen hervor.
Der konsequente politische Kampf mit allen Mitteln führt zum Terrorismus, ebenso wie die konsequente Verteidigung der Staatssicherheit.
Die reine Lehre der Ökologie, die nicht den Menschen vor der Umwelt, sondern die Umwelt vor dem Menschen schützen will, landet beim Pfahlbauerntum.
Der Aufbau des Kommunismus endet, wenn man ihn ohne Wenn und Aber betreibt, in dem mit Recht so genannten »sozialistischen Lager«.
Das industrielle Wachstum, kompromißlos fortgesetzt, hat die Vernichtung der Biosphäre zur Folge.
Die Konsequenz aus dem Wettrüsten ist der atomare Krieg.
Etc.
Wir befinden uns also, da hilft alles nichts, in einer neuartigen Lage, die mir ziemlich gefährlich vorkommt. Den Risiken, die sie mit sich bringt, wird man mit Mutproben schwerlich beikommen können. Vielleicht sollten wir es einmal mit folgender Maxime versuchen: Die gute Sache, jede gute Sache, wird falsch, sobald wir sie zu Ende denken. »In Gefahr und großer Not / ist die Konsequenz der Tod.« Sie ist nicht so neu, wie sie sich anhört. In den letzten Jahrzehnten haben die meisten Völker, im Lauf eines langwierigen, riesigen, bisher kaum erforschten molekularen Lernprozesses verstanden, daß ihre einzige Überlebenschance im Kuddelmuddel, im Durcheinander, im zähen, unübersichtlichen, immer nur vorläufigen Ausprobieren

besteht. Nur deshalb, nicht aus irgendwelchen ideologischen Loyalitäten heraus, finden sich Amerikaner und Westdeutsche, Griechen und Japaner, Briten und Italiener, kurzum alle, die überhaupt die Wahl haben, mit den Segnungen der (Sozial-)Demokratie ab. Sie ahnen, daß die Alternative zur halben Sache Barbarei und Selbstzerstörung hieße.

Es gibt sogar eine ganze Reihe von Politikern, die das begreifen, und zwar nicht nur im Westen. Schlechte Zeiten für charismatische Heldenväter und echte Führerfiguren. Glücklicherweise lassen sich Ganz Große Männer nirgends blicken. Die Weltpolitik gleicht zunehmend einer Reparaturwerkstatt, wo sich sorgenvolle Mechaniker, über stotternde Motoren gebeugt, am Hinterkopf kratzen und überlegen, wie sie ihre Karren wieder flottmachen könnten. (Die Rechnungen fallen entsprechend hoch aus.) Alexander der Große wäre hier ebenso fehl am Platze wie Napoleon oder Stalin.

Dieses Milieu der Mittelmäßigkeit, diese Prothesen-Politik des Sichdurchwurstelns, die ja keineswegs nur in unserer unmittelbaren Umgebung an der Tagesordnung ist – oder gibt es auch nur eine einzige Gesellschaft auf der Welt, die der Zukunft anders als auf Krücken entgegenstolpert? –, hat schon manchen zu der Annahme verleitet, ein gut gezielter Fußtritt wäre genug, um die »Verhältnisse« zum Einsturz zu bringen, so daß der Errichtung einer Schönen Neuen Welt nichts mehr im Wege stünde. Die Erfahrung lehrt, daß dies leider ein Trugschluß ist. Der Zusammenbruch der großen Kolonialreiche – um nur das massivste aller Beispiele zu nennen, ein Ereignis, von dem immerhin zwei Drittel der Menschheit betroffen waren – hat keine der Hoffnungen eingelöst, die sich vor dreißig Jahren daran knüpften, und zwar unabhängig davon, welche Form von »Unabhängigkeit« sich die befreiten

Völker eingehandelt haben. Politik in der zweiten Hälfte des zwanzigsten Jahrhunderts ist, wohin man blickt, nichts anderes als Bastelarbeit, Zeitgewinn, Flickwerk, Improvisation, und der größte Ehrgeiz, den sie kennt, ist das Überleben.

Und nun zu euch, liebe Kollegen, oder besser gesagt, zu uns – denn ich möchte mich nicht ausschließen –, zu uns, die wir davon leben, daß uns ab und zu etwas Neues einfällt. (Überlassen wir es lieber anderen, uns »die Intellektuellen« oder gar »die Kulturschaffenden« zu nennen.) Daß es uns schwerer als andere ankommt, das Ende der Konsequenz als Tatsache zu akzeptieren, ist leicht einzusehen. Schließlich verdanken wir einen erheblichen Teil unseres Selbstbewußtseins dem Hang, alles, was wir treiben, auf die Spitze zu treiben. Seitdem es uns, als soziale Kategorie, überhaupt gibt, also wenigstens seit dem achtzehnten Jahrhundert, haben wir mit- und gegeneinander das schöne Spiel gespielt »Ich gehe weiter als du!« Und nie waren dabei die Einsätze höher als in den ersten fünfzig Jahren des zwanzigsten Jahrhunderts, der heroischen Zeit der Moderne. Wer weiter als alle andern ging, der war das Salz der Erde. Das ganze Pathos der Avantgarde, ihr Prestige und ihr Hochgefühl, hing von dieser Logik ab. Ihr wichtigster theoretischer und ästhetischer Imperativ war die Konsequenz.

Nun muß man uns eines lassen: daß dieser Prozeß der Radikalisierung ziemlich unblutig verlaufen ist. Er führte ja nicht zu Massakern, sondern im schlimmsten Fall zu einer gewissen Öde, Intoleranz und Borniertheit. Man kann also ohne Zorn auf jene heroische Periode zurückblicken; ja, es mag sich mit der Zeit sogar eine gewisse Rührung einstellen angesichts jener schwarzen Quadrate an der Wand, die man einst für den Kulminationspunkt der europäischen Malerei gehalten hat, weil man glaubte, sie hätten die berühmte eherne Logik der Geschichte auf ihrer Seite. Das waren noch Zeiten, als ganze Seiten voller kleiner e's als der Gipfel der Kühnheit galten und als zukunftsweisende poetische Leistung! Und wenn einer einen 45 Minuten langen Vortrag *Über Nichts* hielt, verharrte der Saal in ehrfürchtigem Schweigen, weil »der objektive historische Stand des musikalischen Materials« eine solche Konsequenz einfach unausweichlich machte.

Nicht immer freilich ist das intellektuelle Lieblingsspiel der Dichter und Denker, der Bildner und Bauer (»Ich bin radikaler als du«) so glimpflich ausgegangen. Einigermaßen harmlos war es nur, solange es in geschlossenen Räumen ablief. Als zum Beispiel die Pioniere des Neuen Bauens die Idee aufbrachten, die architektonische Phantasie konsequent auf das Stapeln von weißen Würfeln zu reduzieren, hatte das für diejenigen, die in diesen Würfeln arbeiten und wohnen mußten, ziemlich fatale Folgen. Und was die Theorie betrifft, so möchte ich, um es kurz zu machen, mit eurer Erlaubnis eine kleine Geschichte erzählen.

Ende der fünfziger, Anfang der sechziger Jahre lehrte an einer der Hohen Schulen von Paris, ich glaube, es war die Sorbonne, ein jüngerer Dozent Gesellschaftswissenschaften und politische Ökonomie. Sein Spezialgebiet war die Volkswirtschaft der sogenannten Entwicklungsländer. In seinen Vorlesungen und Seminaren sah man deshalb viele Stipendiaten aus dem ehemaligen französischen Kolonialreich: Senegalesen und Madegassen, Algerier und Somalis, Vietnamesen und Marokkaner.

Aufgrund seiner theoretischen und empirischen Analysen war er zu dem Schluß gekommen, daß die Befreiungsbewegungen in den armen Ländern Herr des endemischen Elends nur werden könnten, indem sie die von der Fremdherrschaft deformierten Kolonialgesellschaften sozusagen umpflügten. Die Vertreibung der Imperialisten und die Übernahme der politischen Macht nütze nichts, wenn man die vorhandenen Sozialstrukturen unangetastet lasse. Man müsse sie vielmehr von Grund auf mit radikalen Maßnahmen umwälzen. Im einzelnen schlug der Dozent drei fundamentale Eingriffe vor:

Als erstes gelte es, das Verhältnis von Stadt und Land umzugestalten. Die Urbanisierung der armen Länder sei verhängnisvoll; sie müsse mit allen Mitteln rückgängig gemacht werden. Industrielle Projekte, die nur neue Abhängigkeiten vom ausländischen Kapital schüfen, seien zurückzustellen. Der Landwirtschaft gebühre der absolute Vorrang.

Zweitens müßten sich die armen Länder vom Weltmarkt abkoppeln, auf dem sich naturwüchsig das kapitalistische Gesetz des Stärkeren durchsetze. Eine lang andauernde Isolation von der Außenwelt sei in Kauf zu nehmen. Erstes ökonomisches Ziel müsse die Selbstversorgung sein. Eine autarke Subsistenzwirtschaft habe zwar Entbehrungen zur Folge, von denen aber in erster Linie die ohnehin privilegierten Schichten betroffen seien.

Drittens sei es nötig, auch den kulturellen Einfluß des Westens zu brechen. Die einheimischen Eliten, vom Händler bis zum Beamten, vom Lehrer bis zum Arzt, seien allesamt von den Wertvorstellungen und Ideologien der Metropolen infiziert. Es handle sich um eine korrupte, parasitäre Schicht, von der eine ständige Ansteckungsgefahr ausgehe und die entschlossen sei, jede wahrhaft selbständige nationale Entwicklung zu vereiteln. Deshalb müsse ihr Einfluß ein für allemal liquidiert, ihre Macht gebrochen werden.

Worauf beruht dieses Programm? Zum einen natürlich auf konkreten Erfahrungen aus verschiedenen Ländern,

vor allem Nordafrikas; der junge Wissenschaftler hat ihre gesellschaftliche und wirtschaftliche Dynamik eingehend untersucht. Aber seine Interpretation der Fakten wäre undenkbar ohne Voraussetzungen, die aus der europäischen Tradition stammen. Und zwar hat er nicht auf obskure Heilslehren und irrationale Weltanschauungen zurückgegriffen (schließlich hat das »abendländische Denken« auch den Rassenwahn, den Chauvinismus und den Judenhaß hervorgebracht), sondern auf den besten Teil unserer Überlieferung. Dem Lehrer ging es, ebenso wie den Zuhörern aus allen Kontinenten, die sich seine Thesen eifrig in ihre Kolleghefte schrieben, darum, die krasseste Ungerechtigkeit, die unmenschlichste Unterdrückung und das vermeidbare Leiden der Hungernden abzuschaffen. Sie waren entschlossen, die Maximen der Französischen Revolution, Freiheit, Gleichheit und Brüderlichkeit, die in ihrem Ursprungsland nur noch Rathäuser und Drucksachen schmücken, beim Wort zu nehmen.
Unter den stillen, fleißigen Studenten in diesen Seminaren waren auch einige Kambodschaner; einer von ihnen hieß Khieu Samphan, ein anderer Jeng Sary, ein dritter Saloth Sar – besser bekannt unter seinem *nom de guerre* Pol Pot. Fünfzehn Jahre nach ihrem Examen, das sie allesamt mit Auszeichnung bestanden, setzten diese Leute die Anweisungen ihres Lehrers konsequent in die Tat um. Das Resultat ist jedem bekannt, der lesen kann oder einen Fernseher besitzt; nur um die Frage, ob das Experiment der Roten Khmer einer halben oder zweieinhalb Millionen Kambodschanern das Leben gekostet hat, streiten sich die Historiker noch. Was aus dem Dozenten geworden ist, und was er von seinen Schülern hält, weiß ich nicht.

Damit mich meine lieben Freunde nicht mißverstehen: Niemand behauptet, daß es ein Verbrechen wäre, eine

Sache zu Ende zu denken. Wir sind allzumal neugierige Leute, die um ihr Leben gern wissen möchten, wohin diese Hypothese oder jener Einfall führt. Das ist schließlich unser Beruf. Auch ist es keine Schande, daß sich die Wege, die wir auskundschaften, früher oder später meist als Sackgassen erweisen. In einer endlichen Welt sollte man sich hierüber nicht allzusehr wundern. Manche ziehen es vor, sich lebenslänglich in ihrem *cul-de-sac* einzurichten. Und solange es beim Denken bleibt, ist auch dagegen wenig einzuwenden, obwohl mir ein solcher Aufenthalt ziemlich langweilig scheint. Aber wie die Fabel lehrt, halten die Liebhaber der Konsequenz sehr wenig von der Differenz zwischen Theorie und Praxis. Gerade dort, wo kein Weg mehr weiterführt, wollen sie ihre Idee in die Tat umsetzen. Das kann, wie die Fabel lehrt, mörderische Folgen haben. Wo Konsequenz nur um den Preis der Barbarei oder der Selbstverstümmelung zu haben ist, kommt sie mir als verabscheuungswürdiger Anachronismus vor.

Dabei liegt die Alternative ziemlich nahe. Wenn euer Denken, liebe Kollegen, diese Grenze erreicht hat, warum kehrt ihr dann nicht einfach um und probiert den nächsten unerforschten Weg aus? Das tut gar nicht so weh, wie ihr denkt. Natürlich müßt ihr mit eurer Sehnsucht nach den heroischen Zeiten fertig werden, in denen es noch so aussah, als könnte einer ein für allemal im Recht sein. Natürlich dürft ihr keine Angst haben vor dieser oder jener Partei, die ihr Biwak in der Sackgasse aufgeschlagen hat, und die begreiflicherweise aufheult, wenn es so aussieht, als könnten ihre geheiligten Prinzipien in die Binsen gehen. Natürlich ist es auch nicht immer angenehm, von der eigenen Unfehlbarkeit Abschied zu nehmen. Doch der geordnete Rückzug aus einer unhaltbaren Position ist das non plus ultra der Kriegskunst; alle guten Strategen haben

das gewußt, und alle Kommißstiefel haben es vergessen.
Wenn ihr das Opportunismus nennen wollt oder Anpassung – gebenedeit sei die Anpassung! Ich hielte es, im Zweifelsfall, lieber mit Paul Feyerabend, der behauptet: »Nicht die Ausrottung des Opportunismus macht uns zu guten Menschen – sie macht uns höchstens dumm –, sondern die Ausrottung der Tendenz, unsere selbstischen Träume von einem guten oder ›rationalen‹ oder ›verantwortlichen‹ Leben sofort zu objektivieren und anderen Menschen in der Gestalt objektiver Werte aufzuzwingen.«
Aber, aber, wer wird denn da gleich so verbiesterte Gesichter machen, nur weil Paul Feyerabend sagt, was er denkt! Es besteht kein Grund, darüber gekränkt zu sein. Und ich für meinen Teil lade euch ein, die Vorzüge der Inkonsequenz zu bedenken: das Risiko, das sie gewährt, die Freiheit, sich ungehindert zu bewegen, das Vergnügen an der Phantasie. Nur keine Angst, und vor allem: keine Angst vor der Angst! Sogar zu einem bißchen Sarkasmus könnte es wieder reichen, wenn man sich weigert, jederzeit auf Verlangen grundsätzlich zu werden, zu einer gewissen Heiterkeit im Angesicht der allgemeinen Depression. Hie und da eine Prise Lichtenberg, ein Quentchen Diderot, ein Hauch Heine – und schon röche es nicht mehr so muffig im intellektuellen Psychodrom. Denn »wer ist dieser stille Gentleman, der den Staat nicht grüßen und weder Nebukadnezar noch dem Proletariat dienen will und eher glaubt, daß jeder schon genügend zu tun hat, sein eigenes Kanu durch den Strom des Lebens zu paddeln?« Dreimal dürft ihr raten. Richtig! »Es ist Mr. Dooley, der weiseste Wicht, den unser Land je kannte.«
Unter den verbotenen Hintergedanken, die da, nach Aufhebung der Selbstzensur, zum Vorschein kämen,

könnte sich, wer weiß, manches Brauchbare, manches Überraschende finden; und wie angenehm wäre es doch, wenn der ganze Apparat der mühsamen Verdrängung, der politischen Bigotterie und der selbstverliebten Prinzipienreiterei auf dem Sperrmüll verschwände!

Und das Püree? Richtig, fast hätten wir es aus den Augen verloren! Aber es ist immer noch da, eine epochale Tatsache, allgegenwärtig wie Hamburger und Kreditkarten, ein weltgeschichtliches Kontinuum. Das Püree bleibt. Es hat objektive Gründe. Deshalb ist ihm mit Sarkasmus nicht beizukommen, geschweige denn mit Konsequenz und moralischen Grundsätzen. Man kann den Brei nicht bis aufs Messer bekämpfen – dazu ist er zu nachgiebig; man kann ihn nicht widerlegen – dazu ist er zu zäh; man kann ihn nicht beseitigen – dazu ist er zu voluminös. Aber am Brei stirbt man nicht. Nur wer sich ihm, wie der arme Herr G., in die Arme wirft, kommt darin um.

Also was sagt die Stimme der Vernunft? Stoisch ertragen und beharrlich ignorieren, sagt sie: den Bericht aus Bonn, zum fünfhundertsten Mal, das Symposion, live übertragen aus dem Verbrauchermarkt, den Kultur-Roller, die Denk-Theke; den Geheimtip runterschlucken; die Förderungsmittel ignorieren, die Lebenshilfe, den Psychoquark, das Sozialgesuddel; den moraltriefenden, staatserhaltenden, revolutionären, kommunikationstheoretisch abgesicherten Verwertungsbrei stillschweigend, gleichmütig, geduldig über sich ergehen lassen.

Leichter gesagt als getan. Ich weiß, das Püree gehört zu den Unkosten der demokratischen, der einzigen Zivilisation, die wir haben, wie die riesigen Dreckhaufen, die sich vor unseren Städten auftürmen; es stinkt zum Himmel, aber gewalttätig ist es nicht. Ich weiß, bei uns soll jeder dürfen, auch der niederträchtige Besserwisser, auch der gemeine Pharisäer, auch der moralische Kretin, und kein Verfassungsgericht kann und will ihm das Maul verbieten. Im Gegenteil, es ist ein Grundrecht, im Püree zu waten. Aufgeschlossen, vorurteilslos, tolerant, so wie ichs gern wäre, möchte ich am liebsten in den Ruf ausbrechen: Weiter so! Jedem das Seine! Aber ich bringe es nicht fertig. Ich hasse diese machtgeschützte Klebrigkeit. Das ist nicht logisch. Das ist nicht konsequent.

Bei Alfred Döblin heißt es einmal: »Ich habe nie versäumt, wo ich ›ja‹ sagte, gleich hinterher ›nein‹ zu sagen.« Der Aufsatz, in dem dieser Satz zu finden ist, trägt keine gelassene, übermütige, elegante Überschrift. Er heißt »Überfließend vor Ekel«.

Da ich sonst nichts Besonderes zu verherrlichen finde, wandelt mich die Lust an, mit einer Lobrede auf den Eigensinn zu enden. Natürlich wird es nicht an Trotteln fehlen – ich höre förmlich ihre Zwischenrufe –, die Eigensinn und Konsequenz in einen Topf werfen und meinen, wo diese am Ende sei, müsse man auch jenen fahren lassen. Das ist falsch. Der Eigensinn ist eine Frage der Haltung, nicht eine Frage des Prinzips. Er braucht keine Begründungen, und Rechtfertigungen hat er nicht zu bieten. Genügsam, wie er ist, erhebt er nicht den geringsten missionarischen Anspruch. Auch läßt er sich von keiner Theorie »ableiten«. Durch Meinungsumfragen und Statistiken wird er kaum zu »erfassen« sein. Er entzieht sich dem logischen Kalkül ebenso wie der politischen Kontrolle, und wie sein Name schon sagt, läßt er sich nicht organisieren. »Sagt, was ihr wollt«, denkt der Eigensinnige, »ich weiß, was ich will, und ich behalte es für mich.« Dann, beim Abschied, sagt er nur: »Es ist nicht zum ändern.«

Zum Beispiel – denn ohne Vorbilder geht es, aber ohne

Beispiele geht es nicht – der unauffällige Mann, der ruhig, freundlich, aber einsilbig im Schnellzug München–Konstanz sitzt. Vor den Fenstern des Abteils III. Klasse ein trüber Novembernachmittag, es wird früh dunkel. Der Mann mit den grauen Augen ist Mitte Dreißig, ordentlich, aber arm gekleidet, wie ein kleiner Handwerker; er schwäbelt ein wenig; seine Hände sind feingliedrig und geschickt. Was wird er gelernt haben, Kunsttischler vielleicht oder Feinmechaniker; nach Feierabend spielt er Zither oder, wenn das Geld reicht, geht er tanzen. Nein, Zeitungen liest er keine. Manchmal geht er in die Kirche, aber ausgeprägte religiöse oder ideologische Überzeugungen hat er nicht, und von Politik hält er wenig.

Endlich kommt der Zug in Konstanz an. Er steigt aus, geht ohne Eile, aber zielstrebig durch die Dunkelheit, an Schrebergärten und Schuppen vorbei. Es ist inzwischen dreiviertel neun Uhr, gleich wird er die Schweizer Grenze erreicht haben. Da treten ihm zwei Zöllner in den Weg, fragen ihn nach seinem Paß, der abgelaufen ist, und verlangen, daß er seine Taschen ausleere. Schmuggelwaren hat er nicht bei sich, nur ein paar Zettel in der Tasche, ein altes Rotfrontkämpfer-Abzeichen (»aus alter Erinnerung«), ein paar Schrauben, Federn und Bolzen, außerdem eine Ansichtskarte aus einer Münchener Gastwirtschaft, dem Bürgerbräukeller. Die Zollbeamten fordern ihn auf, zum Grenzpolizeiposten mitzukommen. Es ist nur eine Routine-Kontrolle.

Während er dort in der Amtsstube wartet, der Kalender an der Wand zeigt den 8. November 1939, explodiert um 21.10 Uhr, auf die Sekunde genau, in München, drei Minuten nachdem Hitler, früher als vorgesehen, den Saal verlassen hat, die Bombe, die Georg Elsner in vier Monaten langer Arbeit hergestellt und in einem Stützpfeiler des Bierlokals eingebaut hatte.

Georg Elser, geboren am 4. Januar 1903 in Hermaringen und am 9. April 1945 im Konzentrationslager Dachau ermordet, Hitlers gefährlichster Gegner, gehörte keiner Verschwörergruppe an, er gehorchte nicht den Weisungen einer Partei. Er hat sein Attentat ganz allein geplant, vorbereitet und ausgeführt. Seine Geschichte gehört nicht zum Lesestoff deutscher Schulbücher. Die deutschen Historiker verzeichnen sie, wenn überhaupt, in einer Fußnote. Für Diskussionen gibt sie wenig her. Sie läßt sich nicht verallgemeinern.

Fachleute, die seit Jahrzehnten auf dem neuesten Stand der Forschung stehen, und Leitartikler, die es ihnen nachbeten, versichern uns, daß wir in einer anonymen Massengesellschaft leben, daß wir außengesteuerte Zombies sind, und daß ganze Generationen unter Anomie, Narzißmus und Ich-Schwäche leiden. In Wirklichkeit aber kann man eigensinnige Menschen heute wie vor vierzig, wie vor vierhundert Jahren überall antreffen, an jeder Straßenecke, in jedem Milieu. Der Eigensinn hat keinen soziologischen Ort. Er ist kein Privileg der Intellektuellen, im Gegenteil. Ich vermute, daß er so leicht und so schwer auszurotten ist wie das Menschengeschlecht. Aber das kann ich, wie die meisten meiner Vermutungen, nicht beweisen. Woher, mitten im tiefsten Brei, der Eigensinn kommt, wovon er zehrt und worauf er es abgesehen hat, kann ich mir nicht erklären. Ich möchte diese Frage, wie die meisten, die mich interessieren, offenlassen.

Das Falsche

Ein Freund von mir, Ost-Berlin, Leipziger Straße,
Deutsche Akademie, hat der Forschung unlängst
ein vollkommen neues Feld eröffnet:
die Fehlerlinguistik. Ja,
da hätte man viel zu tun.

Als Laie kann ich mir kein Urteil erlauben,
doch ich habe den Eindruck,
die Fehler vermehren sich:
Weiße Mäuse, Albinos mit roten Augen,
die übereinander klettern,
über Sessel und Betten,
und immer mehr weiße Mäuse werfen.

Gespräche am Bankschalter,
Ansichten über die Viererbande,
Richtlinien für die Zukunft des Menschengeschlechts.
Falsches Bewußtsein, sagen die Philosophen.
Wenn es nur das wäre.

Bremsen oder beschleunigen,
Hosen mit oder ohne Aufschlag,
deine Moral oder meine.
Wer sich im Recht wähnt,
ist schon gerichtet.

Sich freischaufeln aus einem Berg
von immer mehr rostigen Schaufeln,
mit bloßen Händen – ich fürchte,
das hat keinen Zweck. Alles verkehrt,
vermutlich auch dieser Satz.

Wenn man den eigenen Worten
eine Zeitlang zuhört,
wie sie dröhnen im eigenen Kopf –
man möchte die Augen zudrücken
wie ein kleines Kind,
sich die Ohren zuhalten
und am liebsten gar nichts mehr sagen.
Aber das wäre falsch.

VI
Restlicht

Die Frösche von Bikini

Bohrende Fragen, Gestichel, Einwände:
Er halte inne, höre zu, aufmerksam,
lasse sich alles gesagt sein.
Die unerfüllbaren Forderungen
seien berechtigt.
Die Vorwürfe zu entkräften
sei er nicht in der Lage.
Nur eines bitte er höflich
nicht zu erwähnen: seine Probleme.

Wenn er das schon höre –
vorgestern erst, auf dem Heimweg,
zwischen Ambulanzen und Betonmischmaschinen,
durch die halb offene Tür einer Telefonzelle:
»Meine Probleme« –
ein quakendes Geräusch aus der Leitung,
oder auch auf Kongressen,
in therapeutischer Absicht:
»Wege zur Selbsterfahrung« –
offenbar gar kein Vergleich
mit anderen Wirbeltieren!

Nein, auf Selbsterfahrung lege er keinen Wert,
und Probleme habe er nicht,
wenigstens keine »eigenen«. Plötzlich,
am Abend, die Übelkeit ohne Ursache,
oder »die Unterdrückung« (im Allgemeinen),
oder die Kreidestriche im Scheinwerferlicht
um einen Fleck auf der Autobahn –
er meine besonders die Kreidestriche –:
was daran Besonderes sei,
vermöge er nicht zu erkennen.

Er müsse auf seine Stimme hören,
das sei alles.

Gewisse Geister im Schrank, gewisse Adressen –
da draußen, auf einer staubigen Bank
am Mariannenplatz –
ein Pakistani schlurft vorbei –
Ecke Oranienburger würgt etwas,
privat, unbemerkt, erstickt
und steht nicht mehr auf.

Während ich, sagt er,
weil mir nichts anderes übrigbleibt,
horche, auf jene Stimme,
auf daß sie mir sage wohin,
mit wem, wozu – *meine* Stimme,
sagt er, die sich nicht vernehmen läßt,
und das unterscheidet mich von den Irren –,
weint Fräulein Bausch vor dem Spiegel,
magersüchtig, Ansbacher Straße,
vierter Stock, Gartenhaus –
er deute das alles nur an.

Allzu viele Verluste, süße Isolation,
manches, in dem er nicht mehr enthalten sei;
ferner das Alter, die Wiederholungen
und das Geld. Allerdings, behauptet er,
suchte ich, schuftete, schimpfte,
war ehrgeizig wie ein Idiot,
wurde verlassen, verließ,
und wollte alles zerbrechen.

Damals sei der Hunger größer gewesen.
Zerbrochen habe er nichts.
Ob Wiederholungen so etwas Schlechtes seien,
wisse er nicht genau.

Ohne Zwangsvorstellung
gebe es keine Liebe und keine Arbeit.

Das ist von mir! ruft Engelchen,
das könnte von mir sein! das ist gut! –
bekifft, rote Flecken im Gesicht –,
wirft das Buch weg, schminkt sich,
rauft sich die Haare. Dieser Geruch
aus dem Schlafzimmer,
was ist das? Ammoniak, Gas?
Macht doch die Fenster auf, schnell,
oder schlagt die Tür ein –
merkt denn kein Nachbar was?
Aber die Droysenstraße
liegt völlig verlassen da.

Im August, an entlegenen Stellen,
Schilf und so weiter, Teichlinsen,
höre er, im Licht eines Satelliten,
voller Genugtuung nach Programmschluß
den Fröschen zu. Restbestände.
Diese Vorliebe für alte Häuser,
alte Freiheiten, aussterbende Tiere.
Nichts Besonderes. Aber das Recht
zu quaken und nicht zu quaken –
ihm liege es nun einmal am Herzen,
er bestehe darauf.

Am hellen Nachmittag, anderswo,
verdunkelte Räume. Hier
sind die Vorhänge dick, die Nadeln
glänzen, die Wandtafel mit den Linien
rollt sich im Rauch, es riecht
nach Kampfer. Tiefe Stiche
unter die Haut, natürlich

zum Wohle des Ganzen.
Unblutig lächelt der Akupunkteur.

Oder jene Sitzungen,
auf denen es üblich war,
im Namen der Arbeiterklasse
einander das Nasenbein einzuschlagen,
im übertragenen Sinne natürlich –

Und nun, mein Lieber, haben Sie resigniert?
Nach längerem Nachdenken antwortet er:
Ich bin immer noch da. Und:
Es ist an mir, wie ich glaube,
eine gewisse Beharrlichkeit festzustellen.

Sich Abfinden sei etwas für Optimisten
oder für Tote, etwas Jenseitiges,
komme mithin im Kosmos nicht vor,
sei auch in Friedenau,
dem Stadtviertel, wo er wohne,
eine unbekannte Erscheinung –
ganz im Gegensatz zu Amokläufen,
Tablettenvergiftungen, Psychosen,
kurz, Tathandlungen, Ausbrüchen,
Zerfleischung und Gegenwehr.

Nichts bleibt, wie es ist,
glücklicherweise.
Nicht nur der Frosch,
auch die Froschforschung
kann schließlich zurückblicken
auf Errungenschaften.
Ein ohrenbetäubendes Spektakel.

Auch er werde immer besser,
unwillkürlich, genau wie die Krankheiten,

wie die Zahnkrem, das soziale Netz.
»Auf erweiterter Stufenleiter«,
höre er seine Freunde rufen
von nebenan – »naturwüchsig« –,
und er rufe zurück: Eureka!
Meine Guten, nennt mir doch etwas,
das nicht naturwüchsig wäre.

Vom Laich zur Kaulquappe,
von der Kaulquappe zum Frosch,
vom Frosch zum Fossil.
Ach, was wären wir ohne die erste Evolution,
und die zweite, was wäre sie ohne uns!
Ohne quak wäre quak nicht quak,
und umgekehrt. Wohin er auch höre,
keine Stimme, nur
der wunderbare Gesang der Mutanten.

Ohrenbetäubend und immer neu
ineinander verbissen
diese subtilen Nahrungsketten,
und weich und stumm
ineinander verschlungen
die grauen Lappen der Rinde.

»Über einige strukturelle Eigentümlichkeiten
des sozialen Verhaltens bei *rana rana*«:
All die Fossilien im Sediment
unseres Gehirns rühren sich,
zappeln, elektrisieren uns:
die Erste, die Zweite, die Dritte Natur,
etc. (N_1, N_2, N_3, . . . N_n).

Selbst jene Wolke dort, die er,
vor sich hinmurmelnd, betrachte,
voller Genugtuung, habe sich,

während er murmle, verändert,
naturwüchsig, wattig, fern,
wie gewisse Wörter,
im Aussterben begriffen,
die ihm teuer seien, wie »Wollust«,
»Verlangen«, »Begierde« – Zustände,
instabil wie das Positron,
doch längst nicht so gut erforscht.

Auch jenes wachsverklebte Bett,
jenes Zimmer, schwarz gestreift
vom Ruß der Kerzen, hat eine Adresse;
ihr blakendes Licht,
die achtlos wechselnden Tageszeiten –
ich werde das Haus nicht wiederfinden.

Oder Bikini. Er denke oft an Bikini.
Alles sei wieder da,
dreißig Jahre nach der Apokalypse,
»auf erweiterter Stufenleiter«.
Laubfrösche, taufrisch,
unaufhaltsam. Ein Klettern sei das,
eine Akrobatik, sogar das Wetter
mache Fortschritte. Das Weiß
der Strände, menschenleer –

Wie am gestirnten Himmel über uns
die harte Strahlung, der Helium-Flash,
die hemmungslose Verschwendung,
so auch hienieden. Das Glück –
er wage es kaum, das Wort
in den Mund zu nehmen –, das Glück,
selten, plötzlich, unzweifelhaft
(je nach Chromosomensatz, Klassenlage,
Hormonspiegel, Uhrzeit),
sei vielleicht das letzte Verbrechen.

Der Mann, der am Sonntag verzweifeln muß,
weil am Sonntag das Telefonieren billiger ist,
der Mann, der an den Worten seiner Frau,
einer Fremden hängt, wie an einem Strick,
dieser Mann sei er. Du
hättest nicht zu betteln, ich
hätte dich nicht zu schlagen, wir
hätten einander nicht zu verlieren brauchen –
das alles am Telefon, das alles am Sonntag,
und anderen Leuten, das wisse er wohl,
schiene dieser Abgrund vielleicht
nur ein paar Zentimeter tief –

Gleich bin ich fertig; an meinem Leumund
liegt mir nichts; mein Abschreiber,
mein Polyp, mein Blutegel, Professor Fels,
der »über mich arbeitet« – einer von denen –,
siehe, er langweilt sich schon.
Im übrigen bin ich Zuschauer. Ja,
ich schaue zu. Diese Pflichtübungen,
Maiandachten und Prozessionen,
behauptet er, habe er satt. Bis zum Hals
in löchrigen Schnürstiefeln
eine Halde von alten Schuhen zu überqueren
mit durchgelaufenen Sohlen –
wenn das der Neue Mensch sei,
dann lieber nicht.

Der hat leicht reden.
Und wie stehts mit dem Geld?

Wohnungen, Wagen, Steuerbescheide:
ja, meine Liebste, es stimmt,
ich habe manchmal daran gedacht,
an die Sicherheit, daß ich nicht lache,
wie der Laubfrosch im Glas.

Aber sie beruhigt mich nicht,
die Sicherheit, sie macht Angst.
Daher, glaub mir, kommt meine Ruhe nicht.
Sie nickt verächtlich und geht,
die eine, die mit den hellen Augen,
aber die andere, die keine Furcht hat
und klüger ist, sie wird mir glauben.
Und es ist wahr, daß ich niemanden finde,
der zu beneiden wäre.

Wahr ist *(stockend, niedergeschlagen)*,
daß ich den Schmerz nicht verstehen kann
in eurem Namen. Teilnahmslos
bin ich nicht, sondern geständig.
(*Matt. Zu sich selber.*) Merkwürdig,
was einem alles sympathisch wird mit der Zeit.
Was alles von selber verschwindet.
Was einen dauert. (*Pause. Drohend.*)
Aber ich kann auch anders.
Laßt mir Herrn Dr. Benn in Ruhe!
Belle-Alliance-Straße, alle Kassen.
Seine Patienten jedenfalls
haben sich nie über ihn beklagt.

(*Leise.*) Bis zu einem gewissen Grad
mache ich gemeinsame Sache mit euch.
Aber wir wollen nicht übertreiben.
(*Sehr bestimmt.*) Meine Ruhe,
soweit davon die Rede sein kann,
ist nicht terroristisch. (*Brüsk.*)
Was, Lichtblicke? Oh,
Lichtblicke gibt es genug. Nur da nicht,
wo ihr sie sucht, oder ich.
Utopien? Gewiß, aber wo?
Wir sehen sie nicht. Wir fühlen sie nur
wie das Messer im Rücken.

Unter diesen Umständen müsse er sich
zuweilen der Stimme enthalten.
Er höre die Stecknadeln fallen,
während die Frösche sich heiser schrien
in den Bombenkratern des Fortschritts,
wo der Regen neue Tümpel bildet,
naturwüchsig: N_n sive deus.
Nicht ohne Zuversicht erwarte er
die Abschaffung unsrer Abschaffungen.
Ein schöner Septembertag.
Klammer zu. Ende der Abschweifung.

Seine Lieblingsdroge
sei die Aufmerksamkeit.
Auf die tägliche Prise
von ideologischem Kokain
könne er notfalls verzichten;
und wenn es schon nicht abgehe ohne Moral –
die seine bestehe darin,
nicht zu ermüden. Aufmerksam
wie seine Freundin beim Schminken,
wie der Moskito im Schlafzimmer,
wie der Spitzel vor jedermanns Haus,
wie der Frosch, der ins Wasser springt
bei der geringsten Bewegung,
(und aus ähnlichen Gründen)
betrachte er alles, was der Fall sei.
Seine fünfundzwanzig Sinne reichten hin,
ein Gehirn zu beschäftigen.

Nebenan Kirchenlieder,
gesungen von ältlichen Adventisten.
Friedenau. Wolkenfelder.
Die Massaker, zu denen »es kommt«.
»Historisch«. Sag mir doch etwas,
das nicht »historisch« wäre.

Er murmelt das alles vor sich hin, zerstreut,
abgelenkt von den hundertzwölftausend Farben,
die sein Auge unterscheiden kann.

Einmal, Richtung Bodensee, an der Ausfahrt,
war etwas Weiches zu sehen,
glitzernd im Scheinwerferlicht.
Rettungsfahrzeuge, Männer mit Stangen,
mit Netzen. Ein schwaches Geräusch
unter den Rädern, schlürfend, feucht,
übertönt im Fond von der Kadenz,
Mozart, Klavierkonzert, zweiter Satz –
diese ländliche Gegend,
Flach- und Zwischenmoor,
für die Frösche auf ihrer Wanderung
war sie Bikini.

Da ich aber beschlossen habe,
unauffällig zu sein,
bescheiden, maßvoll und höflich,
und da es nicht üblich ist,
einander laut zu verfluchen,
werde ich meinen Zettel
nicht auseinanderfalten,
die Liste der Ungeheuer
in winziger Schrift, wie das Vaterunser,
in einen Kirschkern geritzt, –
auch weil der Zettel, entfaltet,
uns alle bedecken würde.

Verschwendete Flüche tragen nicht weit.
Ich spare, ich kratze zusammen
das, was ich habe, ich laure,
bis er die Glastür aufstößt
mit seinem glänzenden weißen Gesicht,
der Pharisäer, der ewiglich

bessere Mensch, die Sau
mit dem guten Gewissen:
ihm werfe ich meinen Fluch
vor den Bauch, meine Bombe.

Wer ist hier der Pharisäer?
Wie alt sind Sie überhaupt?
Meinen Sie etwa mich?
Sind Sie verrückt,
einfach hier anzurufen
am Sonntagnachmittag?
Was soll das heißen, Ungeheuer?
Von jetzt an nehme ich jedes Wort,
das Sie sagen, auf Band.

Das alles ist schon eine Weile her.
Hier, weit draußen, Altbau,
Blick auf den Garten,
sind keine Frösche zu hören.
Ich schaue zu. Ich merke, was los ist.
Diese Wolke dort drüben stirbt
vollkommen still. Ich habe verlernt
zu sagen: »Im Gegenteil«.
Hier ist nichts los. Ich warte,
ruhig. Irgendwo kämpfen die Feinde,
nach wie vor, die alten Feinde,
immer ähnlicher einer dem andern,
gleichgültiger, ferner,
immer woanders.

Aber ich bin doch hier,
ich hänge an euch, ich brüte doch
über euerm Brüten. Im toten Winkel,
hinter den ringsum aufgetürmten,
undurchschaubaren, sperrigen Möbeln
atmet es, eingepreßt –

verstellt euch nicht! Ihr hört es
so gut wie ich: ein, aus,
ein, aus – dieser Blasebalg,
den wir nicht sehen können –,
ich kann ihn nicht sehen,
wie er da liegt im Staub und regelmäßig,
regelmäßig, regelmäßig ächzt, ledern
keucht –, davon, davon
erzähle ich euch, dumpf und regelmäßig.

Ich will nicht, daß ihr ihn tauft,
bezeichnet, diskutiert, diesen Balg.
Horcht lieber, mir zuliebe,
ich bitte euch, oder lacht.

Lacht nur! Das macht doch nichts.
Zeit vergeht. Wenn ihr wollt,
halten wir einander den Mund zu,
wenn euch das lieber ist, auch die Ohren –

oder ihr schnupft, kaut, raucht, spritzt,
ich mache mit, ich bin dabei,
wir haben Zeit, macht das Licht an,
wer baden will, badet,
ich sage nicht: »Im Gegenteil«,
im Gegenteil! Werft die Kleider weg,
saugt aneinander,
wer nicht will, hat schon,
feuchtet euch an,
jeder nach seinen Bedürfnissen,
fünf Minuten vor zwölf.

Das könne lange dauern.
Er sei kein Prophet,
über manches rede er nicht,
er deute nur an, warte, und seine Stimme

lasse er nur deshalb erschallen,
weil sonst keine Stimme zu hören sei,
keine Angst, keine Tränen,
er sei ja da, er bleibe.

Ich bleibe, sagt er,
wir sagen einander ins Ohr,
was wir gewollt hätten,
wenn wir nicht dem Warten verfallen wären,
dem atemlosen selbstsüchtigen Horchen
auf unsern Atemzug, wie er dort hinten
rassle, im toten Winkel, innen
rassle, regelmäßig
rassle.

Weiterung

Wer soll da noch auftauchen aus der Flut,
wenn wir darin untergehen?

Noch ein paar Fortschritte,
und wir werden weitersehen.

Wer soll da unsrer gedenken
mit Nachsicht?

Das wird sich finden,
wenn es erst soweit ist.

Und so fortan
bis auf weiteres

und ohne weiteres
so weiter und so

weiter nichts

keine Nachgeborenen
keine Nachsicht

nichts weiter

Zwei Randbemerkungen zum Weltuntergang

I

Die Apokalypse gehört zu unserem ideologischen Handgepäck. Sie ist ein Aphrodisiakum. Sie ist ein Angsttraum. Sie ist eine Ware wie jede andere. Sie ist, meinetwegen, eine Metapher für den Zusammenbruch des Kapitalismus, der bekanntlich seit über hundert Jahren unmittelbar bevorsteht. Sie tritt uns in allen möglichen Gestalten und Verkleidungen entgegen, als warnender Zeigefinger und als wissenschaftliche Prognose, als kollektive Fiktion und als sektiererischer Weckruf, als Produkt der Unterhaltungsindustrie, als Aberglauben, als Trivialmythos, als Vexierbild, als Kick, als Jux, als Projektion. Sie ist allgegenwärtig, aber nicht »wirklich«: eine zweite Realität, ein Bild, das wir uns machen, eine unaufhörliche Produktion unserer Phantasie, die Katastrophe im Kopf.

Sie ist all dies und noch mehr, nämlich eine der ältesten Vorstellungen des Menschengeschlechts. Über ihre Ursprünge ließen sich ganze Folianten schreiben, und selbstverständlich sind diese Folianten auch geschrieben worden. Über ihre wechselvolle Geschichte wissen wir ebenfalls allerhand, über ihr periodisches Hervor- und Zurücktreten und über den Zusammenhang dieser Schwankungen mit dem materiellen Prozeß der Geschichte. Die Idee der Apokalypse hat das utopische Denken seit seinen Anfängen begleitet, sie folgt ihm wie ein Schatten, sie ist seine Kehrseite, sie läßt sich nicht von ihm ablösen: ohne Katastrophe kein Millennium, ohne Apokalypse kein Paradies. Die Vorstellung vom Weltuntergang ist nichts anderes als eine negative Utopie.

Aber auch der Untergang ist nicht mehr das, was er

einmal war. Der Film, der in unseren Köpfen und noch viel hemmungsloser in unserm Unbewußten läuft, unterscheidet sich in vieler Hinsicht von den alten Träumen. In ihren historischen Ausprägungen war die Apokalypse eine ehrwürdige, ja geheiligte Vorstellung. Die Katastrophe, mit der wir umgehen (oder vielmehr: die in uns umgeht), ist dagegen eine ganz und gar säkularisierte Erscheinung. Wir lesen ihre Zeichen von den Häuserwänden ab, an denen sie, ungelenk gesprüht, über Nacht auftauchen, oder von den Zahlenschlangen, die der Computer auswirft.

Unser siebenköpfiges Ungeheuer hört auf viele Namen: Polizeistaat, Paranoia, Bürokratie, Terror, Wirtschaftskrise, Rüstungswahn, Umweltvernichtung; die vier Reiter sehen aus wie Westernhelden und verkaufen Zigaretten, und die Posaunen, die den Weltuntergang ankündigen, dienen einem Werbespot als Begleitmusik. Früher sahen die Menschen in der Apokalypse die unerforschliche, rächende Hand Gottes am Werk, heute erscheint sie als methodisch kalkuliertes Produkt unserer eigenen Anstrengungen, und die Geister, deren Wirken wir ihr Herannahen zuschreiben, rufen wir selbst: die »Roten«, die Ölscheichs, die Terroristen, die Multis; die Gnome von Zürich und die Frankensteins der biologischen Labors; Ufos und Neutronenbomben; Dämonen aus dem Kreml oder aus dem Pentagon: eine Unterwelt unvorstellbarer Verschwörungen und Machinationen, an deren Fäden die allmächtigen Kretins der Geheimdienste ziehen.

Auch war die Apokalypse einst ein singuläres Ereignis, das plötzlich, aus heiterem Himmel, zu gewärtigen war: eine undenkbare Weltminute; nur die Seher und Propheten konnten sie vorausahnen, auf deren Warnungen und Weissagungen freilich niemand hören wollte. Dagegen pfeifen unsern eigenen Untergang die Spatzen von den Dächern; das Moment der Überraschung fehlt; er scheint nur eine Frage der Zeit zu sein. Wir stellen uns ein schleichendes, quälend langsam voranschreitendes Verhängnis vor: die Apokalypse in Zeitlupe. Sie erinnert an jenen ergrauten Klassiker der Stummfilm-Avantgarde, in dem ein riesiger Fabrikschlot zu sehen ist, wie er geräuschlos auf der Leinwand zerbricht und in sich zusammenstürzt, zwanzig Minuten lang, während die Zuschauer, in einer Art schläfrigen Komforts, sich zurücklehnen in ihren abgeschabten Samtsesseln und Popcorn und gebrannte Mandeln knabbern. Nach der Vorstellung betritt der Futurologe die Bühne. Er sieht aus wie eine schlechte Imitation von Dr. Strangelove, dem Wahnsinnigen Wissenschaftler, nur daß er abscheulich fett ist. In aller Gemütsruhe teilt er uns mit, daß der Ozongürtel der Atmosphäre in zwanzig Jahren verschwunden sein wird, so daß wir unfehlbar von der kosmischen Strahlung geröstet werden, falls wir bis dahin noch unter den Lebenden weilen sollten. Unfaßbare Substanzen in der Milch treiben uns der Psychose in die Arme, und angesichts des Tempos, mit dem die Weltbevölkerung sich vermehrt, werden bald nur noch Stehplätze frei sein auf unserem Planeten. Dies alles mit der Habana-Zigarre in der Hand, in wohlgesetzter, logisch einwandfreier Rede. Das Publikum unterdrückt ein Gähnen, obgleich das Desaster, dem Professor zufolge, unmittelbar bevorsteht. Allerdings nicht für heute nachmittag. Heute nachmittag nämlich wird alles genauso weitergehen wie bisher, ein wenig schlechter vielleicht als letzte Woche, aber unmerklich schlechter. Sollte allerdings der eine oder andere unter uns gerade an diesem Nachmittag ein wenig deprimiert sein, was ja nicht ausbleiben kann, so wird ihn vielleicht, ganz egal ob er im Pentagon oder im Untergrund arbeitet, oder auch Hemden bügelt oder Transformatorenbleche schweißt, der Gedanke heimsuchen, daß es eigentlich einfacher wäre, wenn wir es ein für allemal hinter uns hätten, wenn die Katastrophe wirklich *käme*. Aber daran ist nicht zu denken. Die Endgültigkeit, früher eins der hauptsächlichen Attribute der Apokalypse und einer der Gründe für ihre Anziehungskraft, ist uns nicht beschieden.

Abhanden gekommen ist uns auch ein anderer traditioneller Aspekt des Weltunterganges. Früher galt es als ausgemacht, daß er eine Angelegenheit wäre, von der alle miteinander gleichzeitig und ausnahmslos betroffen sein würden; das nie eingelöste Verlangen nach Gleichheit und Gerechtigkeit fand in dieser Vorstellung eine letzte Zuflucht. Aber so, wie er sich in unsern Köpfen abmalt, ist der Untergang kein Gleichmacher mehr, im Gegenteil. Er ist von Land zu Land, von Klasse zu Klasse, von Ort zu Ort verschieden; während er die einen ereilt, betrachten die andern ihn auf dem Fernsehschirm. Es werden Bunker gebaut, Ghettos eingemauert, Festungen errichtet, Leibwächter engagiert, im großen wie im kleinen. Dem Landhaus mit Alarmanlagen und elektrischer Umzäunung entsprechen, im internationalen Maßstab, ganze Länder, die sich einigeln, während andere vor die Hunde gehen. Der Alptraum vom Untergang macht der Ungleichzeitigkeit kein Ende, er radikalisiert sie nur: seine afrikanischen und indischen Versionen werden von denen, die er nicht ereilt, einschließlich der afrikanischen und indischen Regierungen, mit einem Achselzucken übergangen. Spätestens an diesem Punkt hat der Jux ein Ende.

II

Berlin, im Frühjahr 1978

Lieber Balthasar, als ich meine Glosse zur Apokalypse schrieb – eine Arbeit, die sich zugegebenermaßen nicht durch Gründlichkeit und Ernst auszeichnet – da wußte ich nicht, daß auch Du Dich mit der Zukunft beschäftigst. Du hast Dich am Telephon darüber beklagt, daß Du »nicht recht weiterkommst«. Das klang beinahe wie ein Hilferuf. Ich kenne Dich gut genug, um Dein Dilemma zu begreifen. Die einzigen, die dem Jahr 2000 voller Frohsinn entgegenmarschieren, mit der Unbeirrbarkeit von Lemmingen, sind heutzutage die Technokraten, und zu denen gehörst Du nicht. Im Gegenteil, Du bist eine treue Seele, stets bereit, Dich um das Banner der Utopie zu scharen. Du möchtest es wie eh und je mit dem Prinzip Hoffnung halten, weil Du es gut mit uns meinst, nicht nur mit Dir und mit mir, sondern mit der ganzen Menschheit.

Sei mir nicht böse, wenn sich das ironisch anhört. Es ist nicht meine Schuld. Du hättest es gern gesehen, wenn ich Dir zu Hilfe geeilt wäre. Mein Brief wird Dich enttäuschen, und vielleicht hast Du sogar das Gefühl, ich fiele Dir in den Rücken. Das ist nicht meine Absicht. Ich möchte nur eines vorschlagen: daß wir ohne Ärmelschoner denken.

Die Stärke der linken Theorie, gleich welcher Prägung, hat von Babeuf bis Bloch, also mehr als anderthalb Jahrhunderte lang, darin gelegen, daß sie auf einer positiven Utopie beruhte, der die Welt nichts Ebenbürtiges entgegenzusetzen hatte. Sozialisten, Kommunisten, Anarchisten waren sich einig in der Überzeugung, daß ihr Kampf in absehbarer Zeit das Reich der Freiheit herbeiführen würde. »Sie kannten ihr Ziel und wußten ganz genau, was sie zu tun hatten, um es, mit Hilfe der Kräfte, die in der Geschichte am Werk waren, durch Strategie und Anstrengung, zu erreichen. Das alles ist nicht mehr der Fall.« Diese lapidaren Sätze las ich neulich in einem Artikel des englischen Historikers Eric Hobsbawm. »Allerdings«, das verfehlt der alte Kommunist nicht hinzuzufügen, »stehen

sie in dieser Hinsicht nicht allein da. Die Kapitalisten sind ebenso wie die Sozialisten außerstande, die Zukunft zu verstehen, und sie sind ebenso verblüfft darüber, daß ihre Theoretiker und Propheten versagt haben.«
Hobsbawm hat recht: Das ideologische Defizit existiert auf beiden Seiten. Dennoch gleicht sich der Verlust an Zukunftsgewißheit nicht aus. Er ist für die Linke schwerer zu tragen als für diejenigen, die nie etwas anderes im Sinn hatten, als um jeden Preis einen Zipfel ihrer eigenen Macht und ihrer eigenen Privilegien festzuhalten. Aus diesem Grund verlegt sich die Linke darauf, wie Du, lieber Balthasar, zu klagen und zu schimpfen.

Niemand sei mehr bereit, sagst Du, und niemand sei mehr in der Lage, einen positiven Gedanken zu fassen, der den Horizont des Tatsächlichen überschreite. Statt dessen mache sich das falsche Bewußtsein breit; Abtrünnige und Verblendete beherrschten die Szene. Ich erinnere mich an unser letztes Gespräch über den Neuen Irrationalismus, an Dein Lamentieren über die Resignation, die Du allenthalben witterst, und an Deine Tiraden gegen die koketten Schwarzseher, die schamlosen Pessimisten, die Apostel des Defaitismus. Ich werde mich hüten, Dir zu widersprechen. Aber ich wundere mich darüber, daß Dir an alledem eines nicht aufgefallen ist: nämlich die Tatsache, daß eben in diesen Äußerungen und Stimmungen das zu finden ist, was Du vermißt – ein Denken, das die Grenzen des Faktischen überschreitet. Schließlich ist die Welt ja nicht untergegangen (sonst könnten wir uns nicht über den Weltuntergang unterhalten), und mir ist bisher auch kein schlüssiger Beweis dafür bekannt, daß ein derartiges Ereignis zu irgendeinem unzweifelhaft feststehenden Zeitpunkt stattfinden wird. Daraus ziehe ich den

Schluß, daß es sich hier um eine Utopie handelt, wenn auch um eine negative; und ich stelle zweitens fest, daß die linke Theorie für den Umgang mit dieser Art von Utopie, aus den angegebenen historischen Gründen, nicht besonders gut gerüstet ist.

Deine Reaktionen sind nur ein weiterer Beweis für meine Vermutung. Auf die erste Strophe Deines Liedes, in der Du den vorherrschenden Geisteszustand beklagst, läßt Du prompt die zweite folgen, in der die Sündenböcke aufgezählt werden. Einem alten Routinier der Theorie wie Dir fällt es nicht schwer, die Schuldigen dingfest zu machen: den ideologischen Gegner, die Agenturen des Rollback, die Medien der Manipulation. Deine Argumente sind mir nicht neu. Sie erinnern mich an einen Aufsatz, der mir vor einigen Jahren unter die Augen kam. Der Verfasser, ein amerikanischer Marxist namens H. C. Greisman, kam zu dem folgenden Schluß: »Die Untergangs-Bilder, mit denen die Medien arbeiten, zielen darauf ab, die Massen derart zu hypnotisieren und zu verblöden, daß sie dahin kommen, jede revolutionäre Hoffnung für unsinnig zu halten.«

An dieser These fällt vor allem ihr defensiver Kern auf. Die klassische marxistische Kritik hat, solange sie ihrer selbst sicher war, hundert Jahre lang genau umgekehrt argumentiert. Sie hat die Katastrophenbilder und Untergangsvisionen ihrer Zeit nicht als bloße Lügen verstanden, die von irgendwelchen geheimen Verführern ausgebrütet und unters Volk gebracht würden; sondern sie hat versucht, sie gesellschaftlich zu erklären, als symbolische Abbildungen eines durchaus realen Prozesses. Noch in den zwanziger Jahren hat die Linke, um nur ein Beispiel zu nennen, die Anziehungskraft der Spenglerschen Geschichtsmetaphysik auf die bürgerliche Intelligenz so gedeutet: *Der Untergang des Abendlandes* sei in Wirklichkeit nichts

weiter als der bevorstehende Zusammenbruch des Kapitalismus.
Heute hingegen fühlt sich ein Mann wie Du durch die apokalyptische Phantasie nicht mehr bestätigt, sondern bedroht; Du reagierst auf sie mit Durchhalteparolen und Abwehrgesten. Was bei diesen Pflichtübungen herauskommt, lieber Balthasar, scheint mir, offen gestanden, ziemlich armselig. Damit will ich nicht behaupten, daß es schlechthin falsch wäre.
Natürlich läßt Du Dir den altbewährten Regreß auf die Ideologiekritik nicht entgehen. Und es ist ein Kinderspiel, zu zeigen, daß das Auf und Ab von utopischen und apokalyptischen Stimmungen in der Geschichte mit den jeweiligen politischen, sozialen und ökonomischen Verhältnissen korrespondiert. Auch ist es unbestreitbar, daß sie, wie jede massenhaft verbreitete Phantasie, politisch ausgebeutet werden. Du solltest Dir nicht einbilden, daß Du mir das ABC vorbuchstabieren müßtest. Daß die Katastrophenphantasie stets den Wunsch nach wunderbarer Rettung nahelegt, weiß ich so gut wie Du, und es ist mir klar, daß der bonapartistische Erlöser, in Gestalt der Militärdiktatur und des Rechtsputsches, immer schon in den Kulissen wartet. An Leuten, die, wenn es ums Überleben geht, nur allzu bereit sind, sich dem starken Mann anzuvertrauen, hat es noch nie gefehlt, und es wundert mich auch nicht, daß sich unter denen, die in den letzten Jahren, mehr oder weniger deutlich, nach ihm gerufen haben, ein Liberaler und ein Stalinist befinden: der amerikanische Soziologe Heilbroner und der deutsche Philosoph Harich. Auch leidet es keinen Zweifel, daß die apokalyptische Metaphorik Entlastung vom analytischen Denken verspricht, weil sie dazu neigt, alles in einen Topf zu werfen. Vom Nahost-Konflikt bis zum Poststreik, von der Punk-Mode bis zur Reaktor-Katastrophe wird alles und jedes aufgefaßt als obskures Zeichen für eine

imaginäre Totalität, die Katastrophe »überhaupt«. Die Tendenz zur vorschnellen Verallgemeinerung beschädigt den Rest von klarem Denkvermögen, der uns geblieben ist. In diesem Sinn führt die Untergangsstimmung tatsächlich nur zur Mystifikation. Selbstverständlich kann der Neue Irrationalismus, über den Du Dich beschwerst, die realen Probleme keineswegs lösen. Er läßt sie im Gegenteil unlösbar scheinen.

Das alles ist leicht gesagt, aber es verschlägt sehr wenig. Du ziehst gegen die Untergangsträume, die Dich heimsuchen, mit Klassiker-Zitaten zu Felde. Aber Deine rhetorischen Siege, lieber Balthasar, erinnern mich an die Heldenstückchen des Barons von Münchhausen. Genau wie er, allein und unerschrocken, willst Du Dein Ziel erreichen, und um nicht von der korrekten, geraden Linie abzuweichen, bist Du notfalls auch bereit, auf eine Kanonenkugel zu springen.

Aber die Zukunft ist keine Spielwiese für Husaren und die Ideologiekritik keine Kanonenkugel. Du solltest es den Futurologen überlassen, den Prahlereien eines alten Zinnsoldaten nachzueifern. Die Zukunft, die Du meinst, ist überhaupt kein Gegenstand der Wissenschaft. Sie ist etwas, das nur im Medium der gesellschaftlichen Phantasie existiert, und das Organ, mit dem sie hauptsächlich erfahren wird, ist das Unbewußte. Daher rührt die Mächtigkeit der Bilder, die wir alle miteinander Tag und Nacht hervorbringen: nicht nur mit dem Kopf, sondern mit dem ganzen Körper. Unsere kollektiven Angst- und Wunschträume wiegen mindestens so schwer, wahrscheinlich schwerer als unsere Theorien und unsere Analysen.

Daß sie von alledem nichts weiß und auch nichts wissen will, macht die eigentümliche Schäbigkeit der landläufigen Ideologiekritik aus. Ist Dir nicht aufgefallen, daß sie längst dazu übergegangen ist, das was uns nicht paßt, zu tabuisieren, anstatt es zu erklären? Sie hat, ohne daß wir es recht bemerkt hätten, die Rolle eines Aufpassers übernommen. Zu der staatserhaltenden Zensur der Law-and-order-Leute haben sich in den Gesellschafts- und Humanwissenschaften nun auch noch die Irrenwärter von links gesellt, die uns mit ihren Tranquilizern stillegen wollen. Ihre Maximen sind: 1. Nie etwas zugeben. 2. Unbekanntes auf Bekanntes reduzieren. 3. Immer nur mit dem Kopf denken. 4. Das Unbewußte hat zu kuschen.

Die Arroganz dieser akademischen Exorzisten wird nur durch ihre Ohnmacht übertroffen. Sie begreifen nicht, daß man Mythen nicht durch Seminararbeiten widerlegen kann und daß ihre Denkverbote kurze Beine haben. Was, zum Beispiel, hilft es ihnen, und was nützt es uns, wenn sie, zum hundertsten Mal, jeden Vergleich zwischen Natur- und Gesellschaftsprozessen für unzulässig und reaktionär erklären? Die elementare Kraft der Phantasie lehrt Millionen von Menschen, dieses Verbot fortwährend zu übertreten. Unsere Ideologen machen sich lächerlich, wenn sie versuchen, unauslöschliche Bilder wie Flut und Brand, Erdbeben und Hurrikan zu tilgen. Übrigens gibt es unter den Naturwissenschaftlern Leute, die dabei sind, solche Phantasien auf ihre Weise zu bearbeiten und produktiv zu machen, statt sie zu verbannen: Mathematiker, die eine topologische Theorie der Katastrophe entwerfen, und Biochemiker, die sich über gewisse Analogien von biologischer und sozialer Evolution Gedanken machen. Auf den Soziologen, der begriffen hätte, daß es, in einem Sinn, der noch zu entziffern ist, für uns eine reine Naturkatastrophe gar nicht mehr geben kann, warten wir immer noch vergebens.

Statt dessen weigern sich unsere Theoretiker, gefesselt an die philosophischen Traditionen des deutschen Idealismus, bis heute, zuzugeben, was jeder Passant längst verstanden hat: daß es keinen Weltgeist gibt; daß wir die Gesetze der Geschichte nicht kennen; daß auch der Klassenkampf ein »naturwüchsiger« Prozeß ist, den keine Avantgarde bewußt planen und leiten kann; daß die gesellschaftliche wie die natürliche Evolution kein Subjekt kennt und daß sie deshalb unvorhersehbar ist; daß wir mithin, wenn wir politisch handeln, nie das erreichen, was wir uns vorgesetzt haben, sondern etwas ganz anderes, das wir uns nicht einmal vorzustellen vermögen; und daß die Krise aller positiven Utopien eben hierin ihren Grund hat. Die Projekte des 19. Jahrhunderts sind von der Geschichte des 20. samt und sonders falsifiziert worden. Eric Hobsbawm erinnert in seinem Aufsatz an einen Kongreß, den die spanischen Anarchisten anno 1898 abgehalten haben. Sie entwarfen damals ein glorreiches Zukunftsbild von der Zeit nach dem Sieg der Revolution: eine Welt von strahlenden Hochhäusern mit Fahrstühlen, die einem das Treppensteigen ersparen würden, elektrisches Licht für alle, Müllschlucker und wunderbare Haushaltsmaschinen ... Dieser Menschheitstraum, vorgebracht mit messianischem Pathos, kommt uns bekannt vor: im Märkischen Viertel ist er Wirklichkeit geworden. Es gibt Siege, die von Niederlagen schwer zu unterscheiden sind. Niemand erinnert sich mit Behagen an die Verheißung der Oktoberrevolution vor sechzig Jahren: wenn nur erst einmal die Kapitalisten aus Rußland vertrieben wären, würde für die Arbeiter und Bauern die Morgenröte einer Zukunft ohne Ausbeutung und Unterdrückung anbrechen ...

Lieber Balthasar, bist Du noch da? Hörst Du mir zu? Ich bin gleich zu Ende mit meinem Brief. Entschuldige, wenn er sich in die Länge gezogen hat; entschuldige, wenn meine Sätze einen höhnischen Unterton angenommen haben. Nicht ich habe ihn hineingelegt, es ist ein sozusagen objektiver historischer Hohn, und wer den Spott hat, braucht für den Schaden nicht zu sorgen. Wir haben ihn alle miteinander zu tragen.

Optimismus, Pessimismus, mein Lieber – das sind Heftpflaster für Leitartikler und Wahrsager. Die Zukunftsbilder, die die Menschheit sich entwirft, Utopien im positiven wie im negativen Sinn, sind nie eindeutig gewesen. Die Vorstellung vom Millennium, vom Sonnenstaat, war kein platter Traum vom Schlaraffenland, sie hat immer auch Momente von Angst, Panik, Terror und Zerstörung mit sich getragen; und umgekehrt bringt die apokalyptische Phantasie nicht nur Bilder der Dekadenz und der Verzweiflung hervor; sie enthält auch, unauflöslich mit dem Schrecken verschlungen, das Verlangen nach Rache, nach Gerechtigkeit, Regungen der Erleichterung und der Hoffnung.

Die Besserwisser und die Pharisäer wollen uns weismachen, daß die Welt wieder in Ordnung wäre, wenn die »fortschrittlichen Kräfte« die Phantasie der Menschen an die Kandare nähmen, wenn sie selber endlich im ZK säßen und die Bilder des Untergangs per Parteibeschluß verbieten könnten. Sie wollen nicht verstehen, daß wir selber es sind, die diese Bilder hervorbringen, und daß wir an ihnen festhalten, weil sie unsern Erfahrungen, Wünschen und Ängsten entsprechen, auf der Autobahn zwischen Frankfurt und Bonn, vor dem Bildschirm, der zeigt, daß wir im Krieg sind, unter Hubschraubern, in den Korridoren der Kliniken, der Arbeitsämter und der Gefängnisse: weil sie, mit einem Wort, in diesem Sinne realistisch sind.

Ich brauche Dir nicht zu versichern, mein lieber Balthasar, daß ich von der Zukunft so wenig weiß wie Du. Ich schreibe Dir, weil ich Dich nie zu den Planstellendenkern, zu den Fahrkartenzwickern des Weltgeistes gerechnet habe. Ich wünsche Dir, wie mir selber und uns allen, ein bißchen mehr Klarheit über die eigene

Konfusion, ein bißchen weniger Angst vor der eigenen Angst, ein bißchen mehr Aufmerksamkeit, Respekt und Bescheidenheit vor dem Unbekannten. Dann werden wir weitersehen.

Dein H. M. E.

Die Furie

Sie sieht zu, wie es mehr wird,
verschwenderisch mehr,
einfach alles, wir auch;
wie es wächst, über den Kopf,
die Arbeit auch; wie der Mehrwert
mehr wird, der Hunger auch;
sieht einfach zu, mit ihrem Gesicht,
das nichts sieht; nichtssagend,
kein Sterbenswort;
denkt sich ihr Teil;
Hoffnung, denkt sie,
unendlich viel Hoffnung,
nur nicht für euch;
ihr, die nicht auf uns hört,
gehört alles; und sie erscheint
nicht fürchterlich; sie erscheint nicht;
ausdruckslos; sie ist gekommen;
ist immer schon da; vor uns
denkt sie; bleibt;
ohne die Hand auszustrecken
nach dem oder jenem,
fällt ihr, was zunächst unmerklich,
dann schnell, rasend schnell fällt, zu;
sie allein bleibt, ruhig,
die Furie des Verschwindens.

Restlicht

Doch doch, ich gehöre auch zu denen,
die es hier aushalten. Leicht sogar,
im Vergleich zu Kattowitz oder Montevideo.
Hie und da Reste von Landschaft,
rostende Eisenbahnschienen, Hummeln.
Ein kleiner Fluß, Erlen und Haselnüsse,
weil das Geld nicht gereicht hat
zur Begradigung. Über dem trüben Wasser
das Summen der Hochspannungsmasten
stört mich nicht. Es redet mir ein,
daß ich noch eine Weile lang
lesen könnte, bevor es dunkel wird.
Und wenn ich mich langweilen will,
ist das Fernsehen da, der bunte Wattebausch
auf den Augen, während draußen im Regen
die kindlichen Selbstmörder auf ihren Hondas
um den leeren Platz heulen. Auch der Krach,
auch die Rachsucht ist noch ein Lebenszeichen.
Im halben Licht vor dem Einschlafen
keine Kolik, kein wahrer Schmerz.
Wie einen leichten Muskelkater
spüren wir gähnend, sie und ich,
die von Minute zu Minute
kleiner werdende Zeit.

Der Aufschub

Bei dem berühmten Ausbruch des Helgafell, eines
Vulkans
auf der Insel Heimaey, live übertragen von einem
Dutzend
hustender Fernsehteams, sah ich, unter dem
Schwefelregen,
einen älteren Mann in Hosenträgern, der,
achselzuckend
und ohne sich weiter zu kümmern um Sturmwind,
Hitze,
Kameraleute, Asche, Zuschauer (unter ihnen auch ich
vor dem bläulichen Bildschirm auf meinem Teppich),
mit einem Gartenschlauch, dünn aber deutlich sichtbar.
gegen die Lava vorging, bis endlich Nachbarn,
Soldaten,
Schulkinder, ja sogar Feuerwehrleute mit Schläuchen,
immer mehr Schläuchen, gegen die heiße,
unaufhaltsam
vorrückende Lava eine Mauer aus naß erstarrter
kalter Lava höher und höher türmten, und so,
zwar aschgrau und nicht für immer, doch einstweilen,
den Untergang des Abendlandes aufschoben,
dergestalt,
daß, falls sie nicht gestorben sind, auf Heimaey,
einer Insel unweit von Island, heute noch diese Leute
in ihren kleinen bunten Holzhäusern morgens
erwachen
und nachmittags, unbeachtet von Kameras, den Salat
in ihren Gärten, lavagedüngt und riesenköpfig,
sprengen, vorläufig nur, natürlich, doch ohne Panik.

Vermutungen über die Turbulenz

Der Pluralismus verschont nichts. Auch die Zukunft ist nicht gegen ihn gefeit. In allen natürlichen Sprachen ist sie, als ob sich das von selbst verstünde, ein Singularetantum, so wie die Vergangenheit und die Gegenwart, von denen die meisten unter uns nach wie vor glauben, daß sie nur *einmal* vorkämen. Wenn wir dagegen an das denken, was uns bevorsteht, schwindelt uns der Kopf. Die Fähigkeit, das, was noch nicht da ist, unter die Einzahl zu subsumieren, ist uns abhanden gekommen. In diesem Sinn haben wir nicht zu wenig Zukunft vor uns oder gar überhaupt keine, wie die verstaubte Parole *No future* uns weismachen will, sondern zu viel, will sagen: zu viele. Die Zukunft ist als homogene Vorstellung undenkbar geworden. Jede Überlegung, die ihr gilt, spaltet sich nach Art eines endlos verzweigten Entscheidungsbaums auf und bringt eine Mannigfaltigkeit hervor, der wir weder ausweichen noch Herr werden können.

Alle diese möglichen Zukünfte konkurrieren miteinander und stoßen sich in ihrem Gedrängel die Ellbogen wund. Das vermindert jede von ihnen und beschädigt sie in ihrer Dignität. Vermutlich hat das viel beklagte Schwinden der Utopie in dieser Selbstrelativierung des Möglichen seinen Grund. Nicht weil uns nichts mehr einfiele, sondern weil das Angebot an Zukunftsphantasmen unsere Fassungskraft überfordert, erscheinen uns die verfügbaren Entwürfe, gleichgültig ob Eutopie oder Mätopie, unverbindlich, um nicht zu sagen banal.

Die Futurologie ist die Wissenschaft vom Kaffeesatz. Die Muster und Strukturen, die sie deuten will, schreibt sie ihrem Material zu, um sie dann aus ihm herauszulesen; auf diese Weise ist der Mars zu seinen Kanälen gekommen und der Mond zu seinem Gesicht. Dieses psychodelische Verfahren kann sich auf ein stilles Einverständnis mit unseren alltäglichen *Projektionen* stützen. Es ist amüsant zu sehen, wie der mathematische Terminus sich mit dem psychoanalytischen kreuzt, ohne daß den beteiligten Disziplinen dabei ein Licht aufginge.

Der Zukunftspluralismus gehört inzwischen zur Innenausstattung der Normalität. Jeder, der »über den Tag hinaus denkt« – und wem bliebe das schon erspart? –, entwickelt unvermeidlich ganze Serien von Szenarios, die untereinander nicht nur inkonsistent sind, sondern sich gegenseitig ausschließen. Der gleiche Mensch, der davon überzeugt ist, daß eine weltweite Katastrophe unmittelbar bevorsteht, schließt, ohne mit der Wimper zu zucken, eine Lebensversicherung auf dreißig Jahre ab. Das Hin- und Herpendeln zwischen Wassermann-Zeitalter und Apokalypse, New Age und Rentenkalkül, Nirwana und Anlageberatung ist längst zu einem massenhaften Phänomen geworden. Über die gröberen Szenarios, in denen der Aberglaube nistet, kann man sich leicht lustig machen; aber auch unter Leuten, die sich für vollkommen vernünftig halten, hat die Zukunft ihre Konjunkturen, deren Auf und Ab rational schwer zu erklären sein dürfte. Der nukleare Krieg in Europa, noch vor wenig Jahren ein obsessiver Angsttraum, ist aus der kollektiven Phantasie so gut wie ganz verschwunden. An seiner Stelle wird, in zahllosen Versionen, der ökologische Untergang beschworen. So erscheint noch das Unvorstellbare als bloße Variante, das Aussterben der Gattung als austauschbares Spielmaterial.

Auch die »Visionen« vom Untergang gehorchen dem Verwertungszyklus der Medien. Ihre Totalität ist scheinbar; die Endgültigkeit, die sie beanspruchen, läßt Platz für andere, die ebenso ausschließlich auftreten:

Alles wird ganz anders, weil die Weltwirtschaft demnächst zusammenbricht, weil die künstliche Intelligenz das Subjekt ersetzt, weil unheilbare Seuchen alle andern Katastrophen überflüssig werden lassen, weil die Gentechnik dem Menschen ein Ende macht, und so fort.

Aber auch auf den Pessimismus ist kein Verlaß. Nicht nur die monatliche Tilgungsrate für das Eigenheim versieht ihn mit einem stillschweigenden, aber zähen Vorbehalt. Derselbe mündige Bürger, der von der unaufhaltsamen Vergiftung der Erde, vom Schmelzen der Polkappen, von der Erschöpfung aller Ressourcen überzeugt ist, hält zugleich an der Ideologie des *technological fix* fest und erwartet die erlösende Erfindung, das rettende Serum, den sanften Trick, der alle Energieprobleme ein für allemal lösen wird.

Die Koexistenz des Unvereinbaren herrscht auch in der Expertensphäre. Als Pioniere der modernen Wahrsagerei können die Ökonomen gelten. Seit eh und je, gänzlich unangefochten von jeder Widerlegung durch die Realität, stellen sie der Wirtschaft mit ernster Miene ihre Horoskope. Der orthodoxe Marxist berechnet das Datum, an dem der Kapitalismus endgültig zusammenbricht, der windige Anlageberater sagt auf Hochglanzprospekten die nächste Börsenhausse voraus. Beide finden ein gläubiges Publikum vor. Ihre Prognosen haben nur eines gemeinsam: die unerschütterliche Gewißheit, mit der sie vorgetragen werden. In diesem Punkt ist sich der Club of Rome mit der Kernkraftlobby ebenso einig wie der Klimaforscher mit dem Demographen: jeder hat die Zukunft, seine Zukunft, für sich gepachtet.

Den Platz auf der Wippe nimmt der Adressat dieser Bemühungen ein. Die Medien setzen ihn einem ständigen Wechsel von Untergangs- und Beruhigungsparolen aus, und es bleibt ihm kaum etwas anderes übrig, als sich an das labile Gleichgewicht von Panik und Apathie zu gewöhnen. Der *common sense*, der an das Durchwursteln glaubt, immunisiert sich auf die Dauer gegen die Handlungsanweisungen, die sowohl in positiven wie in negativen Prophezeiungen verborgen sind. Wer einen Blick in die Zukunftsszenarios aus den fünfziger, sechziger, siebziger Jahren wirft, wird zugeben müssen, daß der gesunde Menschenverstand in seiner Beschränktheit nicht schlechter abgeschnitten hat als alle *think tanks* dieser Welt.

Es sind also recht handgreifliche Erfahrungen, die der Geschichtsphilosophie den Boden entzogen haben. Die Naivität aller Theorien, die letzten Endes nur säkularisierte Versionen der Heilsgeschichte sind, ist auch für den, der mit dem spekulativen Denken wenig anzufangen weiß, eklatant geworden. Gleichgültig, ob sie im »progressiven« oder im »konservativen« Gewand auftreten – ihr Selbstvertrauen hat sehr gelitten, und man merkt ihnen an, daß sie nur noch ihren eigenen Nachlaß verwalten.

Überraschender und denkwürdiger Weise ist es ausgerechnet eine bestimmte Fraktion der »harten« Wissenschaften, die in dieser Lage neue Vorschläge zu machen hat, und zwar gerade dadurch, daß sie von ihrer eigenen Tradition, der Dogmatik des exakten Kalküls, Abschied nimmt. Aus der Thermodynamik, der Evolutions- und Systemtheorie, aber auch aus der Mathematik und der theoretischen Physik sind Ansätze hervorgegangen, die vielleicht aus den alten Sackgassen herausführen könnten.

Es geht dabei um neue Paradigmen der Selbstorganisation, um dissipative Strukturen und nicht-lineare Logiken. Dabei hat sich mindestens eines zweifelsfrei herausgestellt: daß die Evolution komplexer Systeme prinzipiell nicht exakt vorhergesagt werden kann. Ihr

Ablauf wird von singulären Ereignissen, oft von hoher Unwahrscheinlichkeit, entscheidend beeinflußt. Winzige Inputs können sehr große Ensembles zum »Umkippen« bringen, während andererseits enorme Einflußgrößen dynamisch aufgefangen werden, ohne daß es zu unkontrollierbaren Turbulenzen kommt. Natürlich läßt sich das auch simpler ausdrücken. Man könnte behaupten, die Wissenschaft sei auf dem besten Wege, den Zufall wieder in seine alten metaphysischen Rechte einzusetzen. Allerdings wäre mit dem Rückfall in eine vorwissenschaftliche Begriffswelt nichts gewonnen.

Interessanter ist die Frage, ob sich solche neuen Denkweisen auch auf gesellschaftliche Prozesse anwenden lassen. Ihre Erfinder halten sich in dieser Hinsicht zurück, vermutlich nicht nur, weil sie sich nicht kompetent fühlen, sondern auch, weil sie vor den ideologischen Implikationen einer solchen Übertragung zurückschrecken. Sie haben keine Lust, der Politik ins Messer zu laufen. Umgekehrt halten es Soziologen und Gesellschaftskritiker seit ihrer siegreichen Polemik gegen den Sozialdarwinismus, also seit hundert Jahren, für eine ausgemachte Sache, daß von den Naturwissenschaften nichts zu lernen sei. Dieser Vorbehalt hat sich längst zu einem linken Denkverbot verfestigt. Erst in letzter Zeit nähert man sich vorsichtig der Frage, ob über mögliche Homologien zwischen physikalischen, biologischen und sozialen Prozessen überhaupt nachgedacht werden dürfe oder nicht.

Dabei legt gerade die Verfassung der reichsten Gesellschaften von heute solche Untersuchungen nahe. Sie haben von der Idee der Planbarkeit Abschied genommen. Mächtige und Ohnmächtige, Einzelne und Gruppen verfolgen nach wie vor ihre partikularen Ziele, aber die Bewegung des Ganzen entzieht sich ihren Absichten, ja ihrem Vorstellungsvermögen. Niemandem würde es einfallen, einen »Fünfjahresplan« zu ersinnen, um ihn in die Tat umzusetzen, von weiterreichenden Zielen ganz zu schweigen. Auch hat man es aufgegeben, anderen, Dritten, etwa der Dritten Welt, Entwicklungsstrategien à la Rostow anzutragen oder gar vorzuschreiben. Damit haben sich auch die einst so beliebten Verschwörungskonzepte erledigt, die den historischen Prozeß von geheimnisvollen, allmächtigen Zentren aus gesteuert sahen, und die Suche nach einem Subjekt der Geschichte, ob revolutionär oder evolutionär, hat sich als fruchtlos erwiesen.

Eine Instanz, die sie zentral zu steuern vermöchte, ist in diesen »avancierten« Ländern überhaupt nicht mehr zu erkennen; ja man könnte sogar behaupten, daß es sich hier um azephale Gesellschaften handelt – es wäre dies die ironische Auferstehung eines Zustandes, den die Ethnologen bei prähistorischen Völkern entdeckt haben wollen. Natürlich bedeutet das keineswegs, daß Macht, Reichtum, Chancen in einem solchen Ensemble gleichmäßiger oder gar gerecht verteilt wären. Es heißt nur, daß sich nach der Auflösung festgefügter, hierarchisch gegliederter Standes- und Klassenverhältnisse ein instabiles, dynamisches Fließgleichgewicht bildet, das sich dauernd planlos reproduziert und verändert. Regierungen und Parteien haben in einem solchen System längst aufgehört, »die Richtlinien der Politik zu bestimmen« oder gar, wie in den alten physiologischen Metaphern, als Kopf, Gehirn, Zentralnervensystem des Ganzen zu fungieren; sie versuchen allenfalls, um im Bilde zu bleiben, eine Art von hormonaler Steuerung, um zu verhindern, daß sich die Turbulenzen zur Katastrophe aufschaukeln. Selbst mit dieser Aufgabe scheinen sie überfordert. Wo sie frontal gegen die Resultante des ungeplanten sozialen Prozesses anzugehen versuchen, scheitern sie regelmäßig: »das ist«, wie die Funktionäre dann zu sagen pflegen, »politisch nicht machbar.«

Aber nicht nur der Staat hat an Durchsetzungsfähigkeit verloren, auch die ökonomische Macht, trotz, ja vielleicht wegen ihrer hohen Konzentration, steht nicht mehr, wie einst, monolithisch und dauerhaft da. Wirtschaftliche Monumente wie Krupp, Dynastien wie die der Eisenbahnkönige und der Schlotbarone sind zum Anachronismus geworden. Die multinationalen Konzerne von heute sind durch unvorhersehbare Störungen, Krisen, Einbrüche, Take-overs, fließende Besitzverhältnisse, plötzliche Raubzüge gefährdet bis zur Pleite. So wie das internationale Kapital täglich in Billionentransaktionen unkontrollierbar um den Erdball bewegt wird, wie der Wert der Währungen in einem permanenten elektronischen Experiment stochastisch ermittelt wird, so unterliegt auch die ökonomische Macht, verkörpert in riesigen, aber prekären Quallen, einem unbeherrschbaren Floating, einer raschen Folge von Auf- und Abstieg, Wachstum und Zerfall.
In einem dynamischen Regime, das sich in autokatalytischen Hyperzyklen dauernd verändert, gibt es aber auch Zonen der Trägheit und der Resistenz, die von Politikern und Technokraten systematisch unterschätzt werden. Wir haben in Westdeutschland und, vielleicht noch verblüffender, in Spanien gesehen, wie sich Gesellschaften innerhalb kürzester Zeit bis in ihre scheinbar unverbesserlichen Züge, bis in ihr kollektives Unbewußtes hinein (falls es so etwas gibt) verändern; wir haben andererseits erlebt, wie alle Versuche, ihre Mannigfaltigkeit einzuebnen, gescheitert sind. Auch dem Wandel sind Grenzen gesetzt, die sich der Berechenbarkeit entziehen. So stoßen zum Beispiel Projekte wie die Abschaffung des Brotes oder der Schrift auf einen schwer erklärbaren, aber offenbar zähen Widerstand; Teilsysteme wie die sogenannte Kleinfamilie haben sich, entgegen allen Erwartungen, als äußerst resistent erwiesen.

Diese Gemengelage zwischen Akzeleration und Trägheit, Verflüssigung und Beharrungsvermögen macht das Ganze nur noch undurchschaubarer. Es ist denkbar, daß solche Ambivalenzen den Prozeß für Einflußgrößen, die quantitativ winzig, aber im prägnanten Moment und an der richtigen Stelle auftreten, nur noch anfälliger machen. Das plötzliche Überschreiten von kritischen Schwellen spielt nicht nur in der Ökologie, sondern auch in der Politik eine immer wichtigere Rolle. Damit rückt auch ein altes, peinliches Thema, das die Marxisten für längst erledigt hielten, in ein neues Licht: die »Rolle der Persönlichkeit in der Geschichte«. Das Auftauchen eines Khomeini oder eines Pol Pot kann Millionen von Menschen den Kopf kosten; wenn ein aufgeklärter Zar erscheint, sind die Folgen unabsehbar; sollte ins Weiße Haus ein Irrer einziehen, so bräuchten wir uns über die Zukunft unseres Rentensystems nicht mehr lange den Kopf zerbrechen; und was geschehen würde, wenn sich ein genialer Religionsstifter der Medien bemächtigte, wagen wir uns nicht auszudenken. Auch dem, der die Lust daran, Hypothesen über die Zukunft aufzustellen, noch nicht verloren hat, muß klar sein, daß sie allesamt und jederzeit durch einen minimalen Faktor x, der die Fulguration auslöst, über den Haufen geworfen werden können.

Das Ende der Geschichtsphilosophie können die meisten von uns sicherlich leicht verschmerzen. Das bedeutet aber nicht, daß wir ohne Lebensperspektiven, Strategien, »Pläne« auskommen könnten. Die Folge ist, daß sich die Schere zwischen theoretischem Verständnis und Lebenspraxis immer weiter öffnen muß. Wenn an dem, was ich hier (ziemlich leichthin) anzudeuten versucht habe, etwas Richtiges ist, so ergibt sich daraus ein Verhalten, das keine allgemeine Verbindlichkeit mehr beanspruchen kann: jeder ist darauf angewiesen, seinen Vermutungen zu folgen, und selbst die stehen unter einem unausgesprochenen Vorbehalt: ich handle so, als könnte ich unter den fortwährend oszillierenden Zukünften meine eigene finden.

Auf die Gefahr hin, daß sie mit einem Bekenntnis verwechselt werden kann (und Bekenntnisse sind bekanntlich nur für den interessant, der sie ablegt), möchte ich eine solche Vermutung äußern. Die allenthalben verlangte und gerühmte Flexibilität, die allmählich in den Rang einer sozialen Kardinaltugend erhoben wird, halte ich für eine schlechte Strategie. Der bloße Sozialautomat, der immer nur auf gegenwärtige Zustände reagiert, verliert nicht nur den letzten Rest von Kontrolle über sein eigenes Los, er wird auch immer zu spät kommen. Der Hohn des Igels ist dem Hasen, der ihm hinterherhechelt, gewiß. Aber auch die umgekehrte Lösung taugt von Tag zu Tag weniger. Wer glaubt, es komme darauf an, frontal gegen »das System« anzugehen, als konservativer oder revolutionärer Einzelkämpfer, erliegt – wenn meine Beschreibung nicht falsch ist – einer Illusion; denn eine solche Haltung ist nur dann sinnvoll, wenn man über eine objektiv stringente Zukunftsperspektive verfügt (den »Sinn der Geschichte« kennt).

Die Frage, ob es mit dem Strom oder gegen ihn zu schwimmen gilt, scheint mir veraltet, weil sie eine unerträgliche Vereinfachung voraussetzt. Ergiebiger scheint mir das Verfahren des Seglers zu sein, der sowohl mit dem Wind als auch gegen ihn kreuzt. Ein solches Vorgehen, auf die Gesellschaft bezogen, erfordert extreme Aufmerksamkeit und stoischen Unglauben. Wer auch nur das nächste Ziel erreichen will, muß Zug um Zug mit tausend unvorhersehbaren Größen rechnen und darf sich keiner von ihnen anvertrauen. Aber mit Geistesgegenwart allein ist es nicht getan. Angst vor dem Anachronismus kann sich keiner leisten, der der Idiotie der Gleichzeitigkeit entrinnen möchte. Ein gewissen Eigensinn, der auf letzte Begründungen verzichtet, kann dabei nicht schaden.

VII
Der Fliegende Robert

Finnischer Tango

Was gestern abend war ist und ist nicht
Das kleine Boot das sich entfernt
und das kleine Boot das sich nähert
Das Haar das ganz nah war ist fremdes Haar
Das ist leicht gesagt   Das ist immer so
Der graue See ist doch der graue See
Das frische Brot von gestern abend ist hart
Niemand tanzt Niemand flüstert Niemand weint
Der Rauch ist verschwunden und nicht verschwunden
Der graue See ist jetzt blau   Jemand ruft
Jemand lacht   Jemand ist fort
Es ist ganz hell   Es war halb dunkel
Das kleine Boot kehrt nicht immer zurück
Es ist dasselbe und nicht dasselbe
Niemand ist da   Der Felsen ist Felsen
Der Felsen hört auf Felsen zu sein
Der Felsen wird wieder zum Felsen
Das ist immer so   Es verschwindet
nichts und nichts bleibt   Was da war
ist und ist nicht und ist   Das
versteht niemand   Was gestern abend war
Das ist leicht gesagt   Wie hell
der Sommer hier ist und wie kurz

Das flämische Fenster
Ein Vexierbild

Wenn ich hinausschaue, sehe ich als erstes, links oben, ein Stück Himmel, durchsichtig, dünn und feucht. Das entfernte Blau ist verschleiert durch leichte Cirruswolken, glänzend wie vielfingrig zerraufte Watte. Alles, was ich sehe, ist durch wechselhafte Strahlen seitlich erleuchtet. Die Sonne muß in meinem Rücken stehen – oder soll ich sagen: in unserm Rücken? Schwer zu sagen, ob es früher Morgen ist oder später Nachmittag.

Ein großer weißer Vogel mit schwarzen Flügelspitzen steigt auf. Das muß ein Storch sein – aber wo gibt es noch Störche? Ich erkenne seinen Schnabel, einen schmalen, zinnoberroten Strich, der in die Höhe zeigt, dahinter andere schwärmende Vögel, schwarze Silhouetten; vielleicht Mauersegler oder Dohlen, aber sie sind zu weit entfernt, ich möchte es nicht beschwören. Der Himmel wirkt viel größer als er ist; eigentlich sehe ich nur einen Ausschnitt, einen schmalen Streifen zwischen den riesigen alten Bäumen im Vordergrund. Es sind Eichen, das steht fest. Diese dichten Kronen, diese gewundenen Äste, diese mächtige Architektur – das können nur Eichen sein. Sehen Sie, wie das Laub vom hellen Maigrün ins Kupfern-Bräunliche spielt! Da, wo ein Sonnenstrahl den Baum trifft, glänzt es in silbernen Lichtern. Wir haben einen nördlichen Dschungel vor uns, eine undurchdringliche Gegend.

Nur ein enger Pfad führt aus diesem Urwald, ein Fußweg, steinig, krumm, und ausgerechnet hier, wo er ins Freie führt, an der hellsten Stelle, tauchen ein paar Menschen auf. Zuerst dieser Mann im roten Rock, ein untersetzter, feister, unsympathischer Kerl, der einen breiten Hut und rote Strümpfe trägt, Arm in Arm mit seiner Frau, die viel zu alt für ihn ist. Wie mürrisch sie dreinblickt! Wir glauben, den Anflug eines Schnurrbarts auf ihrer Oberlippe zu erkennen, und wir fragen uns, warum sie ihre besten Kleider aus dem Schrank geholt hat, Spitzenbrokat, Perlenkette, rote Schuhe. Für einen Waldspaziergang ist sie reichlich *overdressed*. Der kleine weiße Hund, der vor ihnen herläuft, ein heller, tanzender Fleck in der Sonne, mag ja hingehen; aber was hat der Mann in der schwarzen Kapuze zu bedeuten, der ihnen folgt? Er ist mit einem Stock oder mit einer Flinte bewaffnet. Das muß der Leibwächter sein.

Es sind aber noch andere Leute da. Zehn Schritte vor dem Paar, das aus dem Wald hervortritt, als gehöre ihm die ganze Gegend, dort, wo der Weg breiter wird, hat sich eine alte Frau niedergelassen. Sie hockt mit hochgerafften Röcken neben einem Weidenkorb, den sie am Wegrand abgestellt hat, und blickt einen hünenhaften Bauern an, vermutlich ist es ihr Mann, der seine Last, eine große Kiepe, ebenfalls abgesetzt hat. Zwischen den beiden sehe ich ein vermummtes Kind, sechs oder sieben Jahre alt, das dem Mann etwas zeigt oder anbietet, wahrscheinlich Blumen, es könnten aber auch Beeren sein, Walderdbeeren – die ausgestreckte Hand ist so winzig, daß ich nur einen kleinen dunkelroten Fleck erkennen kann.

Das ist alles. Mehr ist auf den ersten Blick nicht zu sehen. Das Fenster, aus dem wir hinausschauen, ist klein, sehr klein, fast könnte man es eine Luke nennen, zehn mal vierzehn Zoll, mehr nicht; und natürlich besteht es nicht aus Glas, sondern aus einem Stück Eichenholz, das mindestens dreihundertundachtzig Jahre alt ist. Wenn man die Oberfläche von der Seite her betrachtet, kann man unter dem glänzenden Firnis die waagrechte Maserung erkennen. Auch der hölzerne Rahmen sieht alt aus, er zeigt kleine Risse und Flecken. Das

gebeizte Profil ist hie und da wurmstichig, und das Blattgold der inneren Kannelierung verblaßt und abgeschabt. Ich verstehe nicht viel davon, ich kann mich täuschen, aber ich habe das Gefühl, daß dieser Rahmen nicht so alt ist wie das Bild. Seine Rückseite wirkt glatt und leblos, während das leicht gewölbte Eichenbrett die Spuren des Beitels zeigt, der es aus der Platte förmlich herausgegraben hat. Kreidestriche, die ich nicht entziffern kann, eine Inventarnummer auf einem alten Etikett und die Spur eines abgesprungenen Siegels legen von der Herkunft des Bildes Zeugnis ab. Neu sind nur die Nägel und die kleinen Korkstücke, mit denen es in den Rahmen gekeilt ist.
Da wir nun schon einmal dabei sind, sollten wir vielleicht eine Lupe zur Hand nehmen und die Farbschicht genauer betrachten. Es muß ja nicht gleich das Mikroskop oder das Röntgengerät sein. Verlassen wir uns lieber auf die eigenen Augen. Sie müssen zugeben, daß das Bild gut erhalten ist; keine Spur von Craquelé, geschweige denn von Ausbrüchen; selbst der Firnis macht nicht den Eindruck, als wäre er erneuert worden. Nur an zwei Stellen, hier am Bildrand das dunklere Graublau am Himmel und in der Ecke dort, im Blattwerk, der stumpfe ockerbraune Fleck – das könnten Retuschen sein. Diese Vermutung ließe sich leicht nachprüfen, aber wir haben kein ultraviolettes Licht, und es kommt auch gar nicht darauf an; denn das Sonderbare ist doch, wie diese dünne Schicht von Pigmenten und Leinöl fast vierhundert Jahre überstanden hat, ohne Schaden zu nehmen, eine Dauerhaftigkeit, die unbegreiflich ist, wenn man bedenkt, daß die meisten Bilder der heroischen Moderne heute schon halb verwittert sind, ganz zu schweigen von den Arbeiten unserer Zeitgenossen, die von Anfang an ebenso hinfällig sind wie unsere Autos, unsere Drucksachen, Notkühlsysteme, Strumpfhosen und Ideologien.

Das alte Bild ist allerdings dunkel, voller Schatten. Sein Besitzer könnte auf die Idee kommen, es reinigen zu lassen. Der Kunsthändler wird ihm sagen: Helle Bilder sind mehr wert; und der Chemiker wird ihm erklären: Völlig stabile Farben gibt es nicht. Jedes Pigment verändert sich mit der Zeit. Das, was schon dunkel war, dunkelt nach; die erdigen Töne werden schwärzer; auch der Firnis kann sich verfärben. Aus der Entfernung sieht alles anders aus. Die Zeit materialisiert sich im Schmutz der Jahrhunderte.
Aber wenn Sie mich fragen, ich bin nicht dafür, daß das Bild gesäubert wird. Es gibt auch Farben, die im Lauf der Jahrhunderte ausbleichen, andere, die ihre Temperatur ändern. Wieder andere, wie das Bleiweiß und das Ultramarin, sind sehr beständig. Ein Lösungsmittel, das auf diese Unterschiede Rücksicht nähme, gibt es nicht. Auf der gereinigten Fläche treten die stabilen Pigmente grell hervor, und die Balance der Farbwerte wird zerstört. Doch nicht nur technische Gründe sprechen dagegen, daß wir den Fensterputzer rufen. Nie wird diese kleine hölzerne Tafel aussehen, als wäre sie neu. Der Wunsch, ihren ursprünglichen Zustand wiederherzustellen, ist ein Kind der Dummheit. Die Geschichte des Öls, des Minerals und des Holzes ist ebenso unwiderruflich wie die unsrige. Nicht nur der gemalte Wald ist undurchdringlich, auch die hauchdünne Ablagerung der Jahrhunderte, die darüber liegt. Niemals werden wir diese Pinselstriche mit den Augen des Malers, mit den Augen seiner Zeitgenossen sehen. Was weiß der Chemiker von der Geschichte des Blicks! Nur ein Alchimist könnte dieser Geheimwissenschaft auf die Spur kommen, und vielleicht käme er zu dem Schluß, daß es nicht von den Verwandlungen der Substanzen abhängt, ob das Bild klar oder trübe ist, sondern vom Auge des Betrachters und von seinen Erfahrungen.

Was aber den Maler angeht – auch sein Leben liegt im Dunkeln. Die Kirchenbücher, werden Sie sagen, die Kirchenbücher und Archive muß man studieren. Aber das sind dürre Auskünfte. Ich stelle mir vor, daß er 1575 oder 76 geboren ist, in Flandern, genauer gesagt in Mecheln. Warum nicht? Mecheln ist eine alte Weberstadt, Hans Bol und Lucas van Valckenborch sind dort geboren. Die Tapisserien, die im sechzehnten Jahrhundert in Mecheln entstanden, genossen Weltruf. Aber die Stadt, an der Grenze zu Brabant gelegen, lebte unter der Herrschaft der Spanier, und was das bedeutete, ist heute noch unvergessen: ein Schreckensregiment. Die Henker hatten viel zu tun, überall brannten die Scheiterhaufen der Inquisition, die Truppen der Besatzungsmacht zogen plündernd und meuternd durch das Land, der Terror war alltäglich, ein jahrzehntelanger Exodus begann. Kurz vor der Geburt unseres Malers war Mecheln von den Söldnern des Militärdiktators Alba gebrandschatzt worden, und das Kind war noch keine drei Jahre alt, da entschloß sich sein Vater zur Flucht in den Norden. Er zog zuerst nach Antwerpen, dann, als die Stadt in die Hand der Spanier fiel, weiter nach Middelburg und schließlich nach Amsterdam, in die Hauptstadt der Vereinigten Republik der Niederlande.

Der achtzigjährige Krieg gegen die Spanier ging weiter, aber schon um die Jahrhundertwende war der neue Staat, ein Zufluchtsort aller verfolgten Ketzer und Juden, zum reichsten Gemeinwesen der Welt geworden. Amsterdam blühte. Es wurde zum Zentrum der internationalen Schiffahrt, des Geldmarktes und der Industrie. Unter den zahllosen Entdeckungen der Holländer erwies sich eine als besonders folgenreich: Sie fanden heraus, daß die unbegrenzte Freiheit von Handel und Verkehr, Glauben und Wissenschaft, Kunst und Presse Hand in Hand gehen kann mit der rücksichtslosesten Ausbeutung – eine kapitalistische Harmonie, die kein Mensch für möglich gehalten hätte, und der ein langes Leben beschieden war. Über das fernere Los unseres Malers brauchen wir uns, angesichts dieser Umstände, keine Sorgen zu machen; wir dürfen vermuten, daß er, wie die hundertunddreiundfünfzig anderen Meister, die zwischen 1578 und 1630 aus Flandern nach Amsterdam emigriert sind – ein fleißiger Historiker hat sie gezählt –, in der Metropole des neuen Geldes sein Auskommen gefunden hat.

Werfen wir einen letzten Blick auf unser Bild. Jetzt sieht es auf einmal anders aus. Ob das an der Beleuchtung liegt? Ich glaube kaum, obwohl die Valeurs sich mit jeder Wolke verändern, die draußen aufzieht, mit dem Wechsel des Tageslichts und der Jahreszeiten. Aber das ist es nicht. Sonderbar, denken wir, wie altertümlich die Welt ist, die uns der Maler zeigt. Wenn er den Blick von seiner Arbeit wandte – ich glaube, er hat an einem Tisch gearbeitet, nicht an der Staffelei – und aus dem Fenster schaute, dann hatte er keinen Urwald vor sich, sondern eine penibel bis auf den letzten Fleck genutzte Zivilisationslandschaft. Die riesigen Eichen, die er gemalt hat, gab es nur noch in seiner Erinnerung. Die 35 000 Handelsschiffe der holländischen Flotte, ganz zu schweigen von der Kriegsmarine, die mit ihren Linienschiffen und Fregatten auf allen Weltmeeren operierte, um die neugewonnenen Kolonien zu sichern, hatten die Wälder des Mittelalters verschlungen. Der Maler und das Gemalte sind ungleichzeitig. Unser Bild ist eine Fiktion, es zeigt eine verschwundene Natur, verschwundene Menschen.

Das ist es, was die scheinbar intakte Landschaft unheimlich macht. Sehen Sie das Wasser, den Flußlauf, der träge durch die Mitte des Bildes zieht? Seine sumpfigen Ufer sind von Röhricht gesäumt. Ein Nebel aus

Grünspan und Deckweiß steigt über ihm auf. Die drei Häuser am Fluß und das vierte, ein Pfahlbau, der auf hohen Stelzen steht, wirken uralt und baufällig, als wären sie verlassen. In ihrem Schatten sehe ich kleine Laubhütten aus dem Schilf ragen, schwankende, flüchtig zusammengeflickte Gerüste, und aus dem Unterholz bricht ein großer schwarzer Vogel. Auf dem Wasser treibt im weißen Dunst ein Kahn vorbei. Seine Konturen sind so schwach, daß er fast durchsichtig aussieht. Jetzt erkenne ich auch zwei winzige Figuren, Ruderer und Steuermann, die sich im Flusse spiegeln. Aber das ist nicht alles. Aus dem linken Haus tritt eine schemenhafte Figur hervor; an der Uferböschung steht auf einmal ein magerer Mann, vielleicht ein Angler; auch auf den Bretterstufen zu dem Gerüst im Rohr bewegt sich etwas; erst unterscheide ich einen lauernden Jungen, dann einen zweiten, der sich im Gebüsch verbirgt. Auch ganz hinten im Wald glaube ich Menschen zu sehen, es müssen Jäger sein oder Diebe. Und jenseits des Flusses, vor dem verlassenen Haus, erscheinen andere; einer starrt ins Wasser, der andere steht regungslos, den Rücken an die Tür gepreßt. Das sind keine Leute, das sind Geister; denn wenn ich die Lupe zur Hand nehme, zerfließen ihre Konturen. Sie verschwinden und tauchen von neuem auf.

Nun füllt sich das Bild, wie ein Hinterhalt, mit anderen Zeichen, und ich weiß das Gemalte vom Nicht-Gemalten kaum mehr zu unterscheiden. Der Rauch zum Beispiel, der hinter den Hügeln aufsteigt, kommt sicherlich aus anderen Bildern des Malers, genannt »Der Brand Trojas« oder »Sodom und Gomorrha«. Der Meister, der in seinem bequemen Haus in Amsterdam sitzt, hat nichts vergessen, weder die Plünderungen noch die Pestkarren, weder den Galgen noch das Rad. Sein Bild zeigt auch das, was es verbirgt, zum Beispiel den immer wieder gemalten Sturz des Ikarus:

». . . Wie alles sich beinah
gelassen vom Unheil abkehrt; vielleicht hat der Bauer
den Aufschlag gehört, den verlorenen Schrei,
aber für ihn war das nichts von Bedeutung; die Sonne
beschien, wie es ihre Pflicht war, die weißen im Wasser
verschwindenden Beine; und das kostspielige,
stolze Schiff, das staunend
etwas gesehen haben mußte, – einen Jungen, der aus
dem Himmel fiel –,
hatte ein Ziel und segelte ruhevoll weiter.«

W. H. Audens Bild hängt im Musée des Beaux-Arts zu Brüssel; das unsre ist unberühmt. Es taucht in keinem opulenten Tafelband auf und mußte nie das Blitzlicht der Photographen, das Ritual der großen Auktionen über sich ergehen lassen. Vielleicht existiert es nur in meiner Phantasie, als die Erfindung einer Erfindung.

Das wäre das Einfachste; denn, wie wir wissen, sind die Schönen Künste nicht für uns da, sondern für New Yorker Grundstücksspekulanten, Frankfurter Bankiers und japanische Whisky-Hersteller. Trotzdem, das gebe ich zu, wäre es mir lieb, eine Aussicht zu haben, die weiter reicht als die aus meinem Fenster, auf die Kastanien im Hof. Ich hätte große Lust, den Blick in eine Ferne zu richten, von der unser Bildschirm nichts weiß.

Wenn es das Bild, das ich meine, wirklich geben und wenn ich es finden sollte, ich nähme es auf der Stelle mit und würde mich schwerlich wieder von ihm trennen.

Abendmahl. Venezianisch, 16. Jahrhundert

I

Als ich mein *Letztes Abendmahl* beendet hatte,
fünfeinhalb mal knapp dreizehn Meter,
eine Heidenarbeit, aber ganz gut bezahlt,
kamen die üblichen Fragen.
Was haben diese Ausländer zu bedeuten
mit ihren Hellebarden? Wie Ketzer
sind sie gekleidet, oder wie Deutsche.
Finden Sie es wohl schicklich,
dem Heiligen Lukas
einen Zahnstocher in die Hand zu geben?
Wer hat Sie dazu angestiftet,
Mohren, Säufer und Clowns
an den Tisch Unseres Herrn zu laden?
Was soll dieser Zwerg mit dem Papagei,
was soll der schnüffelnde Hund,
und warum blutet der Mameluck aus der Nase?
Meine Herrn, sprach ich, dies alles
habe ich frei erfunden zu meinem Vergnügen.
Aber die Sieben Richter der Heiligen Inquisition
raschelten mit ihren roten Roben
und murmelten: Überzeugt uns nicht.

II

Oh, ich habe bessere Bilder gemalt:
aber jener Himmel zeigt Farben,
die ihr auf keinem Himmel findet,
der nicht von mir gemalt ist;
und es gefallen mir diese Köche
mit ihren riesigen Metzgersmessern,
diese Leute mit Diademen, mit Reiherbüschen,
pelzverbrämten, gezaddelten Hauben
und perlenbestickten Turbanen;

auch jene Vermummten gehören dazu,
die auf die entferntesten Dächer
meiner Alabaster-Paläste geklettert sind
und sich über die höchsten Brüstungen beugen.
Wonach sie Ausschau halten,
das weiß ich nicht. Aber weder euch
noch den Heiligen schenken sie einen Blick.

III

Wie oft soll ich es euch noch sagen!
Es gibt keine Kunst ohne das Vergnügen.
Das gilt auch für die endlosen Kreuzigungen,
Sintfluten und Bethlehemitischen Kindermorde,
die ihr, ich weiß nicht warum,
bei mir bestellt.
Als die Seufzer der Kritiker,
die Spitzfindigkeiten der Inquisitoren
und die Schnüffeleien der Schriftgelehrten
mir endlich zu dumm wurden,
taufte ich das *Letzte Abendmahl* um
und nannte es
Ein Dîner bei Herrn Levi.

IV

Wir werden ja sehen, wer den längeren Atem hat.
Zum Beispiel meine *Heilige Anna selbdritt.*
Kein sehr amüsantes Sujet.
Doch unter den Thron,
auf den herrlich gemusterten Marmorboden
in Sandrosa, Schwarz und Malachit,
malte ich, um das Ganze zu retten,
eine Suppenschildkröte mit rollenden Augen,
zierlichen Füßen und einem Panzer
aus halb durchsichtigem Schildpatt:
eine wunderbare Idee.
Wie ein riesiger, kunstvoll gewölbter Kamm,
topasfarben, glühte sie in der Sonne.

V

Als ich sie kriechen sah,
fielen mir meine Feinde ein.
Ich hörte das Gebrabbel der Galeristen,
das Zischeln der Zeichenlehrer
und das Rülpsen der Besserwisser.
Ich nahm meinen Pinsel zur Hand
und begrub das Geschöpf,
bevor die Schmarotzer anfangen konnten,
mir zu erklären, was es bedeute,
unter sorgfältig gemalten Fliesen
aus schwarzem, grünem und rosa Marmor.
Die *Heilige Anna* ist nicht mein berühmtestes,
aber vielleicht mein bestes Bild.
Keiner außer mir weiß, warum.

Weitere Gründe dafür, daß die Dichter lügen

Weil der Augenblick,
in dem das Wort *glücklich*
ausgesprochen wird,
niemals der glückliche Augenblick ist.
Weil der Verdurstende seinen Durst
nicht über die Lippen bringt.
Weil im Munde der Arbeiterklasse
das Wort *Arbeiterklasse* nicht vorkommt.
Weil, wer verzweifelt,
nicht Lust hat, zu sagen:
»Ich bin ein Verzweifelnder.«
Weil Orgasmus und *Orgasmus*
nicht miteinander vereinbar sind.
Weil der Sterbende, statt zu behaupten:
»Ich sterbe jetzt«,
nur ein mattes Geräusch vernehmen läßt,
das wir nicht verstehen.
Weil es die Lebenden sind,
die den Toten in den Ohren liegen
mit ihren Schreckensnachrichten.
Weil die Wörter zu spät kommen,
oder zu früh.
Weil es also ein anderer ist,
immer ein anderer,
der da redet,
und weil der,
von dem da die Rede ist,
schweigt.

Sommergedicht

I

Möglich ist alles
daß wir noch nicht tot sind
Eine Tür öffnet sich
ein neuer Irrtum
ist mir lieber
als alle Gewißheiten
in meinem Mund
ein Geschmack nach früher

Kannst du mir helfen?
ruft meine Frau
I just hate to be a thing [Marilyn Monroe
aus dem Badezimmer
ein Geruch nach Birken
der Wasserhahn rinnt
Spätnachrichten
und Vorträge
über Neokapitalismus und Avantgarde

Das ist keine Kunst
was noch nicht da ist [Lao Tse
darauf muß man wirken
ein neuer Irrtum
bricht auf
die Straßen sind leer
ein Mädchen
in der kürzesten Nacht des Jahres
fais-moi ça
fais-moi ça
auf der Moldau
spielen die Kähne
die Lichter sind ausgegangen

in einer alten Gasse
die da heißt
Die Neue Welt
brechen
alle Arten von Leidenschaften [Wieland
auf

Kannst du mir helfen?
in der weißen Nacht
in der Sauna
in der Dunkelheit
aah!
eine nie zuvor gekannte Empfindung [Wieland

Das Große entsteht aus dem Geringen [Lao Tse
und dazwischen
öffnet sich vielleicht
ein Gedicht

II
Etwas Neues
ein winziger Schrei
bricht auf
etwas Neues
das *alle Springfedern* [Wieland
der Einbildungskraft und des Herzens
zugleich
in einer alten Gasse
spielen macht
im Sonnengeflecht
nach der Liebe
ein winziges Gefühl
von Unsterblichkeit
das sterblichste aller Gefühle
daß wir noch leben

unter soviel toten Leuten
Etwas das früher war
wird kleiner
und kleiner
und ist verschwunden
ein so einziges Schauspiel
[Wieland
wohin
überall ist es
überallhin
verschwunden

Ein Geschmack
am andern Morgen
nach frischen Erdbeeren
die neuen Schlagzeilen
die alte Frage:
Kannst du mir helfen?
Ich bin kein Kulturinstitut
ich leiste
keine Entwicklungshilfe
Erdbeeren
und Apartheid
Was tun? [Lenin
Eine Ameise
auf der Türschwelle
schleppt eine tote Fliege fort
und *Womit beginnen?* [Lenin
Peking
Johannesburg
überallhin
ist es gleich weit
und möglich ist alles
Freedom Now
Johannisfeuer
Marketing

das ist keine Kunst
il parlar rotto [Petrarca
die Tonbänder zwitschern
dazwischen steigt
in seiner ersten Neuheit [Wieland
ein Rezitativ
von Monteverdi auf
und beweist nichts
Möglich ist es
daß wir noch leben

III
Was noch nicht da ist [Lao Tse
das ist keine Kunst
meine Welt ist so groß
in dieser Nacht
wie meine Irrtümer
kannst du mir helfen?

Ochsenblutrot
und verschwunden
das hölzerne Haus
ein Bauernmädchen
aus Karelien
jetzt ist sie Ansagerin
Spätausgabe
Tagesschau
in der hellsten Nacht
Fernschreiben auf dem Tisch
der Mensch
[Norbert Wiener
eine Nachricht
und überallhin
ist es gleich weit

Der chinesische Standpunkt
und ein winziger Schrei
öffnet sich
die *New York Times*
das *Pekinger Volksblatt*
in meinen Armen
dieser Geschmack
nach früher
und Birkenlaub
in der Sauna
die Spätnachrichten
aus dem Geringen das Große [Lao Tse
Mitternacht
hell genug
um Zeitung zu lesen
wir sind die Gegenstände
der Gegenstände
unseres Denkens
Das Elend der Philosophie [Marx
und *Womit beginnen?* [Lenin
ich habe das alles gelesen
die Straßen sind leer
fais-moi ça
das Mögliche
öffnet sich
die Gräber
unter dem Birkenlaub
der frische Mund
der Irrtum
die helle Nacht

IV
(*Wasserhahn Feuerwerk*
Ist das dein Ernst?

Birkenlaub ist passé
und *Geschmack nach früher*:
das ist keine Kunst
sagte der Kritiker
das geht nicht mehr
wirf die Metaphern weg
das ist vorbei

Und ich warf die Metaphern weg
ging in die Sauna
und fand
Birkenlaub
und diesen Geschmack
nach früher
in meinem Mund)

V
Schlafen wir also
leicht und irrtümlich
und es wecke uns keiner
und sage:
Kannst du mir helfen?
Hier in diesem Hotel
wird heute nacht
niemand erschossen
der Wasserhahn rinnt
woanders
der Start
in die leere Zukunft
Glorien
Brander
und Satelliten
aah!
ein so wunderbares Schauspiel [Wieland

Auch ich bin gefahren
in *das* [Lao Tse
was noch nicht da ist
durchs Pentagon
auf einem Tretroller
in Tränen
eine nie zuvor gekannte Empfindung [Wieland

Der Touristenkurs hier
ist günstig
für den Irrtum
woanders
finden die Kriege statt
aber überallhin
ist es gleich weit
für den geringen Schrei
die Spätnachrichten
Feuerräder
Schwärmer
und Sonnen
und das Mögliche
hat einen leichten Schlaf
neben mir
In den alten Augen
eines alten Freundes
aus Tilsit
die nicht viel von der Zukunft halten
lese ich
das Geringe [Lao Tse
aus dem das Große entsteht
vielleicht
in der Mitternacht
sitzen wir
Johannes Bobrowski und ich
betrunken

der Wasserhahn rinnt
il subito silenzio [Petrarca
in der Sauna
Kannst du mir helfen?

VI
Ich habe soviel
tote Leute
gesehen
und doch ist noch nichts entschieden
in diesem Sommer
mitten im Ausverkauf
Erdbeeren
Umsätze
und dieser Geschmack
nach Verschwundenheit
ist überall
und nach Birkenlaub
Gewisse Sicherheitsfunktionen [Deutsche Bank AG
beim Start
ein kleiner Schrei
gewichtlos
überall
ist der Mittelpunkt
und ein neuer Irrtum
steigt feurig auf
das Mögliche ist
eine Exponentialfunktion
aller Arten von Leidenschaften [Wieland
die das Gefühl des Erhabenen
bei der maschinellen [Deutsche Bank AG
Bearbeitung der Umsätze
in der Seele [Wieland
entzünden kann
und öffnet sich

über den Wolken
aah!
schwebt
und verschwindet
hoch
in seiner ersten Neuheit [Wieland
über den leeren Straßen
ein Fenster
öffnet sich
jemand weint
Über die Behandlung der Widersprüche im Volk
[Mao Tse-tung

Das Mögliche
genügt nicht
Was noch nicht da ist
[Lao Tse
beweist nichts
die Lichter
über der Moldau
i lunghi pianti [Petrarca
die Lichter
sind ausgegangen

VII
Womit beginnen [Lenin
in dieser flüchtigen Nacht
am Päijänne-See
an der Moldau
oder woanders
mein erbitterter Freund
betrachtet die Socken
der vorübergehenden
der *verratenen* [Trockij
Revolution

wer stopft sie
die *Dialektik des Konkreten*
[Karel Kosik
wer flickt sie
vorübergehende Fehler
und *gewisse Sicherheitsfunktionen* [Deutsche Bank AG
bei der maschinellen
Bearbeitung
der Widersprüche im Volk [Mao Tse-tung

Ein neuer Irrtum
das ist keine Kunst
ein Feuerwerk
bricht auf
über dem Fluß
Spiralen
Glorien
Sonden
e 'l brevissimo riso [Petrarca
leuchtet
steigt
aah!
Gulasch und Kommunismus [Chruščëv
und meine Frau
der Standpunkt der Dritten Welt
Kannst du
mir helfen?
Ein Gedicht ist kein Brot
und meine Frau
geht langsam
über die Brücke
und singt vor sich hin
etwas Geringes
das fliegen kann
und verschwindet
in dem

was noch nicht da ist
so hell ist die Nacht

VIII
Ein Schritt vorwärts [Lenin
zwei Schritte zurück
im schattenbefleckten Laub
vor der Orangerie
dein Gesicht in Tränen
e i lunghi pianti [Petrarca
I just hate to be a thing [Marilyn Monroe

Tarifverhandlungen
Weizenpreise
Dantestudien
ich habe das alles gelesen
das ist keine Kunst

Überallhin
fallen die alten Schatten
an den Rändern
brechen neue Irrtümer auf
rascheln
in unsern Mündern
wie Birkenlaub
dieser Geschmack
in der Nacht
ein Fenster öffnet sich
ein Gedicht
Über den Widerspruch [Mao Tse-tung
und der jähe Start
aah!
ein so großes [Wieland
so wunderbares
so schauerliches

so einziges Schauspiel
der Start in *das* [Lao Tse
was noch nicht da ist
überall
gleichzeitig
spielen die Rentner Skat
in Neukölln
ein Feuerwerk
auf der Moldau
auf dem Bildschirm
auf dem Päijänne-See
die Kähne
spielen
alle Springfedern der Einbildungskraft [Wieland
beim Start
in das Reich der Freiheit
vor der Sauna
Johannisfeuer
und frische Erdbeeren
auf dem Tisch
in der kürzesten Nacht
dieses Jahres (1964)
an den Rändern
rascheln
unsere Münder
wie Reispapier
Nachrichten
Ratschläge [Lenin
eines Außenstehenden
(Finnland 1917)
und ein Irrtum schreit
fais-moi ça
ein so wunderbares Schauspiel [Wieland
muß in seiner ersten Neuheit
einen Grad von Entzücken hervorbringen

Ein Gedicht bricht auf
e 'l parlar rotto [Petrarca
und verschwindet
e 'l subito silenzio
und alles ist möglich
e 'l brevissimo riso
und steigt
e i lunghi pianti
und verschwindet
und ist verschwunden

Leuchtfeuer

I

Dieses Feuer beweist nichts,
es leuchtet, bedeutet:
dort ist ein Feuer.
Kennung: alle dreißig Sekunden
drei Blitze weiß. Funkfeuer:
automatisch, Kennung SR.
Nebelhorn, elektronisch gesteuert:
alle neunzig Sekunden ein Stoß.

II

Fünfzig Meter hoch über dem Meer
das Insektenauge,
so groß wie ein Mensch:
Fresnel-Linsen und Prismen,
vier Millionen Hefnerkerzen,
zwanzig Seemeilen Sicht,
auch bei Dunst.

III

Dieser Turm aus Eisen ist rot,
und weiß, und rot.
Diese Schäre ist leer.
Nur für Feuermeister und Lotsen
drei Häuser, drei Schuppen aus Holz,
weiß, und rot, und weiß. Post
einmal im Monat, im Luv
ein geborstner Wacholder,
verkrüppelte Stachelbeerstauden.

IV

Weiter bedeutet es nichts.
Weiter verheißt es nichts.

Keine Lösungen, keine Erlösung.
Das Feuer dort leuchtet,
ist nichts als ein Feuer,
bedeutet: dort ist ein Feuer,
dort ist der Ort wo das Feuer ist,
dort wo das Feuer ist ist der Ort.

Der Fliegende Robert

Eskapismus, ruft ihr mir zu,
vorwurfsvoll.
Was denn sonst, antworte ich,
bei diesem Sauwetter! –,
spanne den Regenschirm auf
und erhebe mich in die Lüfte.
Von euch aus gesehen,
werde ich immer kleiner und kleiner,
bis ich verschwunden bin.
Ich hinterlasse nichts weiter
als eine Legende,
mit der ihr Neidhammel,
wenn es draußen stürmt,
euern Kindern in den Ohren liegt,
damit sie euch nicht davonfliegen.

Anhang

Landessprache (S. 29-34)
Plinius schreibt über das verlorengegangene Werk eines Atheners über das Volk von Athen:
›Er (nämlich Parrhasius) wollte sie (nämlich seine Landsleute) so darstellen, wie sie ihm vorkamen: also von gescheckter Art, reizbar, ungerecht, zum Opportunismus neigend; dabei leicht zu beeinflussen, weichherzig, gutmütig; hochtrabend, eingebildet, gemein, blindwütig, hasenfüßig – und zwar all das auf einmal und zugleich.‹

Vorschlag zur Strafrechtsreform (S. 43-45)
Der Text ist eine Montage aus dem StGB, 32. Auflage.

Flechtenkunde (S. 73-76)
Graphis scripta: eine Schriftflechte.
›*Wer das lesen könnt*‹: aus Büchners *Woyzeck* in der Szene beim Doktor.
Persio und *Orseille* sind Farbstoffe, die aus Flechten gewonnen wurden.
Manna: ›Die von den Israeliten in der Wüste genossene M. soll von einem in Arabien und hauptsächlich am Sinai häufigen Strauche, *Tamarix mannifera Ehrbg.* (s. *Tamarix)* stammen; doch ist es wahrscheinlicher, daß diese in der Bibel erwähnte M. die in den Wüstengegenden Nordafrikas und Kleinasiens häufige Manna-Flechte (s. *Sphaerothallia*) war.‹ [Brockhaus, vierzehnte Auflage]

Lob des Analphabetentums (S. 197-208)
Rede, gehalten am 28. Oktober 1985 in Köln aus Anlaß der Verleihung des Heinrich-Böll-Preises.

1 Ignaz Heinrich von Wessenberg, *Die Elementarbildung des Volks im Achtzehnten Jahrhundert.* Zürich: Orell, Füßli 1814. Zitiert nach: Rudolf Schenda, *Volk ohne Buch. Studien zur Sozialgeschichte der populären Lesestoffe 1770-1910.* Frankfurt am Main: Klostermann 1970. (Dieser ausgezeichneten Untersuchung verdanke ich auch die folgenden Funde.)
2 Johann Rudolph Gottlieb Beyer, *Über das Bücherlesen, insofern es zum Luxus unsrer Zeiten gehört.* Erfurt: Acta Academiae 1796.
3 Johann Georg Heinzmann, *Appell an meine Nation über Aufklärung und Aufklärer.* Bern 1795.
4 Johann Adam Bergk, *Die Kunst Bücher zu lesen.* Jena: Hempel 1799.

5 *Lieder, welche am Tage des Schul-Jugend-Festes in Ravensburg gesungen werden.* Ravensburg: Gradmann 1811.

6 *Berlinische Wochenschrift* VI, 1785.

7 *Meyers Großes Konversations-Lexikon.* Sechste Auflage. Leipzig und Wien: Bibliographisches Institut 1905, und *Brockhaus' Konversations-Lexikon.* Vierzehnte Auflage. Leipzig: Brockhaus 1894. Artikel *Analphabeten.*

8 Neil Postmann, *Wir amüsieren uns zu Tode. Urteilsbildung im Zeitalter der Unterhaltungsindustrie.* Frankfurt am Main: Fischer 1985.

Der Tote Mann und der Philosoph. Szenen nach dem Chinesischen des Lu Xun (S. 214-236)
Wer den großen chinesischen Schriftsteller Lu Xun kennt, könnte es für vermessen halten, daß ein Europäer sich erlaubt, einen Text dieses Autors fünfzig Jahre nach seiner Niederschrift fortzuschreiben. Zu meiner Rechtfertigung kann ich nur anführen, daß die Vorlage, um die es sich handelt, Fragment geblieben ist: nämlich die kurze Szenenfolge *Auferstehung* aus dem Band *Alte Legenden, neu erzählt* (*Kushi xin bien*, 1936), und daß Lu Xun, wie schon der Titel sagt, ebenfalls auf eine ältere Fassung des Stoffes zurückgegriffen hat.
Die Hauptfigur des Dialogs, Zhuangzi, der Philosoph, gilt als der wichtigste Nachfolger des Lao-tse und als einer der Begründer des Taoismus; man nimmt an, daß er von 369-286 v. Chr. gelebt hat, und man schreibt ihm ein philosophisches Werk, das *Nanhua chen-ching* zu; doch sind alle Nachrichten von seinem Leben so unsicher, daß sich der Ursprung der Geschichte, die hier erzählt wird, im Dunkel verliert.

Das flämische Fenster. Ein Vexierbild (S. 310-317)
Rede, gehalten am 25. März 1987 in München zur Verleihung des Preises der Bayerischen Akademie der Schönen Künste.

Sommergedicht (S. 322-334)
Der Prosatext von Wieland stammt aus einer Beschreibung der ersten Flugversuche im achtzehnten Jahrhundert (*Die Aeronauten*, 1778). Die italienischen Wendungen sind einer alten Fassung von Petrarcas *Trionfo d'Amore* entnommen (Livorno 1820), die in neueren Ausgaben nicht mehr zu finden ist.

Quellen- und Copyrightangaben

»Früher« (S. 11), »Gemeinschaftskunde« (S. 113), »Der Angestellte« (S. 195), »Nicht Zutreffendes streichen« (S. 213), »Das Falsche« (S. 262), »Die Frösche von Bikini« (S. 267), »Die Furie« (S. 294), »Finnischer Tango« (S. 309), »Der Fliegende Robert« (S. 337)
Aus: *Die Furie des Verschwindens. Gedichte.* edition suhrkamp 1066. © Suhrkamp Verlag Frankfurt am Main 1980

»Nürnberg 1938. Ein Klassenbild« (S. 13)
Erstdruck in: *7 x Nürnberg.* Herausgegeben von Wolfgang Buhl. Echter Verlag Würzburg 1972

»Landessprache« (S. 29)
Aus: *Die Gedichte.* Suhrkamp Verlag Frankfurt am Main 1983. Für *Landessprache. Gedichte:* © Suhrkamp Verlag Frankfurt am Main 1960

»Über die Schwierigkeit, ein Inländer zu sein« (S. 35)
Aus: *Deutschland, Deutschland unter anderm. Äußerungen zur Politik.* edition suhrkamp 203. © Suhrkamp Verlag Frankfurt am Main 1967

»Vorschlag zur Strafrechtsreform« (S. 43)
Aus: *Die Gedichte.* Suhrkamp Verlag Frankfurt am Main 1983. Für *Gedichte 1955-1970.* suhrkamp taschenbuch 4: © Suhrkamp Verlag Frankfurt am Main 1971

»Der Bundesgeschäftsführer« (S. 46)
Aus: *Hans Magnus Enzensberger.* Herausgegeben von Reinhold Grimm. stm. suhrkamp taschenbuch 2040. © Suhrkamp Verlag Frankfurt am Main 1984

»Armes reiches Deutschland! Vorstudien zu einem Sittenbild« (S. 50), »Zur Verteidigung der Normalität« (S. 174), »Das Ende der Konsequenz« (S. 238), »Zwei Randbemerkungen zum Weltuntergang« (S. 281)
Aus: *Politische Brosamen.* © Suhrkamp Verlag Frankfurt am Main 1982

»Innere Sicherheit« (S. 68), »Fachschaft Philosophie« (S. 237), »Der Aufschub« (S. 296), »Abendmahl. Venezianisch, 16. Jahrhundert« (S. 318), »Weitere Gründe dafür, daß die Dichter lügen« (S. 321)

Aus: *Der Untergang der Titanic. Eine Komödie.* © Suhrkamp Verlag Frankfurt am Main 1978

»Flechtenkunde« (S. 73), »Middle Class Blues« (S. 193), »Weiterung« (S. 280), »Leuchtfeuer« (S. 335)
Aus: *Die Gedichte.* Suhrkamp Verlag Frankfurt am Main 1983. Für *Blindenschrift. Gedichte*: © Suhrkamp Verlag Frankfurt am Main 1964

»Lied von denen auf die alles zutrifft und die alles schon wissen« (S. 77), »Sommergedicht« (S. 322)
Aus: *Die Gedichte.* Suhrkamp Verlag Frankfurt am Main 1983. Für *Gedichte 1955-1970.* suhrkamp taschenbuch 4. Suhrkamp Verlag Frankfurt am Main 1971: © 1967 by Hans Magnus Enzensberger

»Niccolò Machiavelli (1469-1527)« (S. 79)
Aus: *Mausoleum. Siebenunddreißig Balladen aus der Geschichte des Fortschritts.* © Suhrkamp Verlag Frankfurt am Main 1975

»Die Bakunin-Kassette. Eine Fälschung« (S. 83), »Der Tote Mann und der Philosoph. Szenen nach dem Chinesischen des Lu Xun« (S. 214)
Aus: *Im Gegenteil. Gedichte Szenen Essays.* Vom Autor selbst zusammengetragen und mit einem Nachwort versehen. [Ausgabe für Buchgemeinschaften. Gütersloh, Stuttgart, Wien, Zug, Berlin, Darmstadt 1981]. © Hans Magnus Enzensberger 1981. Alle Aufführungs- und Senderechte beim Verlag der Autoren, Frankfurt am Main

»Brüssel oder Europa – eins von beiden« (S. 117)
Erstdruck

»Böhmen am Meer. Ein Hörspiel aus dem Jahr 2006« (S. 126)
Erstdruck. Alle Aufführungs- und Senderechte beim Verlag der Autoren, Frankfurt am Main

»Das Einverständnis« (S. 173)
Aus: *Die Gedichte.* © Suhrkamp Verlag Frankfurt am Main 1983

»Lob des Analphabetentums« (S. 197)
Aus: *Mittelmaß und Wahn. Gesammelte Zerstreuungen.* © Suhrkamp Verlag Frankfurt am Main 1988. (Der 1. Absatz, d. h. die Anrede, ist im vorliegenden Band nicht aufgenommen.)

»Die Macht der Gewohnheit« (S. 209)
Aus: *Die Gedichte.* Suhrkamp Verlag Frankfurt am Main 1983. Für *Gedichte 1955-1970.* suhrkamp taschenbuch 4: © Suhrkamp Verlag Frankfurt am Main 1971

»Restlicht« (S. 295)
Erstdruck in: *Die Zeit* vom 1. 3. 1984

»Vermutungen über die Turbulenz« (S. 297)
Aus: *Vor der Jahrtausendwende.* Herausgegeben von Peter Sloterdijk. edition suhrkamp 1550. © Suhrkamp Verlag Frankfurt am Main 1989

»Das flämische Fenster. Ein Vexierbild« (S. 310)
Erstdruck in: *Jahrbuch der Bayerischen Akademie der Schönen Künste.* München 1989

Vita

1929	Geboren in Kaufbeuren im bayerischen Allgäu. Bürgerliches Elternhaus. Drei jüngere Brüder.
1931–1942	Kindheit in Nürnberg.
1942–1945	Luftkrieg; Evakuierung in eine mittelfränkische Kleinstadt; Oberschulen in Gunzenhausen und Oettingen.
1945	»Volkssturm«; danach Dolmetscher und Barmann bei der Royal Air Force. Lebensunterhalt durch Schwarzhandel. Erste literarische Versuche.
1946–1949	Oberschule in Nördlingen. Abitur.
1949–1954	Studium in Erlangen, Freiburg im Breisgau, Hamburg und an der Sorbonne: Literaturwissenschaft, Sprachen u. Philosophie. Drei Jahre Studententheater.
1955	Promotion (Thema: Clemens Brentanos Poetik).
1955–1957	Rundfunkredakteur in Stuttgart (Radio-Essay, bei Alfred Andersch); Gastdozent an der Hochschule für Gestaltung in Ulm.
1957	Aufenthalt in den Vereinigten Staaten und in Mexiko. Erste Buchpublikation.
1957–1959	»Freier« Schriftsteller. Wohnort: Stranda in West-Norwegen.
1959–1960	Ein Jahr in Italien. Wohnort: Lanuvio bei Rom.
1960–1961	Verlagslektor in Frankfurt am Main.
1961	Rückzug auf Tjöme, eine Insel im Oslo-Fjord.
1963	Büchner-Preis. Erster Aufenthalt in der Sowjetunion.
1964–1965	Gastdozentur für Poetik an der Frankfurter Universität.
1965	Erste Südamerika-Reise. Umzug nach West-Berlin. Gründung der Zeitschrift *Kursbuch*.
1967–1968	Fellow am Center for Advanced Studies der Wesleyan University, Connecticut, USA. Aufgabe der Fellowship. Reise in den Fernen Osten.
1968–1969	Längerer Aufenthalt in Kuba.
1970	Gründung eines Kursbuch Verlages in Berlin.
1974–1975	Längerer Aufenthalt in New York.
1979	Umzug nach München.
1980	Gründung der Zeitschrift *TransAtlantik* (Mitwirkung bis 1982).
1985	Gründung einer eigenen Buchreihe: *Die Andere Bibliothek*.

Hans Magnus Enzensberger
im Suhrkamp Verlag und Insel Verlag

Ach Europa! Wahrnehmungen aus sieben Ländern. Mit einem Epilog aus dem Jahre 2006. Leinen und st 1690

Blindenschrift. es 217

Deutschland, Deutschland unter anderm. Äußerungen zur Politik. es 203

Einzelheiten I. Bewußtseins-Industrie. es 63

Einzelheiten II. Poesie und Politik. es 87

Der Fliegende Robert. Gedichte, Szenen, Essays. Leinen und st 1962

Die Furie des Verschwindens. Gedichte. es 1066

Gedichte. 1950-1985. st 1360

Der kurze Sommer der Anarchie. Buenaventura Durrutis Leben und Tod. Roman. Gebunden und st 395

Landessprache. Gedichte. es 304

Mausoleum. 37 Balladen aus der Geschichte des Fortschritts. Halbleinen und BS 602

Der Menschenfreund. Komödie. Mit einem Nachwort des Autors. BS 871

Mittelmaß und Wahn. Gesammelte Zerstreuungen. Gebunden und st 1800

Palaver. Politische Überlegungen (1967-1973). es 696

Politik und Verbrechen. Neun Beiträge. st 442

Politische Brosamen. Gebunden und st 1132

Die Tochter der Luft. Ein Schauspiel. Nach dem Spanischen des Calderón de la Barca. Engl. Broschur

Der Untergang der Titanic. Eine Komödie. Gebunden und st 681

Das Verhör von Habana. es 553

Verteidigung der Wölfe. Gedichte. Nachwort von Reinhold Grimm. BS 711

Der Weg ins Freie. Fünf Lebensläufe, überliefert von Hans Magnus Enzensberger. es 759

Zukunftsmusik. Gedichte. Leinen

Von Hans Magnus Enzensberger herausgegeben

Allerleirauh. Viele schöne Kinderreime. Versammelt, herausgegeben und mit einem Nachwort versehen von Hans Magnus Enzensberger. Gebunden und it 115

Clemens Brentano: Gedichte. Erzählungen. Briefe. Herausgegeben von Hans Magnus Enzensberger. it 557

Freisprüche. Revolutionäre vor Gericht. Herausgegeben von Hans Magnus Enzensberger. st 111

27/1/3.92

Hans Magnus Enzensberger
im Suhrkamp Verlag und Insel Verlag

Gespräche mit Marx und Engels. Mit einem Personen-, Elogen- und Injurienregister. Herausgegeben von Hans Magnus Enzensberger. Leinen und st 716

Alexander Herzen: Die gescheiterte Revolution. Denkwürdigkeiten aus dem 19. Jahrhundert. Ausgewählt von Hans Magnus Enzensberger. it 1097

Bartolomé de Las Casas: Kurzgefaßter Bericht von der Verwüstung der Westindischen Länder. Herausgegeben von Hans Magnus Enzensberger. Deutsch von D. W. Andreä. it 553

Museum der modernen Poesie. Eingerichtet von Hans Magnus Enzensberger. 2 Bde. st 476

Übersetzungen

Edward Lears kompletter Nonsens. Limericks, Lieder, Balladen und Geschichten. Ins Deutsche geschmuggelt von Hans Magnus Enzensberger. Mit Illustrationen von Edward Lear. Gebunden und it 1119

Molière: Der Menschenfeind. Nach dem Französischen des Molière von Hans Magnus Enzensberger. it 401

Pablo Neruda: Die Raserei und die Qual. Gedichte. Spanisch und deutsch. Auswahl, Übertragung und Nachwort von Hans Magnus Enzensberger. BS 908

César Vallejo: Gedichte. Spanisch und deutsch. Übertragung und Nachwort von Hans Magnus Enzensberger. BS 110

William Carlos Williams: Die Worte, die Worte, die Worte. Gedichte. Amerikanisch und deutsch. Übertragung, das Gedicht ›Envoi‹ und Nachwort von Hans Magnus Enzensberger. BS 76

27/2/3.92

Deutschsprachige Literatur in den suhrkamp taschenbüchern: Lyrik

Artmann, H. C.: Gedichte über die Liebe und über die Lasterhaftigkeit. Ausgewählt von Elisabeth Borchers. st 1033
– How much, schatzi? st 136
The Best of H. C. Artmann. Herausgegeben von Klaus Reichert. st 275
Becker, Jürgen: Gedichte. 1965-1980. st 690
Brasch, Thomas: Der schöne 27. September. Gedichte. st 903
Braun, Volker: Gedichte. st 499
Brecht, Bertolt: Gedichte. Ausgewählt von Autoren. Mit einem Geleitwort von Ernst Bloch. st 251
– Gedichte für Städtebewohner. Herausgegeben und mit einem Nachwort versehen von Franco Buono. st 640
– Gedichte über die Liebe. Ausgewählt von Werner Hecht. st 1001
Celan, Paul: Gesammelte Werke. Band 1-3: Gedichte. st 1331
– Gesammelte Werke. Band 4-5: Übertragungen. st 1332
– Atemwende. st 850
– Das Frühwerk. Herausgegeben von Barbara Wiedemann. st 1984
Deutsche Lyrik. Eine Anthologie. Herausgegeben von Hanspeter Brode. st 1607
Enzensberger, Hans Magnus: Der Fliegende Robert. Gedichte, Szenen, Essays. st 1962
– Gedichte. 1950-1985. st 1360
Handke, Peter: Als das Wünschen noch geholfen hat. Fotos von Peter Handke. st 208
– Das Ende des Flanierens. st 679
Hesse, Hermann: Die Gedichte. 1892-1962. 2 Bde. Neu eingerichtet und um Gedichte aus dem Nachlaß erweitert von Volker Michels. st 381
Huchel, Peter: Gezählte Tage. Gedichte. st 1097
Kaschnitz, Marie Luise: Kein Zauberspruch. Gedichte. st 1310
Kolleritsch, Alfred: Gedichte. Ausgewählt und mit einem Vorwort versehen von Peter Handke. st 1590
Kraus, Karl: Gedichte. st 1319
Loerke, Oskar: Die Gedichte. Herausgegeben von Peter Suhrkamp. Neu durchgesehen von Reinhard Tgahrt. st 1049
Malkowski, Rainer: Gedichte. Eine Auswahl. st 1641
Mayröcker, Friederike: Ausgewählte Gedichte. 1944-1978. st 1302
Rothmann, Ralf: Kratzer und andere Gedichte. st 1824
Sachs, Nelly: Fahrt ins Staublose. Gedichte. st 1485
Das Buch der Nelly Sachs. Herausgegeben von Bengt Holmquist. st 398

255/1/4.92

Deutschsprachige Literatur
in den suhrkamp taschenbüchern:
Lyrik

Schneider, Reinhold: Gedichte. Auswahl und Nachwort von Christoph Perels. st 1418

Walser, Robert: Die Gedichte. st 1113

Zschorsch, Gerald: Glaubt bloß nicht, daß ich traurig bin. Prosa, Lieder, Gedichte. Mit einem Text von Rudi Dutschke. st 1784

255/2/4.92